KB239366

말하지 못한
내 사랑은

말하지 못한 내 사랑은

이해경 장편소설

문학동네

차례

회상

처음 봐도 처음 보는 것 같지 않은 사람이 있다. 어디서 많이 본 듯한 얼굴을 말하는 게 아니다. 그런 얼굴은 다른 이에게도 그렇게 보일 뿐. 아주 평범하거나, 표본처럼 잘생겨서 역시 평범해 보이는 그런 얼굴은, 다른 이에게서와 마찬가지로 나에게서도 금세 잊혀지고 만다. 얼마 지니지 않아 다시 마주쳐도, 누구더라? 누굴 닮았는데……

아주 오랜 후에 다시 봐도 금방 알아보게 되는 사람이 있다. 아! 이 사람…… 처음부터 나에게 특별히 친숙했던 그 사람. 특별히 나에게, 친숙하면서도 결코 편치만은 않은 느낌으로 다가왔던. 어쩐지 다시 만난 그날까지 한시도 잊지 않고 살았던 것만 같은 사람. 희수는 그런 사람이었다.

희수 얘기를 하기 위해서는 남편 얘기부터 꺼내야 한다. 남편은 한때 야구를 꽤 좋아했다. 내게 청혼한 장소도 야구장이었을 만큼. 5회 말이 끝났을 때, 밤이었다. 연우씨…… 전광판에 느닷없이 새겨지는 커다란 글자가 내 이름이라고 생각할 겨를도 없었다. 내가 지금 왜 이 남자와 함께 여기 앉아 있는 걸까. 혹시 그런 생각을 막 떠올리고 있던 순간은 아니었는지. 장내 아나운서의 호명에 남편은 씩씩하게 일어섰다. 나는 좀 어처구니가 없기도 하고, 무엇이 이 남자를 이토록 무모하게 만들었을까 측은해지기도 하고, 만원 관중 앞에서 한 남자를 바보로 만들어도 될 만큼 내가 대단한 여자인가 따져보기도 하고…… 그러느라 가만히 앉아 있던 몇 초 사이는 여자다워 보이기에 적당했을지. 내 입술을 향한 그의 키스를 나는 살짝 피해 볼에다 받았다. 환호와 탄식이 뒤섞이는 가운데 내 손가락에 끼워지는 그의 반지는 헐거웠다.

결혼식을 한 달 앞둔 여름날, 남편은 자신이 응원하는 팀의 경기가 아닌데도 오랜만에 야구나 보러 가자고 전화했다. 혼수 때문에 약간의 다툼이 있은 뒤였다. 그에게는 야구장이 둘 사이의 모든 문제를 해결해주는 장소였을까. 그런 곳이 한 군데도 없는 남자보다는 낫다고, 나는 판단했는지도 모른다. 그런 노력조차 한번 할 줄 모르는 남자를 나는 알고 있었으니까. 그 남자와 지겹도록 사귀다 갈라선 지 얼마 안 되었을 때였으니까. 희수와는 정반대로, 몸도 마음도 험했던 남자.

그와 견주면 남편은 귀여운 구석이 있는 남자였다. 적어도 결혼 후 일 년까지는. 내가 원하는 배려를 할 줄 몰랐을 뿐, 그는 나를 끔찍이 배려했다. 그때 내가 원했던 배려는 내게 아무런 배려도 하지 않는 것이었던가. 그런 배려에 능한 남자를 만날 수도 있었겠지만, 그런 사람과 결혼까지 할 마음이 생기기는 했을지. 희수는…… 희수는 어떤 편이었던가.

남편은 회사에 급한 일이 생겨 야구장에 오지 못했다. 그가 나와의 사소한 화해를 위해 또 무슨 이벤트를 준비했을지 몰라 불안했던 나는, 홀가분해져서 미안한 마음이었다. 홀가분하게 한 장의 티켓을 구입한 나는 오랜 습관대로 귀빈석 바로 뒤에 자리잡았다. 마운드가 정면으로 내려다보이는 자리. 한동안 찾지 못했던 나의 자리. 남편은 내게 야구를 좋아하냐고 묻기는 했지만, 내가 얼마나 야구를 좋아하는지 알아차리지 못했다. 남편만 닷할 수는 없는 일이었고, 누구를 탓할 만한 일도 아니었다. 나는 그저 남편이 좋아하는 팀의 응원석에 파묻혀, 내가 다 알거나 그가 잘못 알고 있는 야구 지식을 가만히 들어주곤 했다.

외야 잔디에서는 내가 좋아하는 팀의 선수들이 둘러앉아 가볍게 몸을 풀고 있었다. 잠시 후면 저들이 덕아웃으로 들어갔다가, 웅장한 로고음악과 함께 다시 그라운드로 뛰쳐나와 저마다의 자리로 흩어지리라. 한 무더기로 뭉쳐 있던 하얀 유니폼의 사내들이 부챗살 펴지듯 좌악 퍼져나가는 그 순간을, 나는 숨죽이며 기다리고 있었다. 내 오랜 습관대로, 아무리 거듭되어도 시들지 않는 그 뭉클한 감동에 젖기 위해. 남들이 환호성을 지를 때 남몰래 살짝 눈시울을 붉히기 위해.

실례합니다. 인기척과 함께 젊은 남자의 것으로 느껴지는 목소리가 들려왔다. 허스키하지도 느끼하지도 않은 음성. 그냥 앉아도 될 텐데…… 크지도 않은 몸을 더욱 작게 만들며 돌아본 옆자리에 한 남자의 옆모습이 막 내려앉고 있었다. 아! 이 남자……

이 남자를 어디서 봤더라…… 내 의식은 그런 제스처를 지으며 고개를 갸우뚱해보았지만, 이미 한발 앞서 그의 옆얼굴이 오래된 기억 하나를 불러낸 뒤였다. 얼른 눈길을 돌려 어느새 텅 비어버린 그라운드를 내려다보면서, 나는 그의 모습을 담고 선명히 떠오르는 몇 개의 장면들을 스쳐 보냈다. 어디였는지뿐 아니라 언제였는지도 다 생각났다. 뭔가 손해보고 있다는 기분. 이름까지는 기억나지 않는 걸로 위안을 삼아야 하나. 그러나 곧 그의 이름이 기억나지 않는 까닭마저도 생각났다. 나는 혼자 좀 당황스럽기도 하고 쑥스럽기도 해서 헛기침 삼아 슬쩍 그를 곁눈질했다. 그의 깍지 낀 손이 먼저 눈에 들어왔고, 언뜻 입가에 번지는 엷은 미소…… 그 순간, 내게 너무도 친숙한 로고음악의 멜로디가 들려오기 시작했다.

나는 약혼자와 싸워서 되찾은 셈이 된 나만의 의식을 치르지 못하고 말았다. 그라운드에만 시선을 집중할 수 없었기 때문이었다. 내 곁의 남자는 마치 나를 대신하듯 조용히 앞만 바라보고 있었다. 하기는 야구장에 혼자 와서 몸을 들썩이며 괴성을 지르는 사람도 있을까. 같은 처지의 고독한 관객을 곁에 두는 바람에 날아가버린 나의 감동은, 아마도 혼자라서 떨 수 있는 청승과도 같은 것은 아닌지. 혹시 이 남자도 지금 나처럼⋯⋯

나를 못 알아보는 아는 사람에게 먼저 말을 붙일 때는 뭐라고 해야 하나. 저, 혹시 저 모르시겠어요? 그랬다가 모른다고 하면 어떻게 하나. 주로 상대방을 못 알아봐서 곤혹스러워지는 쪽인 나는 난감했다. 그런데 내가 왜, 나를 알아보지도 못하는 사람을 모르는 체하려 하지 않나. 그런 생각을 막 떠올리는 순간, 그 남자가 나를 향해 몸을 트는 동작이 느껴졌다. 나는 손바닥으로 가슴 밑을 문지르며 나도 모르게 눈을 감았다. 오랜만이에요, 연우씨. 제 이름은 윤희습니다.

*

희수를 처음 본 것은 친구의 결혼식에서였다. 남편을 만나기 이년 전이었고, 따라서 그전 남자와 헤어진 때로부터 따져도 그쯤 전이었다. 희수와는 다른 방식으로, 잘난 체하고 무심했던 남자.

나는 그를 형이라고 불렀고, 형은 언제부턴가 나를 야라고 부르곤 했다. 그날도 예식장 로비로 바삐 들어서는 나를 발견하고 다가온 형은 이맛살을 찌푸리며 나를 불렀다. 야, 이제 나타나면 어쩌자는 거야? 식이 시작되려면 오 분은 더 기다려야 할 시각이었다. 나는 그의 비뚤어진 넥타이 매듭을 고쳐주려다가 말았다.

예식장의 결혼식이 늘 그러하듯 웅웅거리는 마이크 소리와 홀 뒤편의 소란스러움으로 충만했던 짧은 의식은 싱겁게 끝났다. 말미에 신부의 선배 자격으로 축가를 부른 형은 반주가 맘에 안 드는지 자꾸 피아노 쪽을 힐끔거렸다. 넥타이는 여전히 비뚤어진 채로. 나는 형의 노래를 들으며, 언젠가 자기 노래를 원 없이 듣게 해주겠다고 나를 학교 뒷산으로 데려가 두 시간 넘도록 줄기차게 기타를 쳤던 그의 배려에 대해 생각했다. 그날은 바람 불고 우중충한 초겨울 날씨였다.

남편도 기타를 칠 줄 알았으면 형처럼 그러지 않았을지. 차이가 있다면, 최소한 자기 외투를 벗어 움츠린 내 어깨에 둘러줬을 거라는 점. 아니면 따뜻한 커피가 담긴 보온병을 준비했거나. 나에 관해서도 말해본다면, 나는 형에게 못 그랬던 것처럼 남편에게도 추우니까 그만 내려가자는 말을 못 했을 것이다. 역시 차이가 있다면, 형에게는 그의 싫은 표정을 보기가 두려워서, 남편에게는 그를 무안하게 하기가 싫어서. 희수였다면? 희수에게 내가 원하는 것을 말해본 적이 있던가. 희수도 형처럼 나에게 점수를 따려고 내 앞에서 노래를 부른 적이 있던가. 아! 그 노래…… 희수가 나에게 들려준 노래는 단 한 곡이었다. 단 한 곡을 딱 두 번, 그중 한 번은 내가 원해서.

장연우! 너 말고 또 누가 있니. '신랑신부 친구 되시는 분들' 중 하나로 단상 구석에 파묻혀 있다가, 나는 친구들의 성화에 떠밀려 단 아래로 내려갔다. 신부가 던진 부케는 터무니없이 낮고 빨랐다. 나는 앞으로 쭉 내디뎠던 한쪽 다리를 거둬들이며, 무색해진 빈손으로 흐트러진 치마의 매무새를 가다듬었다. 바닥에 떨어져 있는 부케로부터 그래도 가까운 사람은 나였기에, 나는 너그러운 미소를 지으며 그 맥 빠진 꽃다발을 주워 신부에게 도로 건넸다. 미안해서 어쩔 줄 모르는 친구 뒤편에서, 형은 웃지도 찡그리지도 못하고 이상한 표정을 지어 보였다. 나는 수없이 봐왔어도 익숙해 지지가 않는 그 탁한 눈빛을 피하며 손바닥으로 가슴 밑을 꾹꾹 눌렀다. 단상의 반쪽에서는 웃고 떠드는 소리가 그치지 않고 있었다. 이 기회에 나서서 반쪽을 어떻게는 한번 웃겨보겠다는 귀여운 치기. 그 한통속의 왁자지껄한 무리 틈에서 편안한 침묵 속에 나를 바라보고 있는 한 남자가 눈에 띈 것은, 어찌 보면 너무도 당연했다. 마주친 서로의 눈길을 그와 나는 동시에 비켜 보냈다. 기분 좋은 긴장감 같은 것이 내 몸을 감싸는 느낌. 다시 던져진 부케는 이번엔 너무 높이 솟아올라 공허한 포물선을 그리며 내 머리 위로 떨어져내렸다. 천장을 향해 고개를 치켜든 나는, 다시금 나를 향

해 조용히 꽂히고 있을 한 남자의 시선을 의식하며 두 팔을 가지
런히 뻗었다.

*

　문을 밀고 카페 안으로 들어서자, 앞장서 들어간 형이 문간에서
실내를 둘러보고 있었다. 어디 앉을까 따져보는 중일 터였다. 형
의 시선을 좇아 바라본 유리창 밖으로 개나리꽃 샛노란 띠를 두른
봄 풍경이 완연했다. 나는 첫눈에 카페 분위기가 맘에 들어서, 결
혼을 하게 되면 나도 피로연을 여기서 할까…… 잘 차려입은 주
인공으로 같은 자리에 서 있는 내 모습을 상상했다. 그러다가 내
곁에 서 있을 또 한 사람의 주인공이 자연스레 그려지지 않아 민
망했다. 그런 속을 행여 들키기라도 할세라, 나는 형의 고갯짓에
맞춰 카페 감상에 열중했다.
　탁 트인 구조이면서도 횅해 보이지 않는 아담한 넓이에, 돈으로
처바르지 않고 살려낸 격조랄까, 바닥과 벽이 모두 나무라서 좋았
고, 그 편안한 질감과 겉돌지 않게 배려된 모던한 장식들 하며, 자
그마한 무대 위에 놓인 피아노와 기타까지 참 잘 어울린다는 느
낌. 그 순간 누군지 알지도 못하는 한 남자의 표정이 떠오른 까닭
은 무엇이었는지. 형이 잠시 멍해 있던 나를 툭 치고 나서 한 발짝
떼어놓으며 말했다. 우리 애들은 다 어디 간 거야? 저기 아무 데

나 가서 앉자.

그 '아무 데' 앞에, 희수는 앉아 있었다.

형 뒤를 따라 걸으며 이미 나는 예식장에서 눈길을 섞었던 남자를 발견하고 그에게서 눈을 떼지 못하고 있었다. 테이블을 두어 개씩 붙여놓은 자리마다 듬성듬성 빈 의자들이 놓여 있었는데, 형이 어떤 여자들 앞의 빈자리를 지나쳐 그 남자 앞에서 멈췄을 때, 나는 또 습관처럼 손바닥을 펴서 가슴께로 가져갈 뻔했다. 어떤 자극에도 똑같이 반응하는 내 고장난 가슴. 그가 옆 사람과 나누던 대화를 멈추고, 자리에 앉는 형과 나를 향해 고개를 돌렸다. 아…… 살짝 커지는 그의 눈과 함께, 소리가 되어 나오지는 않았지만 그의 입술이 그런 모양으로 벌어졌다가 천천히 닫히는 것을 나는 보았다.

십 분도 채 지나지 않아 우르르 몰려들어온 '우리 애들'과 합치느라 자리를 옮기기까지, 그와 내가 나눈 대화는 고작 세 마디가 전부였다. 신랑 친구분이신가봐요? 어색한 침묵을 깨보겠다고 형 눈치를 보며 던진 내 의례적인 물음에, 그는 가벼운 끄덕임으로 답을 대신하고 나서 이렇게 물었다. 혹시 예전에 야구를 좀 하셨나요? 나를 어리둥절한 상태로 오래 놔두지 않고 그는 자신의 물음을 해명했다. 부케 받으실 때 폼이 근사했어요. 못 받으실 때가 더…… 놀리는 게 아님을 알아달라는 말투. 나는 자리가 한결 편안해지는 느낌이 들다가, 그 말을 같이 들은 형이 무슨 표정을 짓고 있을지 신경 쓰여 도로 서먹서먹해졌다. 나는 형과 눈을 마주 치고 싶지 않았다.

같은 남자인 형하고는 남자들끼리 흔히 나누는 통성명도 없이 그는 끊어졌던 옆 사람과의 대화로 돌아갔고, 진작부터 시무룩해 있던 형은 나하고도 아무런 대화를 나누고 싶지 않은 듯 혼자 맥주를 따라 연신 들이켰다. 그렇게 흘러가버린 짧은 시간 동안 내가 받은 그의 인상이라면, 술이 좀 들어가서 그런 건지 생각보다 쾌활해 보였다는 정도. 오래 전에 유행했던 가느다란 넥타이가 날렵한 몸매에 잘 맞아 보였다는 것쯤. 그리고 또 눈에 띈 게 있다면…… 하얀 손. 그의 손가락은 여자처럼 희고 가늘었다.

그날의 두 주인공이 도착하자 조신하던 술자리는 아연 활기를 띠기 시작했다. 짓궂다고만 하기에는 지나치게 가학적인 주문들이 신랑신부에게 퍼부어지고…… 나는 저런 관문을 통과하면서까지 결혼이란 걸 해야 하는지 모르겠다는 씁쓸한 기분이었다. 그 안쓰러운 광경을 묵묵히 지켜보는 이들은 나를 포함한 몇몇 여자들 빼고는 그와 형뿐이었다. 나는 틈날 때마다 그를 향해 뻗어가려 하는 내 눈길을 말리지 않고 있었다.

그대 고운 목소리에…… 결혼할 생각만 접었으면 피할 수 있었을 고생을 그런대로 무난히 치러낸 부부답게, '고생 끝'을 선언하는 커플 송의 선곡도 무난했다. 저 노래가 끝나고 나면 바야흐로 저들의 끝없는 고생은 시작될 것인가. 노래가 끝나고 나서 시작된 것은, 이어지는 노래, 노래들…… 형이 빠질 수가 없는 순서였다.

형은 평소와는 달리 별로 내켜하지 않는 모습으로 무대 위 의자에 앉았다. 기타를 조율하는 손동작도 힘이 없어 보였다. 나를 오랜 세월 곁에 붙잡아두고 있는 것은 간간이 보게 되는 형의 저런 모습일까. 나는 형 노래를 조금 듣다가 나도 모르게 자리에서 일어났다. 스스로도 좀 급작스럽다고 느낄 만한 몸짓이었다. 노래에 귀 기울이고 있는 좌중 사이로 걸어나가면서, 나는 끝까지 참고 들어주기에는 오줌이 너무 마렵다는 쪽으로 내 행동을 추인했다. 그는 자리에 없었고, 나를 보는 형의 눈빛이 또 탁해지고 있다는 것을 나는 안 보고도 알 수 있었다.

화장실로 들어가다가 문을 열고 나오는 그와 마주쳤다. 순간 반대의 경우보다는 낫다는 생각이 스쳤던가. 제 이름은…… 그가 불쑥 던져준 이름을 나는 제대로 받아내지 못했다. 저는…… 나는 그의 이름을 다시 묻지도 못하고 서둘러 내 이름을 대려 했다. 연우씨…… 맞죠? 장연우씨. 이번엔 내가 어리둥절해할 틈을 주지 않고 그의 해명이 이어졌다. 사진 찍을 때 들었습니다. 그랬다는 사실보다 중요한 뭔가를 전하는 말. 나는 더 참지 못하고 손바닥을 가슴 밑에 얹었다. 아, 예. 저, 그럼…… 아무 내용 없는 소리들만 더듬거린 채 나는 그를 지나치려 했다. 그가 내버려두지 않았다. 옆에 그분…… 애인이신가요? 그는 좀 취해 있었다. 네? 아, 그 형이요? 내 주위에 애인이라는 단어를 쓰는 사람은 아무도 없었다. 한 삼 초쯤 지나서야 내 입에서는 김빠진 대답이 새어나왔다. 네…… 그것이 '아뇨'라는 대답만큼이나 거짓말임을 깨닫는 데는 단 일 초도 걸리지 않았다. 내 대답을 듣자마자 그가 다시 물어온 덕이었다. 사랑합니까? 그는 우리가 처음 만나서 처음이나 다름없는 대화를 나누고 있다는 사실을 까맣게 잊은 사람처럼 굴려 했다. 나는 더이상 그에게 말려들고 싶지 않았다. 우리 악수 한번 할까요. 내 침묵을 가르며 손을 뻗어오는 그의 태도는 뜻밖에도 정중했다. 그때 한 남자가 화장실로 들어가다 말고 우리를 쳐다봤다. '우리 애들' 중 하나였다. 나는 후배가 시선을 치울 때까지 기다리지 않고, 여태껏 내 가슴을 받치고 있던 손을 뻗어 그의 손을 맞잡았다. 이 남자는 취하면 얼굴이 더 하얘지는구나. 내 손으로 전해지는 그의 느낌은 엉뚱하게도 그런 것이었다. 먼저 손을 거두고 말없이 돌아선 쪽은 그였다. 화장실에서 나온 후배가 알아서 나를 피해 잰 걸음으로 사라졌다. 나는 애초에 참을 수도 있었던 배설의 욕구가 갑자기 급해지는 것을 느끼며 남녀 표시가 나란히 붙어 있는 문 안으로 서둘러 들어갔다.

손을 씻고 화장실 문을 여는데 피아노 소리가 들려왔다. 직감적으로 나는 건반 위에 가지런히 놓인 그의 눈부신 손을 떠올렸던 것 같다. 아니었다면 내가 왜 모퉁이에 몸을 숨기고 무대 쪽을 훔쳐볼 생각을 했을까. 처음 듣는 것 같지는 않은데 제목이 뭔지는 모를 곡이었다. 능숙한 터치는 아니지만 감정이 살아 있다는 느낌. 전주가 끝나고 그의 목소리가 피아노 소리에 실리기 시작했다. 나는 계속 거기 그렇게 기대서 있고 싶은 마음을 누르고 자리로 돌아왔다.

형 옆에는 화장실 앞에서 마주쳤던 후배가 앉아 있었다. 그들 맞은편에 앉으며 나는 피아노를 등지게 되었다는 생각 말고는 별다른 느낌이 없었다. 후배가 잔들에 술을 채우고 건배를 청해왔다. 나는 잔을 부딪치는 소리가 그의 노래를 잘라먹을까봐 조심했다. 형은 잔을 들면서도 내 뒤쪽을 향한 눈길을 거두지 않고 있었다. 나는 노래 가사를 듣는 데 집중해보려 했지만, 형의 그런 모습을 눈앞에 두고는 아무래도 쉽지 않은 일이었다. 아스타 마냐나…… 영어 가사에 섞여 되풀이되는 그 뜻 모를 구절 하나만 내 귓전을 맴돌 뿐이었다. 아스타 마냐나……

그만 마시고 나가자. 형이 그렇게 말하며 일어섰을 때, 나는 이 노래만 다 듣고 가자는 말을 꾹 참았다. 다음날 아침 비행기를 예약해놓은 신혼부부는 이제 완전히 긴장을 푼 모습으로 정답게 기대앉아 자기들만을 위한 것인 양 그의 노래에 심취해 있었다. 그들에게 인사를 건넬 생각도 않고 형은 앞장서 걸어나갔다. 신부와 눈이 마주친 나는 형을 가리키는 것으로 인사를 대신했고, 친구는 다 이해한다는 표정을 지어 보이고는 재빨리 무대로 시선을 돌렸다. 나는 굳이 형 뒤를 바싹 따르고 싶지 않아 천천히 걸었다. 연주에 열중하고 있는 그의 옆모습이 점점 눈앞에 다가오고 있었다.

내가 떠나고 있다는 것을 알릴 방법이 없을까. 형은 이미 문 밖으로 사라진 뒤였다. 무슨 카페가 이렇게 좁아터졌담. 그렇게 나는 속절없는 변덕이나 부리면서 무대를 지나쳐 문 앞에 섰다. 아스타 마냐나…… 내가 막 문 손잡이를 당기려 할 때 들려온 그의 노랫소리가 조금 커졌다고 느낀 것은 나만의 착각이었을까. 착각이었다면 착각에 힘입어, 나는 그 뒤에 이어지는 가사 한마디를 정확하게 알아들었다. till we meet again……

엘리베이터 앞에 서 있던 형이 카페에서 나오는 나를 힐끗 보고는 내려가는 버튼을 눌렀다. 나는 빠른 걸음으로 가서 형 옆에 섰다. 형은 무슨 말을 하려다가 엘리베이터 문이 열리는 바람에 삼키는 눈치였다. 뜸을 들이는 것으로 봐서 왜 이렇게 늦게 나왔냐고 짜증내려는 것은 아님이 분명했다.

엘리베이터에 타고 나서야 형은 하려던 말을 꺼냈다. 내가 아까부터 속이 좀 안 좋아서…… 나는 맥이 탁 풀리는 느낌이었다. 오늘은 그냥 집에 가자. 형은 마치 내가 어디를 들렀다 가자고 조르기라도 한 것처럼 말했다. 나는 '그냥'이라는 단어를 아무 때나 함부로 써서는 안 되는 거라고 가르쳐주고 싶었다. 내 기분은 아랑곳없이 자기 욕구만 채우려고 밀어붙이는 평소의 형이 차라리 나았다. 나도 평소의 나답지 않게 그냥 넘어가지 않고 말했다. 아니, 그냥 가지 말자. 나 오늘 꼭 하고 싶어. 형은 놀라는 눈치였지만, 나를 쳐다보는 그의 표정에는 뜻밖에도 뿌듯함이 섞여 있었다. 이 남자가 언제부터 이렇게 멍청해졌나. 형을 사랑하는 마음이 남아 있다면 이제부터 그것은 연민일 거라고 나는 확신했다. 엘리베이터 문이 열리기 시작했고, 나는 습관대로 형이 먼저 움직이기를 기다리며 무심코 중얼거렸다. 아스타 마냐나……

*

　게임이 끝났을 때, 나는 좋은 꿈을 꾸다가 갑자기 깨어난 기분이었다. 아쉽고 허망하고 왠지 모르게 서글퍼지는…… 나는 아직 끝낼 준비가 안 돼 있는데 저 혼자 매정하게 끝나버리는 꿈. 혼자일 때도 늘 찾아오는 익숙한 느낌이었지만, 그날 희수와 함께 야구장 밖으로 나오는 나를 엄습했던 그 느낌은 여느 때보다 강하고 오래갔다. 나는 말없이 내 가슴이 가라앉기를 기다리며 그날 나에게 오지 않은 남편을 생각했다. 그와 함께 야구를 보고 났을 땐 아무런 느낌도 없었지. 내가 좋아하는 팀의 경기가 아니어서였을까. 간혹 내가 좋아하는 팀과 맞붙었을 때도 별다른 느낌은 없었지. 내 자리가 아니어서였을 거야. 나는 왜 그에게 내가 좋아하는 것들을 잘 가르쳐주려 하지 않나. 차 가져왔어요? 희수의 목소리에 서린 낯선 기운이 생각에 빠져들던 나를 흔들어 깨웠다.

*

야구를 보면서 희수와 나는 야구 얘기만 했다. 그것도 공수 교대나 투수 교체를 틈타 나눈 길지 않은 대화였고, 진짜 야구를 보는 동안에는 야구 얘기도 안 했다. 혼자 게임에 몰입하는 데 익숙한 나는 편안했다. 그러다가, 방송중이었다면 캐스터와 해설자는 여담을 나누거나 입을 쉴 동안 우리는 야구 얘기를 했다. 이 년하고도 몇 달 만에 두번째로 만난 남녀가, 만나서 세 시간이 지나도록 야구 얘기만 하다니. 다른 곳도 아닌 야구장에서.

투수 바꾸는 타이밍이 한 템포 늦었죠? 나는 대개 결과론을 말했고, 이번 이닝도 찬스에서 번트 안 댈걸요. 희수는 주로 다음을 예측했다. 5회 말이 끝나고 길게 쉬는 클리닝 타임에 우리는 가장 여유롭게 야구 얘기를 했다. 둘이 같은 팀을 좋아한다는 것은 물어보지 않고도 이미 통해 있었다. 나는 희수가 좋아하는 선수를 나도 좋아해서 좋았고, 내가 들춰내는 짜릿한 순간을 그가 더 자세히 기억해서 흡족했다. 그라운드 정리가 끝날 즈음 내가 무심코 물었다. 야구를 왜 좋아해요?

물어놓고 보니 촌스럽기 짝이 없는 질문이었다. 다행히 희수는 진지하게 생각해보는 눈치였다. 나는 남편이 야구를 왜 좋아하는지 말했던 게 기억났다. 희수에게 묻기 전에 그 기억부터 났는지도 모르겠다. 남편은 나에게 야구를 좋아하냐고 묻고 나서, 내가 묻지도 않았는데 말했다. 제가 왜 야구를 좋아하는지 아세요? 야구는 인생의 축소판이거든요. 야구를 보면 인생이 보이죠. 그때 나는, 그래서 뭘 봤냐고 물어보려다가 참았다.

저기 봐요, 야수들이 전부 건들거리고 있죠? 야구에 뜻이 없어 보이죠? 희수 말을 듣고 보니 정말 그랬다. 수비하러 나온 우리 팀 선수들이 내외야 가릴 것 없이 꼭 뒷골목의 사내들마냥 삐딱하게 서서 몸을 흔들어대고 있었다. 몸을 푼다고 보기에는 지나치게 풀어져 있거나 심지어는 축 늘어져서 한 발짝도 뗄 수 없을 것 같은. 숱하게 야구장을 드나들었어도 눈여겨보지 않았던 권태로운 풍경…… 그건 그렇고 이 남자가 내 물음은 은근슬쩍 무시하고 넘어가겠다는 건가?

꼭 단체로 무기력증에 걸린 사람들 같지 않아요? 그런데, 저러고들 있다가 투수가 와인드업이나 셋 포지션에 들어가면, 동시에 모두 허리를 싸악 낮추면서 굽혀진 다리는 팽팽해지고 상체가 거의 땅과 수평이 될 듯, 순식간에 수비자세를 갖추는데…… 희수의 말이 길어지기는 처음이었다. 전 그 순간이 너무 좋아요. 한 동작 같지만 저마다 자세 잡는 폼이 다르거든요. 최대한 릴렉스…… 그러다가 한순간 집중력을 최고로 끌어올려…… 나도 모르는 사이에 희수를 뚫어지게 보고 있었나보다. 그가 내 시선을 피하며 머리를 긁적였다. 글쎄요, 내가 야구를 왜 좋아할까? 그냥…… 사람은 다 자기가 잘하는 거 좋아하지 않나요?

나는 희수의 손에 쥐어 있는 하얀 야구공을 떠올렸다. 빨간 실밥에 걸쳐 있는 희고 가느다란 손가락 마디마디…… 그래, 나도 어렸을 적에 남자애들 틈에 끼어 야구할 때 애들이 나랑 같은 편 먹고 싶어하고 그랬지. 그런 생각을 하며 그라운드로 시선을 돌린 나는, 희수가 말한 그대로 움직이는 일곱 사내들의 모습을 보았다. 아름다웠다. 돌아보니 희수도 윗몸을 잔뜩 숙인 긴장된 모습으로 벌써 야구에 푹 빠져 있었다.

*

차 없어요. 야구가 꿈이라면 차는 현실이었다. 면허 딴 지는 꽤 됐는데…… 나는 괜한 말을 덧붙였다고 후회했다. 집에 장롱은 있어요? 실없는 소리였지만 희수의 놀리는 말투가 밉지 않았다. 나는 소리 내지 않고 웃었다. 차 가져왔어요? 희수와 똑같이 물어본 게 괜찮기도 하고 아쉽기도 했다. 차가 날 가져왔죠. 또 실없는 소리. 희수는 어느 순간부터 '저'를 '나'로 바꿔 말하고 있었다. 싫지 않았다. 그럼…… 나는 이쯤에서 각자 갈 길을 가자는 뜻을 비쳤지만 희수가 순순히 동의하고 돌아설 것을 생각하니 가슴이 허전해졌다. 혹시 집까지 태워주겠다고 하면 일단 사양해야 하나. 연우씨. 그래 놓고 가만히 나를 보던 희수가 시원스레 말했다. 드라이브 좋아해요?

남편은 스피드광이었다. 롤러코스터, 인라인 스케이트, 스노보
드…… 야구장에서도 변화구 위주의 투수가 나오면 시큰둥해지
곤 했다. 쟤 볼은 지루해서 집중이 안 돼요. 나를 처음 만난 날 그
는 모터보트를 타러 가자고 했다. 맞선이라는 진부한 형식이 마땅
치 않았을 그로서는 내용만큼은 뭔가 신선한 메뉴를 선보이고 싶
었으리라. 나 또한 호텔 커피숍까지는 어쩔 수 없다 해도 그 뒤에
이어지는 뻔한 코스는 영 내키지가 않았고. 봄이었다. 명랑하고
활달해 보이는 남편의 첫인상도 그리 나쁘지는 않은 편이었다.

모터보트를 타기도 전에 이미 나는 속도에 질려 있었다. 남편은
앙증맞게 생긴 자신의 경승용차를 카레이서처럼 몰았다. 앞차의
뒤꽁무니가 눈앞으로 사정없이 달려드는가 싶더니 어느 틈에 휙
휙 시야에서 사라지고…… 그럴 때마다 나는 안전벨트를 두 손으
로 꽉 움켜쥔 채 무릎이 아프도록 다리를 오므렸다. 그보다 더 아
슬아슬한 순간은 전방에 카메라가 나타날 때였다. 남편은 가속 페
달을 밟을 때만큼이나 격렬한 기세로 차의 속도를 줄였다. 나는 보
이지 않는 뒤차와의 간격이 걱정돼서 지레 목덜미가 뻣뻣해지곤
했다. 길가에 피어 있을 봄꽃들이 하나도 눈에 들어오지 않았다.

남편은 태연했다. 클랙슨이 울리든 하이 빔이 번쩍이든 개의치
않고 혼자만의 레이스에 열중했다. 남편이 일일이 반응하며 신경

질을 내지 않아서 그나마 다행이라고 받아들였던가. 만약에 그가 자신의 운전 실력을 과시하려는 것으로 보였다면, 아무리 초면이라도 싫은 소리 한마디쯤 안 하고 넘어갈 수는 없었을 것이다. 그는 늘 하던 대로인 듯 열심히 끼어들고 앞지르며 운전에 몰입한 모습이었다. 흔히들 그러듯 여자를 의식해서 한껏 능숙한 자세를 뽐낼 생각도, 대화가 끊기지 않게 온갖 화제를 끄집어낼 마음도 없어 보였다. 내가 아찔한 곡예운전을 묵묵히 참아낼 수 있었던 까닭은, 오로지 남편의 그 참신한 모습이 봐줄 만해서였던 것은 아니었는지.

주차하고 나서 남편은 나를 돌아보더니 걱정스런 표정으로 물었다. 어디 아프세요? 곤두섰던 온몸의 신경들이 차분해지는 것을 느끼며 나는 아니라는 대답 대신 싱긋 웃어 보였다. 운전을 참 재미있게 하시네요. 그는 쑥스러워했다. 뜻밖이기도 했고 자연스럽기도 했다. 그는 잠깐 기다리라더니 차에서 내려 재빨리 내 쪽으로 돌아와 문을 열어줬다. 탈 때는 깜빡 잊은 모양이었다. 생각만큼 멋진 동작이 아니었는지, 내리는 나에게 방향을 안내하는 그의 손짓이 어정쩡했다. 그때 나는 속으로 내 마음을 읽고 있었는지도 모른다. 또 만나자고 하면 그러자고 할 수 있을 것 같아. 그날 모터보트는 리무진이 그렇지 않을까 싶을 만큼 아늑했다.

*

희수의 차는 구형 지프였다. 아, 이 남자는 또 나를 어떤 곤경에 빠뜨릴 작정인가. 결혼을 한 달 앞둔 여자로서 내비쳐야 마땅하다고 여겨질 만한 망설임의 대용이었을까. 나는 별 부담 없이 희수의 차에 오르면서, 색다른 난폭운전이 기다리고 있겠거니 각오하는 것으로 내심 없지는 않았을 일말의 어색함을 감추려 했던 것 같다. 희수는 운전석에 먼저 오르더니 높은 차가 처음이라 굼뜬 나에게 손을 뻗어왔다. 그 손을 안 잡고도 올라탈 수야 있었겠지만 굳이 마다할 이유는 없었다. 우리의 두번째 악수였다.

겉과 다름없이 낡은 거야 당연했지만 차 안은 좀 심하게 지저분했다. 뜻밖이었다. 희수는 바닥에 아무렇게나 버려진 음료수 캔들만 보이는 대로 대충 주워 짐 싣는 뒤칸에다 옮겨놓았을 뿐, 차 안이 더러운 데 대해 아무런 말도 표정도 건네오지 않았다. 나는 좀 실망스럽기도 하고 왠지 모르게 안심이 되기도 했다. 운전해야 하니까 술을 마시자고는 안 하겠지. 어디든 가서 커피나 한잔……

출발하려다 말고 희수가 나를 빤히 쳐다봤다. 나는 그의 시선을 피해 손목에 찬 시계를 들여다봤다. 막 열시를 넘어서고 있었다. 회사에서 밤을 샐지도 모른다더니, 전화할 틈도 없이 바쁜 모양이네. 나는 허벅지에 진동이 온 것 같은 느낌이 들어 바지 주머니 속의 휴대폰을 손바닥으로 가만히 눌러봤다. 착각이었다. 그냥 집에

나 데려다달라고 말할까? 빨리 어디로든 가든가……

희수는 차를 움직이는 대신 자신의 몸을 천천히 내 쪽으로 기울여왔다. 나는 멈칫하다 말고, 드라마에서처럼 혼자 호들갑을 떨 뻔했다고 속으로 쿡 웃었다. 알고 보니 웃기는 남자네. 청소나 해놓고 드라마 흉내를 내든지…… 그래도 그가 내 안전을 염려해주는 대가로 그냥 집에 가자는 말은 관둘 작정이었다. 희수가 왼팔을 벨트 쪽으로 뻗느라 얼굴을 내 코앞까지 들이밀었을 때 나는 왜 눈을 감았을까. 다음 순간 입술에 뭔가 닿고 있다는 뜻하지 않은 감촉. 내 몸은 벨트로 칭칭 동여맨 듯 얼어붙었다.

*

형과 처음 키스한 순간을 떠올려본 적이 있다. 형이 키스를 귀찮은 절차로 여길 즈음이었던 것 같다. 때와 장소도 잊지 않고 있었고 자세나 동작도 하나하나 떠올랐지만, 그 순간을 되살려내 다시 느껴보려던 내 뜻을 이루지는 못했다. 눈을 감고 입술을 매만지고 별짓을 다해봐도 허사였다. 소리를 죽여놓은 화면처럼, 그 회상 속의 촉감은 밋밋했다. 촉촉한 습기였든 뜨거운 열기였든 생생했던 모든 기운은 다 달아나버리고, 남은 것은 그때 내 느낌이 어땠다는 메마른 기억뿐. 그때 찾아왔던 어떤 순간에 대한 차가운 이해뿐이었다.

내가 대학에 들어간 해 여름, 낮에도 밤 같은 카페의 밀실에서
였다. 어쩌다가 둘의 입술이 포개졌는지는 잘 기억나지 않는다.
뜻밖에 형은 처음인 것 같았고, 나는 아니었다. 형은 제 입술로 내
입술을 마냥 더듬고만 있었다. 나는 입술을 오므리는 척 살짝 벌
려서 작은 틈을 만들어줬다. 형이 내 입 속으로 조금씩 혀를 밀어
넣었다. 내 혀와 닿자 그는 움찔하더니, 뭐를 들키기라도 한 사람
처럼 서둘러 혀를 놀리기 시작했다. 서툴게 엉켜오는 느낌이 풋풋
해서 좋았을까. 내 몸이 좀 데워지는 느낌이었다. 나만 그런 게 아
니라는 일체감에 기분이 더 근사해지자, 나도 모르게 형이 모를
것 같은 방법을 가르쳐주려 했나보다. 나로서는 아주 매끄러운 진
행이었는데 형이 또 움찔했다. 내 몸에 전해지는 느낌이 조금 전
하고는…… 많이 달랐다. 나는 반쯤 빨아당겼던 그의 혀를 슬며
시 놓아주고는 형이 먼저 움직일 때까지 가만히 기다렸다.

그때 이미, 그와 나 사이의 굳건한 질서는 세워졌던 게 아닌지.
그때부터 이미 나는 형보다 앞서지 않는 자세를 익히려고 노력했
는지도 모른다. 그렇게 시작된 끊임없는 노력들. 그를 가르치려
들지 않기 위해 노력하고, 그가 좋아하는 것을 알기 위해 노력하
고, 알아낸 것들을 나도 좋아하기 위해 노력하고…… 노력하면
어느 정도 가능하다고 믿게 됐을 때, 하지만 노력으로 가능한 것
은 어느 정도임을 또한 알게 됐을 때, 노력은 이미 나의 습관이 되
어 있었다. 형과 나 사이의 질서는 결국 혼자 노력해서 길러낸 나

의 습관이었다. 그러나 습관처럼 무섭고 질기고 단단했던 그 질서
는, 어느 더운 날 어둠침침한 카페에서 내가 형의 반응에 개의치
않고 끝까지 그의 혀를 빨아당겼다면 그 자리에서 무너져내렸을,
그런 허술한 장벽이 아니었는지.

 확실히 그렇다는 것을 알고 나서도 한참 동안, 바꿔 말하면 내
맘에 드는 카페가 있는 건물 엘리베이터에서 형에게 '그냥' 가지
말자고 한 이후로도 두 해 가까이, 나는 형 뒤에서 걷거나 형 밑에
서 신음하며 시간을 흘려보냈다. 세월이 빨랐거나 내가 느렸다.
형은 이따금 그냥 집에 가자고 나를 떠보곤 했는데, 내가 그러지
말자고 반항한 것은 그날이 처음이자 마지막이었다. 그렇게 나는
둘 사이의 질서를 바꾸지도 않았고, 그 질서로부터 벗어나지도 못
했다. 어쩌면 내가 형을 떠날 이유는 없었던 게 아닌지. 내 앞에서
는 중요한 순간마다 멍청했던 형은, 직장에서는 위아래가 모두 인
정하는 유능한 일꾼이었다. 아무 일도 하지 않고 살기 원했던 나
에게 그는 견딜 만한 직장이었다. 형은 결혼을 서두르지 않고 돈
부터 벌어놓겠다는 포부를 밝혔다. 다행이었다.

 형과 나는 만나서 별로 할 얘기가 없었다. 처음부터 그랬던 것
은 아니었다. 서로 할 얘기도 많고 듣고 싶은 얘기도 많아 시간 가
는 줄 모르던 시절도 있었다. 언제부턴가 형이 주로 얘기하고 나
는 말없이 듣게 되더니, 또 언제부턴가 형은 둘의 관계가 말이 필
요 없는 사이로 발전했다고 보는 듯했다. 형에게 말을 시키느라

내가 말이 많아진 시기를 거치고 나서, 나도 언제부턴가 도로 말수가 줄어들었다. 그러자 형이 다시 옛날처럼 얘기를 늘어놓기 시작했다. 옛날과 달라진 것은…… 형은 더 옛날로 돌아가고 싶었던 걸까. 내가 말이 없으면 무슨 일이 있냐고 자꾸 물어봤다. 나는 정말 할 얘기가 없어서, 형이 혼자 떠들던 때가 그립기조차 했다.

형의 변화는 오래가지 않았다. 마침내 둘 다 말없이, 옷을 벗고서도 말없이, 옷을 입을 때도 옷 입는 소리만…… 그렇게 조용히 만났던 얼마 동안이, 내게는 형을 만난 이후 가장 편안했던 시간이었을까. 역시 오래갈 수는 없는 날들. 봄이 왔고, 형은 점점 더 바빠졌다. 내가 혼자서 야구를 보러 가는 날이 점점 더 잦아졌다. 오래 전부터, 형을 만나지 않는 날이 내게는 야구를 볼 수 있는 기회였다. 형은 할 일 없는 사람들이나 야구장에 가는 것으로 알고 있는 사람이었다. 나에 관한 한 틀린 생각이 아니었다.

그토록 바쁘게 일한 결과 형이 돈을 얼마나 벌어놓았는지는 알 수 없지만, 그 돈의 수혜자는 말할 것도 없이 다른 여자였다. 그와 내가 만나오면서 가장 오래 안 만났다 싶은 날들이 흐른 뒤에 형은 나를 불러냈다. 전에 없이 내 눈치를 보던 그가 딴 데를 쳐다보며 다른 여자가 생겼다고 말했다. 그 내용을 다른 말로 전한 것이 아니라 형은 분명히 그렇게 말했다. 다른 여자가 생겼다. 그 말을 듣고 나는 아, 좀 그럴싸한 표현을 고를 수는 없나 하는 불만으로 얼굴을 찡그렸다. '생겼어'도 아니고 '생겼다'라니. 형은 어떻게 받아들였든 내가 얼굴을 한번 찡그림으로써, 둘 사이의 오랜 질 서는 간단히 깨졌다. 안 깨져도 깨질 수밖에 없는 때가 와서야 그렇게.

그렇게 나를 불만에 가득 찬 여자로 만들어놓고 형은 떠났다. 그 불만이 우울증을 부추길 만큼 심할 리는 없었다. 내가 그 뒤로 한 일 주일 동안 입맛을 잃고 살았던 까닭은, 일 주일이 아니라 단 하루도 방에 처박혀 나오지 않거나 할 마음이 생기지 않는 내가 밥맛없었기 때문이었다. 그렇게 가뿐히 끝날 관계를 그토록 오랜 세월 지속해온 나를 어리석다고 해야 할지 지독하다고 해야 할지 헷갈렸기 때문이었다. 어리석게 지독하기도 했고 지독하게 어리석기도 했으며 어느 쪽이든 징그럽기는 마찬가지라고 정리한 뒤에, 나는 여전히 입맛 밥맛 다 없어도 배를 채웠다.

나는 새로운 직장을 구하는 기분으로 몇 차례의 맞선에 임했고, 그 짓도 그만둬야겠다는 생각이 들 즈음 남편을 만났다. 남편은 또 만나자고 했고 나는 그러자고 했다. 또 만났을 때 남편은 야구를 좋아하냐고 물었다. 그럴 때 나는 어머! 그쪽도 야구 좋아하세요? 하는 식의 호들갑을 떨 줄 몰랐다. 오랜 습관이었다. 나는 그저 네……라고만 대답했고, 그것은 그로 하여금 내가 진짜 야구를 좋아하게 만들어 자기 팀 팬을 한 명 더 늘리려고 하기에 딱 좋은 반응이었다. 나는 남편 곁에서 작은 몸짓으로 응원을 따라 하며 형이 떠난 그 봄을 마저 보냈다. 여름이 왔고, 남편은 하루도

빼먹지 않고 나를 집까지 바래다줬다. 차 문을 열어주기 전에 키스하는 것도 잊지 않았다. 어느 날 키스 후에 남편은 청혼하면 받아줄 거냐고 물었다. 나는 그 말이 재미있어서 웃어주기만 했다. 며칠 후에 그가 어마어마한 청혼을 해올 줄은 꿈에도 몰랐다.

누군가 망신당하는 꼴을 감당할 수 없는 마음도 애정이라 할 수 있을지. 적어도, 반쯤은 강요된 그 약속을 무르지 못해 끌려다닐 만큼 결혼을 우습게 알지는 않았다. 청혼이 받아들여지고 나서도 남편은 변함없는 정성으로 나를 대했다. 못된 습관에 길들여진 나로서는 좀 지나치다 싶기도 할 만큼. 그런 남편을 향한 내 고마움을 애정이라 할 수는 없을지. 결혼 준비를 하면서부터 간혹 다툼도 일었지만, 내가 겪어내기 힘들 만큼 심한 불화일 수는 없었다. 다툰다는 것 자체가 나에게는 성장일 수 있었고, 남편은 꼭 안 그래도 되는데 항상 내 기분을 풀어주겠다고 전화했다. 그러던 어느 날,

내 옆에는 희수가 앉아 있었다. 남편의 본의 아닌 배려로. 언젠가 형의 도움으로 내가 희수 앞에 앉았던 것처럼.

*

희수는 다시 옆모습으로 돌아가 있었다. 밀쳐낼 새도 끌어당길 새도 없이 왔다 간 짧은 입맞춤이었다. 그것은 마치 오래 사귄 연

인 사이의 부드러운 인사와도 같아서, 내가 내일 보자고 손을 흔들며 차에서 내렸어도 자연스러울 뻔했다. 실제로 나는 차에서 내릴 생각을 했는데, 이럴 때는 그래야 한다는 막연한 생각이었다. 그때 내가 의식한 사람은 누구였는지. 생각과는 달리 내 손은 안전벨트를 끌어당겼다.

차는 몹시 요란한 소리를 내며 구르기 시작했다. 창문이 내려가면서 소리는 더 커졌다. 에어컨이 고장났어요. 편안함과 어색함이 반반씩 묻어나는 듯한 목소리였다. 나는 더위보다는 소음을 참는 쪽으로 마음을 정했다. 추우면 말해요. 히터는 멀쩡하니까. 웃어주기에는 지나치게 실없는 소리. 앞차의 브레이크 등에 불이 들어왔다. 바깥은 바람 한 점 없는 열대의 밤이었고, 멈춰 있는 차가 바람을 만들어낼 수는 없었다. 앞차 너머로는 경기장을 빠져나가려는 차들의 느림보 행렬이 지루하게 늘어서 있었다. 그 속으로 끼어들기조차 쉽지 않아 보였다.

저기…… 너무 늦었어요. 그냥 집에…… 끝이 흐려진 내 말은 집에 데려다달라는 건지 내려서 혼자 가겠다는 건지 모호했다. 희수는 아무 대꾸도 하지 않았다. 나는 성급한 말이었다고 뉘우쳤다. 여기서 벗어난 뒤에 말해도 늦지 않았을 텐데. 시간이 적당히 흘러서, 너무 늦었다는 말이 그럴싸하게 들렸을 텐데. 집에 혼자 간다고 쳐도 그 북새통을 틈타 차에서 내린다는 건 너무 얌체 같은 짓이었다. 나는 야구장에서 처음에 그랬던 것처럼 곁눈질로 희수의 표정을 살폈다. 가까스로 끼어들기를 마친 그의 뺨에는 땀 흘린 자국이 한 줄기 나 있었다. 그가 앞을 본 채로 빙긋 웃으며 말했다. 멀리 가지 않을게요. 커피 마시고…… 집에도 가고…… 그래요 우리.

큰길로 접어드는 코너를 돌자마자 희수는 차를 세웠다. 길가의 넓은 터에는 누런 종이박스들을 바닥에 펼쳐놓은 간이주점마다 손님들로 바글바글했다. 눈에 익은 풍경이었다. 이긴 편의 축배와 진 편의 고배가 한데 어우러지는 자리. 내가 한 번도 앉아보지 못한 그들만의 자리. 여자가 아니더라도 혼자 야구를 보고 나와 노천에서 자작하는 사람이 흔할까. 남편은 그런 험한 자리에 나를 앉힐 사람이 아니었고. 그런데 저기서 커피를 마시기는 좀…… 커피 마시자더니 갑자기 술 생각이 났나? 운전은 어쩌려고…… 그런 생각을 하고 있는데 희수가 말도 없이 차에서 내리더니 술판이 벌어진 곳으로 달려갔다. 달리는 그의 뒷모습이…… 보기 좋았다. 내 얼굴이 좀 날아오르는 느낌이었다. 그가 셈을 치르는 모습까지 바라보고 나서 나는 운전석 문이 열릴 때까지 앞만 보고 있었다.

희수가 건네준 캔커피는 얼음처럼 차가웠다. 캔을 따는 그의 손을 물끄러미 바라보며 나는 물기 묻은 캔을 뺨에 대고 살살 돌렸다. 겨울에 노천탕에 들어가 얼굴만 내놓고 있는 기분. 상쾌했다. 희수는 목이 말랐는지 커피를 벌컥벌컥 들이켜더니 손등으로 입가를 닦았다. 차 안 가지고 올 때는 저기서 혼자 소주 한 병 까는데. 그런 맛…… 잘 모르죠? 나는 말없이 웃음지었다. 그런 독특한 사람이 바로 옆에 있었군. 혼자 소주 한 병 깐다…… 그런 표현이 희수에게 어울리는지 아닌지 애매했다. 불현듯 나는 그의 취한 모습이 보고 싶어졌다. 차 안에는 잠깐 침묵이 흘렀다.

그날은 내가 좀 취했었죠? 희수는 며칠 전 얘기를 꺼내듯 말했다. 나는 무슨 말이냐고 시치미를 떼려다가 관뒀다. 술자리였잖아요. 희수가 내 쪽으로 좀 다가왔다. 그러니까, 내가 취했던 건 맞다? 이 남자가 커피 마시고 취했나. 조금 불쾌해지려는데, 문득 야구장에서 그가 내 이름을 말한 순간 느꼈던 감정이 되살아났다. 나는 아무 말 않고 캔을 따서 커피를 한 모금 마셨다. 다 기억해요. 말하면서 나를 보고 있을 그를, 나는 마주 보지 않았다. 연우씨 그날 노란 투피스를 입었어요. 그랬다. 나는 갈색 싱글 차림으로 피아노 앞에 앉은 희수를 떠올렸다. 새하얀 셔츠에 타이는…… 그 가느다란 넥타이는 무슨 색이었지? 어떤 무늬였더라…… 머리 모양도 말해볼까요. 나는 더이상 희수를 외면할 수가 없었다. 지금처럼 길게 늘어뜨린 것보다는 그때가 더 좋았는데. 연우씨는 목선이……

희수씨. 그렇게 불러놓긴 했지만, 나는 무슨 말을 하려고 그의 말을 끊었는지 잊어버렸다. 아니면 단지 말을 끊으려고 그를 불렀는지도 모른다. 그의 말을 더 들어서는 안 된다고 나 자신을 막은 건지도. 희수는 눈을 크게 뜬 귀여운 표정으로 내 말을 기다리고 있었다. 그 얼굴을 계속 보고 있다가는…… 아무튼 그런 기분은 처음이었다. 내가 얼마나 정신이 없었으면 이렇게 말하고 말았을까. 나 곧 결혼해요.

누가 물어봤냐고 놀려도 할말 없는 소리를 뱉어놓고 나서 나는 엉뚱하게도, 한 달 후를 '곧' 이라고 한 것에 대해 후회했다. 재미있네요. 말과 똑같은 표정이 희수의 얼굴에 번졌다. 난 엊그제 이혼했는데. 그가 결혼했을 거라는 생각을 왜 못 했을까. 우리는 피차 물어보지 않은 것을 잘도 주절대는 한 쌍의 주책바가지였다. 혹은 일찌감치 거쳤어야 할 확인 절차를 폼 잡는답시고 건너뛰었다가 정작 폼 잡고 놀 시간에 촌티를 줄줄 흘리는 어설픈 세련 남녀였다.

파혼이 성가셔서 이혼할 작정으로 결혼하는 남자를 어떻게 생각해요? 희수는 내친 김에 소매 걷어붙이고 달려들 태세였다. 나쁜놈이죠. 나오는 대로 지껄이고 나자 마음이 한결 가벼웠다. 내 대답을 들은 희수도 그래 보였다. 나쁜놈 아니죠? 곧 결혼할 그……분. 내 결혼 상대가 형은 아닐 거라고 짐작하는 투였다. 나는 고개를 끄덕이다가, 형도 나쁜 사람은 아니었다는 생각이 들어 몇 번 더 끄덕였다. 그러면서, 희수가 말한 식으로 나를 표현하면 뭐가 될까 생각했다. 파혼할 이유가 없다는 이유로 결혼하는 여자…… 나쁜가? 아예 나도 확실히 나빠질까. 이 남자처럼. 그런

뒤에…… 그런 뒤에? 나쁜 게 아니라 미쳤구나. 힐끗 보니 희수
도 생각에 빠져 있는 듯했다. 둘 사이에는 다시 침묵이 흘렀다.

그때 그…… 희수가 먼저 입을 열었다. 애인하고는 언제 헤어
졌어요? 희수도 우리가 처음 만난 날을 회상하고 있었나보다. 지
난 봄에요. 나는 담담하게 대답했다. 차였죠? 나는 고개를 끄덕였
다. 그렇게 물을 수도 있구나 하는 의미가 반쯤 섞인 동작이었다.
차이길 기다렸죠? 희수가 또 물었다. 나는 그를 물끄러미 쳐다봤
다. 두 사람 안 될 거 내가 어떻게 알았는지 궁금하지 않아요? 나
는 가만히 있었다. 연우씨가 부케를 한 번에 못 받았잖아요. 싱거
운 사람. 그거 보고 내가 속으로 좋아했던 거 모르죠? 말하면서
희수는 시동을 걸었다. 하여간 난 나쁜놈이라니까. 나는 내리겠다
는 말을 할 수가 없었다. 집이 어디예요? 내 답을 듣고 희수는 아
이처럼 웃으며 말했다. 먼 데 사는 거 하난 맘에 드네.

그 '먼 데'가 가까워질 때까지 우리는 쉴새없이 떠들었다. 기억
나지 않는 사소한 얘기들. 우리와 별 상관 없는 잡다한 얘기들. 희
수는 천천히, 아주 천천히 차를 몰았지만, 야구장에서 내가 사는
동네까지 그렇게 빨리 온 적은 없었다.

노래를 멈췄어야 했어요. 희수는 그저 또다른 화제를 끄집어내
듯 말했다. 아니면 연우씨가 내 노래를 다 듣고 일어서든가. 희수
는 어느새 그날로 돌아가 있었다. 나는 그날 카페를 떠난 뒤에 형
과 치렀던 격렬한 정사가 떠올라서 좀 당황스러웠다. 참, 그 노래

가 뭐였죠? 내 물음이 딴소리하는 것으로 들렸을까. 희수가 피식 웃으며 대답했다. 아스타 마냐나. 그 소리를 듣는 순간, 아…… 나는 우리가 처음 만난 그날이 바로 어제였던 것만 같은 착각에 사로잡힌 채 속으로 중얼거렸다. 그게 제목이었구나.

스페인어래요. 영어로 틸 투머로우. 내일 또 봐요. 희수는 나에게 인사를 건네듯 말했다. 내일은 또 언제 오나요? 나는 그렇게 뜻 모를 물음 하나 떠올려보며 말했다. 희수씨, 그 노래 좀 불러줄 래요? 아스타 마냐나……

그는 노래하기 시작했다. 오디오세트에는 그 유명한 아바의 테이프가 하나 꽂혀 있었다. 이 노래가 그 노래 맞나? 전주가 나올 때부터 나는 의심하지 않을 수 없었다. 희수가 느린 재즈 풍으로 연주했던 그 곡이 원래는 〈댄싱 퀸〉만큼이나 경쾌한 노래였다니. 나는 왠지 좀 서글퍼졌다. 야구장에서 나올 때처럼 아쉽고 허망한 기분이었다. 희수는 어깨를 들썩이며 노래하다가 흥에 겨운지 그 길쭉한 두 손으로 핸들을 두드려대기까지 했다. 그 모습이 우스꽝스럽다고 느끼며 또 왠지 모르게 나는 마음이 놓였다. 다행이었다. 이번에는 꼭 가사에 집중하겠다던 다짐도 흐지부지 흩어져버렸고, 내 머릿속엔 첫 소절의 풀이만 남아 빙빙 돌고 있었다. 그 봄과 여름은 어디에…… 한때는 당신과 나의 것이었던……

내가 사는 아파트 단지가 저만치서 다가오고 있었다. 노래 때문에 창을 닫아놔서 목덜미가 끈적끈적했다. 이쯤에서 내려 걸어갈

까? 노래는 다 들어야지. 아스타 마냐나 베이비…… 희수는 누구
들으라고 부르는 노랜지도 잊은 사람처럼 아바와 화음을 맞춰 열
심히 노래하고 있었다. 우리 다시 만날 거라 말해요…… 당신 없
이 난 못 살아…… 문득 그의 뺨에 흐르는 땀을 닦아주고 싶어진
순간, 내 허벅지가 부르르 떨었다. 그 조그만 기계가 내 가슴이라
도 되는 양, 나는 주머니에 손을 넣어 전화기를 움켜쥐었다.

외출

희수가 전화를 걸어온 것은 내가 결혼한 지 딱 일 년째 되는 날이었다. 나는 남편과 함께 저녁을 먹고 있었다. 남편은 스테이크를 썰다 말고 더 못 참겠다는 듯 나에게 선물을 내밀었다. 포장을 뜯고 케이스를 여니 백금에 박힌 사파이어가 파랗게 빛났다. 당신 반지가 일 년에 하나씩 늘어날 기야. 나는 그를 위해 준비한 것이 없었다. 결혼기념일이 선물을 주고받는 날인 줄도 몰랐다. 어떡하죠? 나만 받고 미안해서. 남편이 내 잔에 와인을 따르며 어울리지 않게 음흉한 미소를 지었다. 어떡하긴. 오늘밤이 있잖아. 내가 눈을 흘기며 잔을 들려는데 내 휴대폰의 벨소리가 들려왔다.

발신자의 이름을 본 나는 엉겁결에 폴더를 닫았다. 무슨 전화야? 남편이 묻자마자 다시 벨소리가 울렸다. 나는 남편에게 대답하는 대신 전화기에 대고 말했다. 여보세요. 희수는 자기 번호가 내 휴대폰에서 삭제됐을지도 모른다고 짐작했을까. 나 희수예요. 지금 뭐 해요? 전화 목소리는 처음이었다. 아, 처음이 아니라고도 할 수 있나. 아무튼 희수가 뻔질나게 전화하는 사람처럼 대뜸 그렇게 물어온 덕에 나는 생각보다 편안했다. 밥 먹어요. 남편은 별다른 기색 없이 샐러드를 입에 넣고 있었다. 혼자 아니에요? 고마운 물음이었다. 네…… 내일 나 좀 봐요. 내 대답을 듣자마자 희수는 서둘러 말했다. 네? 나는 다시 남편의 기색을 살피며 그렇게 반응했다. 희수는 내가 못 알아들은 게 아님을 안다는 듯 곧바로 시간과 장소까지 일러주고 나서야, 내 사정이 어떤지 물었다. 시간 되요? 아, 네…… 나는 말없이 있기가 뭐해서 어정쩡하게 대꾸했다. 내일 안 되면 이따가 편할 때 전화해요. 그렇게 말하고 희수는 전화를 끊었다. 안녕히 계세요. 나는 남편을 의식해서 받아줄 사람도 없는 인사를 건네고는 전화기를 내려놨다. 누구야? 남편이 무릎 위에 올려놨던 하얀 냅킨으로 입가를 닦으며 물었다. 학교 선배. 내일 모임이 있다고…… 선후배 간의 통화가 뭐 그리 딱딱하냐거나 싱겁냐거나 할 줄 알았는데, 남편은 이렇게 말하고는 남아 있는 식사로 돌아갔다. 당신 벨소리 좀 바꾸지 그래. 컬러링도 그렇고…… 아바가 지겨울 때도 됐잖아.

*

희수의 노래가 아바의 곡임을 알게 된 날, 나는 그의 차 안에서 남편의 전화를 받을까 말까 망설였다. 노래가 끝날 때까지는…… 곧 노래는 끝났고 기다렸다는 듯이 휴대폰은 또 내 허벅지를 떨게 했다. 여보세요. 나는 남편의 이름을 확인하고도 평소대로 전화를 받지 못했다. 어디예요? 집에 없던데. 내 기분이 아직 안 풀린 거라고 짐작했을까. 남편의 목소리는 조심스러웠다. 집에 가는 길이에요. 야구 봤어요. 혼자? 남편이 밝아진 목소리로 물었다. 네…… 희수는 한 손으로 땀을 닦으며 운전하고 있었다. 와, 이제 나 없이도 야구를 보고…… 나는 내 쪽의 창문을 내리려고 버튼을 눌렀다. 우리 팀 경기가 아니라서 재미가 덜…… 소음 때문에 남편의 나머지 말이 잘 들리지 않았다. 집에 들어가서 전화할게요. 전화를 끊고 나서 나는 너무 큰 소리로 말했다는 생각이 들었다.

희수는 그때서야 사기 쪽 창문을 내렸다. 어느새 차는 아파트 단지 입구로 들어서고 있었다. 여기서 내릴게요. 희수는 묵묵히 차를 세웠다. 내가 뭐라고 인사해야 좋을지 몰라 머뭇거리고 있는데, 희수의 손이 뻗어와 내 손에 들려 있는 전화기를 낚아채듯 가져갔다. 나는 곧 그가 뭘 하려는지 알았다. 희수는 통화 버튼까지 누른 뒤에 내 휴대폰을 돌려줬다. 벨소리가 나자마자 얼른 자기 전화기를 꺼내 귀에 댄 그는 씩 웃으며 손짓으로 나를 재촉했다.

내가 전화기를 귀에 대자 희수의 말이 두 목소리로 들려왔다. 하나는 공기에 실려, 하나는 전파를 타고…… 잘 가요. 시집도……우리의 첫 통화라고도 할 수 있었다.

*

희수와 나의 첫 만남을 주선했다고도 할 수 있는 친구 부부는, 결혼한 지 삼 년도 안 돼서 애를 둘이나 낳았다. 내가 결혼한 직후에 첫애의 돌잔치가 있었다. 나는 좀 주저하다가 남편과 함께 가기로 마음먹었다. 남편은 돌반지를 고르며 몹시 좋아했다. 우리도 노력해서 내년 이맘때쯤 이런 거 왕창 받아보자.

뷔페 안은 예식장 식당만큼이나 붐볐다. 아는 얼굴들과 눈을 맞추며 빈자리를 찾다가 형을 발견했다. 마주치는 상황까지도 염두에 두고 있었기에 그리 당황스럽지는 않았다. 그는 아직 나를 못보고 있었다. 좋아 보이는 얼굴이었다. 나는 형 옆에 앉아 있는 낯선 여자가 그에게 생긴 '다른 여자'임을 한눈에 알아봤다. 별로 좋은 인상이 아니었다. 나는 남편의 소매를 잡고 형 자리에서 멀찌감치 떨어진 테이블로 이끌었다. 희수는 눈에 띄지 않았다.

접시에 먹을 것을 담고 있는데 누가 내 등을 살짝 두드렸다. 나도 모르게 가슴이 뛰었다. 반가운 표정을 만들어 뒤를 돌아봤더니 형이 환하게 웃으며 서 있었다. 나를 보며 웃는 사람 앞에서 표정을 싹 바꾸는 것도 우스운 짓이었다. 아주 잠깐 동안 둘은 마주 보고 웃는 마네킹과도 같았다. 오랜만이야. 늦었지만 결혼 축하해. 형이 먼저 말을 건네왔다. 남편은 저만치서 음식을 고르고 있었다. 아무 대꾸도 안 할 생각이었는데 정말로 축하를 받은 느낌이어서 그럴 수가 없었다. 고마워. 형은 언제…… 나는 형보다 먼저 결혼한 게, 아니 결혼이란 걸 했다는 자체가 어쩐지 민망해지는 기분이었다. 곧. 형은 짧게 대답하고는 자기 자리를 돌아봤다. 형과 곧 결혼할 그녀의 인상은 여전히 좋아질 기미가 안 보였다. 행복해라. 형의 인사였다. 형도…… 나는 하마터면 그렇게 장단을 맞출 뻔했다. 내가 가까스로 건넨 인사는 오래 전에 형이 내게 잘하던 말이었다. 많이 먹어.

나는 형이 달라졌다고 생각하며 천천히 포크를 놀리고 있었다. 남편은 순식간에 접시를 비우더니 다시 자리를 떴다. 옆에 누가 와서 앉는 기척이 느껴져 얼른 돌아봤다. 잔치를 베풀고 있는 친구였다. 한복을 입어서인시 임신한 티가 안 나 보였다. 몇 마디 말이 오고 간 뒤에 친구는 조심스레 형 얘기를 꺼냈다. 딴 사람이 된 것 같다는 요지의 말이었다. 나는 형과 결혼할 여자에 대해 물을까 망설이다가 참았다. 저 여자 어디가 좋아서 저렇게 싱글벙글이라니? 오히려 불안해 보인다니까. 친구는 내 뒤쪽을 쳐다보며 말했다. 나는 고개를 돌리지 않았다.

너 만약에…… 친구가 정색을 하고 물어왔다. 형이 연락해오면 만날 거니? 나는 희수를 떠올리며 아무 대답도 하지 않았다. 우리 신랑 친구 중에, 얼마 전에 이혼한 사람이 있는데…… 아직 안 왔나? 나는 친구를 따라 홀을 한 바퀴 둘러봤다. 오기 좀 그렇기도 하겠지. 결혼하고 일 년도 안 돼서였을걸. 부인이 바람을 피웠대. 전에 사귀던 남자랑. 자신의 말이 내 귀에 가볍게 들리지 않는 까닭을 알 도리 없는 친구는 내 기색을 살피더니 원래 하려던 얘기를 접는 눈치였다. 목소리가 가벼운 톤으로 바뀌어 나왔다. 그렇다고 이혼을 하냐. 남편 몰래 돈을 갖다바친 것도 아닌데. 꽤 쿨한 남잔 줄 알았더니…… 네가 모르는 무슨 사연이 있겠지. 설령 희수가 아니더라도 그건 그럴 거라는 생각이었다. 하긴 그냥 사는 게 쿨한 건지 깨끗이 갈라서는 게 쿨한 건지 헷갈리네. 아무튼 그 남자 매력 있어 애. 피아노도 칠 줄 알아. 참, 연우 너도 봤겠다. 왜 내 결혼식 피로연에서…… 그때 남편이 자리로 돌아왔다. 친구는 말하다 말고 남편에게 인사하고는 황망히 자리를 떴다.

　나는 접시를 깨끗이 비우고 싶었지만 얼린 참치회가 너무 푸석푸석해서 몇 점 남긴 채 포크를 내려놨다. 가만히 앉아 있는 나를 보고 남편이 물었다. 한번 더 안 나가? 난 이거면 돼요. 에이, 많이 먹어야지. 엄마 몸이 튼튼해야…… 운전하면서도 애 키우는 상상으로 들떠 있던 남편은 아직 들어서지도 않은 아기의 건강을 챙기려 했다. 나는 디저트나 좀 담아올 생각으로 자리를 떴다. 파인애플 조각을 하나 씹어보니 시고 쓰기만 했다. 집었던 집게를 도로 내려놓고 커피를 타기 위해 종이컵을 뽑아들었다. 불현듯 희수 목소리가 듣고 싶어졌다. 전화하고 싶을 정도는 아니었다. 그와 헤어진 그 밤 이후로 하루에 한 번쯤은 그래온 것처럼. 그는 왜 전화하지 않을까. 마음이 놓인다는 것은 마음 한 곳이 비게 되는 것을 뜻했다. 나는 희수가 나타나기를 바라고 있나 꺼리고 있나. 아리송했다. 남편의 식탐을 반겨야 할지 말려야 할지……

세 접시 반을 해치우고 모밀국수에다 케이크와 아이스크림까지 곁들인 남편과 함께 주차장을 완전히 벗어날 때까지, 희수는 보이지 않았다. 그전에 엘리베이터 앞에서 마주친 형은 남편과 명함을 교환했다. 형의 약혼녀는 내 인사를 받고도 고개만 까딱하고 바로 눈을 내리깔았다. 결혼할 남자의 옛 여자에게 인상이 더럽다고 찍힌 줄도 모른 채.

*

호텔 로비는 혼자 있기에 좋은 장소였다. 그걸 알기 전까지, 내 호텔 경험은 몇 번의 잔치와 몇 번의 맞선 그리고 한 번의 신혼여행이 전부였다. 그때마다 로비는 그저 지나치는 곳이었고, 그럴 때마다 내 어색한 걸음걸이는 빨라지곤 했다. 뭔가 주눅이 들었던 것이었을까. 혹시라도 아는 사람을 만나면 왠지 난처할 것 같다는 마음이기도 했다.

로비 구석에 서 있다가 다리도 아프고 해서 가까운 소파에 앉는 순간, 나는 거기가 또다른 '나의 자리'임을 알았다. 커피숍이나 연회장이나 객실에서는 맛볼 수 없는 시원하고도 차분한 느낌. 한가로워 보이는 풍경 속에서 사람들은 저마다의 포즈로 일하거나 쉬고 있었다. 나처럼 남들은 뭐 하나 둘러보는 이가 또 있어 서로 눈이 마주친다 해도, 그 시선은 충분한 거리에 씻겨 한없이 부드러워질 것이었다. 설령 서로 아는 사이라 할지라도 가볍게 눈인사만 나누면 그만일 듯싶을 정도였다. 나는 넓고 우아한 거실이 생긴 것 같아 기분이 좋아졌다.

*

전날 밤, 남편과 나는 일찍 잠자리에 들었다. 남편은 결혼 일 주년 밤을 맞는 특별한 기대감으로 잔뜩 부풀어 있었지만, 내가 갑자기 다른 여자로 바뀔 수는 없었다. 좋았어? 그렇게 묻는 남편에게 어지간해서 아니라고 할 아내는 드물 것이다. 응. 당신도? 대답만 하고 안 물어보면 남편은 서운해했다. 그럼. 미진함이 느껴지는 목소리였다. 내가 그에게 줄 수 있는 색다른 느낌은 한번 더 하고 싶어하는 것뿐이었다. 두번째에 남편은 좀 새로운 시도를 해보았지만 둘 다 안 하던 짓을 처음부터 잘할 수는 없었다. 남편은 아쉬운 기색을 드러내지 않으려고 애썼다. 나는 희수를 만날까 말까 생각하느라 쉽게 잠들지 못했다.

섹스란 좋을 때도 있고 그저 그럴 때도 있고 영 아닐 때도 있다는 것을 나는 오래 전부터 알고 있었다. 오래 전부터, 섹스로 기분을 잡칠 수도 있다는 것을 알고 있었기에, 나는 남편과의 섹스가 그저 그럴 때도 그런대로 좋았다. 적어도 그 때문에 잠을 못 이룬 적은 없었다. 나와는 달리 남편은, 꼭 섹스가 아니더라도 늘 좋은 것을 기준으로 삼는 사람이었다. 아침에 일어난 그는 잠을 설친 모습이었다. 나는 간밤의 꿈이 자꾸 생생하게 떠올라서 남편을 출근시키는 데 애를 먹었다. 설거지를 마치고 커피 한잔 만들어 식탁 의자에 앉을 때까지도, 내 몸에 남은 꿈의 흔적은 가시지 않고 있었다.

꿈속에서 희수는 어딜 만지는 게 좋으냐고 속삭였다. 나는 그의 손을 잡아당겨 내 가슴에 얹었다. 그의 손은 차가웠다. 젖꼭지가 얼음에 닿은 것처럼 아렸다. 그리고 또 어디? 나는 손을 뻗어 그의 등을 쓰다듬었다. 다…… 어디든 다…… 그의 손이 내 등줄기를 훑으며 아래로 내려갔다. 나는 얼굴을 돌려 그의 입술을 열었다. 그의 혀는 뜨거웠다. 나는 어지러웠다. 갑자기 사방의 벽이 사라지며 우리는 환한 거리로 나앉았다. 다행히 어느새 옷은 입혀져 있었다. 그러고는 꿈답게 엉뚱한 인물들이 등장해서 희한한 상황을 맞다보니 희수는 언제 사라졌는지도 모르게 안 보이고……

꿈 때문에 희수를 만나야겠다는 생각이 든 것은 아니었다. 물론 친구를 만나러 나가는 것처럼 내 마음이 덤덤할 수야 없었다. 단지 전화로 못 나간다는 말을 하기가 싫어서 만나러 갈 뿐이야. 집을 나서면서 내가 스스로에게 둘러댄 핑계였다. 그런데 하필이면 왜 호텔 로비에서 보자고 했을까. 그런 생각이 든 것만큼은 간밤의 꿈 때문이었는지도 모른다. 그 궁금증도 풀 겸 만나보지 뭐. 나는 새로운 취미라도 생긴 것처럼 모든 생각을 희수와 만나러 가는 핑계로 돌려놨다. 남편이 차를 두고 가지만 않았어도 외출하고 싶지 않았을걸. 차에 올라타 시동을 걸며 수집한 또하나의 핑계였다.

*

희수는 자신이 정한 시간을 훨씬 넘겨서 나타났다. 그사이에 전화도 없었다. 나는 별로 기분 나쁘지 않았다. 워낙에 나는 내가 늦을 경우를 생각해서 남이 늦는 것에 관대한 편이었다. 게다가 희수가 늦게 온 덕에 기분 좋은 자리도 하나 얻지 않았나. 그가 더 늦었어도 나는 괜찮았을 것이다. 아예 안 왔어도 혼자 잘 놀다 가지 않았을지. 나는 잠깐 눈을 감고 있느라 희수가 다가오는 것을 보지 못했다. 인기척에 눈을 뜨자 그는 내 옆에 앉고 있었다. 우리의 세번째 만남이었고, 만나려고 해서 만난 첫번째 자리였다.

여기 좋죠? 열세 달 만에 만나서 희수는 그렇게 말문을 열었다. 그리고 내가 대꾸할 새도 없이 그는 스스로 답했다. 호텔 로비는

다 좋아요. 어디든 다. 아마 그럴 거라는 짐작으로 고개를 끄덕이려는데 문득 간밤의 꿈이 되살아났다. 돈이 안 들거든요. 희수가호텔 로비를 좋아하는 이유를 말했을 때 나는 꿈속에서 들었던 내목소리를 다시 듣고 있었다. 다…… 어디든 다…… 우리가 팔걸이를 하나씩 차지한 소파는 2인용과 3인용의 중간쯤 되는 크기였다. 희수와 나 사이의 틈은 넓지도 좁지도 않고 적당했다. 달리 말하면 어중간했다. 그 미지근한 거리가 우리 관계의 애매모호함을딱 짚어주는 것 같아 싫었을까. 나는 희수와의 틈을 확 좁히고 싶다는 충동에 놀라 이렇게 말문을 열었다. 왜 날 보자고 했어요?

그 말은, 내가 상상 속에서 희수와의 만남을 준비하며 떠올린수많은 말들에 속하지 않는 거의 유일한 말이었다. 호텔로 오는동안 차 안에서, 아니 희수를 만날 마음이 확실치도 않았던 전날저녁부터, 사실은 그보다 훨씬 오래 전, 어쩌면 나를 내려주고 돌아나간 그의 고물 지프가 안 보일 때까지 꼼짝도 할 수 없었던 순간부터, 나는 그와의 만남을 상상하며 얼마나 많은 말들을 준비했던가. 그때마다 그가 말할 몫까지 챙기고 있는 내가 우스워 서둘러 모든 말들을 지워버렸다. 내 상상 속에서 우리가 나눌 수 있는가장 자연스러운 대화는 침묵이었다.

희수가 오기 전에 잠깐 눈을 감았을 때도 마찬가지였다. 신통치않은 몇 차례의 대화를 꾸며내다가 나는 재빨리 침묵의 자연스러움으로 상상을 이끌었다. 이렇게 눈 감고 있으면 그가 다가와 설마 툭 치며 뭐 해요? 묻지는 않겠지. 그는 말없이 내 곁에 앉는다. 어딘지는 모르지만 그가 생각해둔 곳으로 옮기기를 잠깐 미루고. 나는 천천히 눈을 뜬다. 그리고 아주 잠깐이라도 좋으니 가만히 서로를 응시하는 침묵의 시간. 이제야 진짜 우리가 만나게 되었다는 암묵의 교감이어도 좋고, 아무 생각 없이 그저 바라만 봐도 나쁘지 않다. 그러다가 내가 먼저 그의 눈빛을 못 견디겠다는 듯 살며시 고개를 돌리고. 그때서야 그가 정신을 차린 듯 말문을 연다. 뭐라고 말해올까. 늦어서 미안해요. 그러면 나는 여전히 입을 다물고, 눈빛으로 괜찮다고 말하며, 너무 괜찮아 보이지는 않게 조심하면서, 속으로 이렇게 대꾸해본다. 그래요. 당신 참 많이 늦었어요. 일 년하고도 한 달이 지나서야 왔잖아요.

장연우! 너 지금 드라마 찍니? 내 속에서 그런 소리가 들려왔을 때 희수는 이미 가까이 와 있었다. 천천히 눈을 뜨기란 생각처럼 쉽지 않았다. 희수가 털썩 앉는 바람에 내 몸도 따라 들썩였다. 그를 지그시 바라보는 우아한 자세는 불가능했다. 그리고 그는 앉자마자 입을 열었다. 애틋한 침묵 따위는 역시 내 상상의 산물이었을 뿐. 만나자마자 희수는 나에게 이런 말을 한 셈이었다. 돈이 안 들어서 여기서 보자고 했어요. 내 궁금증만큼은 일찌감치 시원하게, 허탈하도록 싱겁게 풀린 셈이었다.

그 때문이기도 했을까. 내가 그다지도 상냥하게 말문을 연 것은. 시키지도 않은 해명을 알아서 척척 하는 그가 장하고 기특해서. 내 상상을 시원하게 뒤엎어 꿈 깨게 해준 그가 너무 예쁘고 고마워서. 그것만이 아니었다. 내가 그토록 쌀쌀맞게 그를 몰아붙였던 까닭은.

희수는 정장을 입고 있었다. 내가 뻔질나게 해댔던 상상이란 그의 옷차림에 관한 것이기도 했는데, 그때마다 어김없이 나는 달리는 그의 뒷모습을 보았다. 나풀거리는 티셔츠 자락 아래 희끗희끗 드러나는 미끈한 등허리. 그날 희수를 만나러 가기 위해 옷을 고를 때도 마찬가지였다. 여름이 지났으니 셔츠 위에 진 재킷쯤 걸치고 나오려나. 어울리겠네. 그런 상상을 하며 나는 오랜만에 청바지를 꺼내 입고 가장 아끼는 카디건 속에 심플한 라운드 티를 받쳐입었다. 머리는 틀어올리는 대신 곱창밴드로 질끈 동여매고.

희수는 베스트까지 갖춘 완벽한 클래식 정장을 입고 있었다. 넥타이마저 매듭이 큼지막하고 폭이 넓은 트렌드 타입이었다. 나는 꽉 조인 그의 목 언저리를 쳐다보다 말고 고개 숙여 내 발에 신겨 있는 긴편한 스니커 한 켤레를 내려다봤다. 양말을 안 신어서 발목이 횅해 보였다. 그러니까 그날 우리 만남의 컨셉은 완벽한 부조화라 할 만했다.

드라마에서조차, 서로 어울리지 않는 옷차림의 남녀가 어울려 보이기란 여간해서 쉽지가 않은 것이다. 그리고 남녀 사이든 뭐든 보기와는 달리 되는 경우는 사실 흔치가 않은 것이다. 누구를 탓할 게 아니었고, 굳이 따지자면 제멋대로 상상한 내 탓이었다. 그런데도 나는 그런 차림으로 나와서 그런 말이나 뱉어낸 희수를 원망하지 않을 수 없었다. 그러면서도 갑자기 그와 더 가까워지고 싶다는 충동을 느꼈던 나는……

왜 날 보자고 했어요? 거리감이 확 느껴질 수밖에 없는 내 말을 듣고 희수는 비로소 침묵에 잠겼다. 바로 입장을 바꿔 생각하게 된 나는 그럴 수밖에 없을 거라고 이해했다. 정나미가 떨어지지나 않았으면 다행이었다. 그 순간 우리 사이는 길다란 식탁의 양쪽 끝에 마주 앉은 주인과 손님 사이처럼 멀었다.

미안해요. 원래 하려던 말은 그게 아니었어요. 그대로 시간이 조금만 더 흘렀다면 내 입에서 그런 말도 흘러나오지 않았을까. 그때 내가 못 할 말이 뭐가 남아 있었는지. 희수는 잠깐 굳어 있더니 몸을 굽혀 두툼한 가죽 가방을 열었다. 여전히 하얀 그의 손이 테이블 위에 올려놓은 것은, 검붉은 빛깔로 출렁이는 기다란 유리병이었다.

*

프로페셔널하게 산다는 것. 결혼을 며칠 앞두고 남편은 그런 문제에 대한 고민을 털어놨다. 연우씬 프로가 뭐라고 생각해? 그날 따라 그는 많이 지쳐 보였다. 최대한 릴렉스…… 집중력을 최고로…… 나는 희수가 야구장에서 한 말이 떠오르긴 했지만, 별 생각이 없다는 표정을 지어 보였다. 프로는 목숨 걸고 일해요. 구사한 단어에 어울리게 남편의 목소리는 비장했다. 프로가 되려면 먼저 일을 해야 하는구나. 나는 그런 생각을 했다. 목숨 건 릴렉스라는 것도 있을까. 그런 생각도 했다. 우리 회사에도 그런 사람이 몇 있는데…… 정말 몇 사람뿐이지. 자기 일에 인생의 승부를 걸 줄 아는 사람. 그럴 만한 일이 뭔지 아는 사람 말이에요. 난…… 아니야. 그러지 못해요. 남편은 위로가 필요해 보였다. 꼭 그렇게 살아야 하는 건 아니잖아요. 말해놓고 보니 그것은 위로가 아니었다. 남편의 웃음이 쓰다고 느껴지기는 처음이었다. 나는 꼭…… 그렇게 살고 싶거든. 나는 서둘러 다른 말로 그를 위로하려 했다. 그럴 수 있을 거예요. 신통한 근거가 안 떠오른 나는 간신히 말을 이어갔다. 자긴…… 늘 부지런하고…… 또 성실하니까. 남편이 좋아하는 '자기'라는 호칭을 나는 간지러워서 잘 안 쓰는 편이었다. 그의 지친 얼굴이 언뜻 밝아졌다가 도로 그늘에 잠겼다. 아마추어가 일할 때 특징이 뭔지 알아요? 프로는 아마든 일에 관해 더이상 내가 할 수 있는 말은 없었다. 그냥 열심히 하는 거. 뭐든 열심히 하는데, 하다보면 하는 척하고 있는 거야. 열심히 하는 것처럼 보이지만 실은 적당히, 대충…… 나는 꼭 그렇지는 않을 거라는 말을 해주고 싶었지만, 어떤 말도 그에게 위로가 될 수 없다는 것을 알았다. 알고도 못 고쳐요. 남편이 쓸쓸하게 말했다. 노력하는 것도 능력이라니까. 진짜 성실하다는 게 얼마나 무서운 건

데…… 프로는 무서운 거라구. 그를 안아줄 수 있는 곳으로 옮기는 것만이, 내가 알 수 없는 두려움에 질린 그에게 베풀 수 있는 유일한 위로였다.

그때뿐이었다. 결혼 후에 남편은 언제 그랬냐는 듯이, 자신이 아마추어로 규정한 삶을 씩씩하게 꾸려갔다. 내게는 그런 것으로 보였다. 무엇보다도, 그에게는 누릴 수 있는 많은 취미가 있었다. 그 힘으로, 그는 일하면서 느끼는 중압감을, 프로페셔널 콤플렉스라고 이름붙여도 좋을 그 마음의 응어리를 능히 다스려나갔다. 그렇게 보지 않을 까닭이 없었다. 남편은 뭔가를 숨기는 일에 관한 그야말로 아마추어였다. 그가 프로페셔널한 삶을 살지 못해서 속상했다면 내가 모르고 넘어갔을 리 없었다. 체념을 했든 극복을 했든 남편이 직장에 다니는 모습은 편안해 보였다. 그렇게 일 년이 흘렀다.

물이 어느 순간 얼음으로 변하듯, 모든 변화는 갑자기 일어난다. 모든 '눈에 띄는 변화'라고 고쳐 말하는 게 옳겠다. 얼음으로 변할 때까지 물의 온도가 점점 낮아지는 것 또한 엄연한 변화일 테니까. 다만 보이지 않을 뿐. 만져보지 않고는 변하는 것을 느낄 수 없을 뿐이다. 변하고 있는 자신도 눈치채지 못할 만큼 아주 서서히 변해가다가, 결정적인 순간이 오면 단숨에 다른 모습으로 바뀌는 것. 변화란 그런 게 아닌지. 그때서야 보이고, 그래서 언제나 뒤늦게 알게 되는 것. 내가 호텔 로비에서 희수와 만나고 있는 시간에, 남편은 그런 순간을 맞고 있었는지도 모른다.

*

　이건 다단계가 아니라 네트워크죠. 말문이 막힐 때마다 희수는
그 말만 되풀이했다. 그의 횡설수설을 종합해보면, 테이블 위에
놓인 병 속의 액체는 한마디로 만병통치약이었다. 남태평양 어느
섬에선가 자라는 무슨 나무에는 사시사철 어떤 열매가 주렁주렁
열리는데, 거기서 엑기스를 뽑아 희석을 시켰다던가 갈아서 즙을
짜냈다던가, 하여튼 그 음료를 마시면 신경통이 씻은 듯이 낫고
구멍 숭숭 뚫린 뼈가 말끔히 아물고 또 뭐에도 좋고 뭐에도 좋
고…… 탈모된 자리에 바르면 머리카락도 새로 난다고 했다.
　그 설명을 희수는 아주 힘겹게 했다. 다단계든 네트워크든 내게
생소하기는 마찬가지인 마케팅 얘기는 말할 것도 없고, 섬 이름도
나무 이름도 심지어 그 음료의 이름마저 듣기가 무섭게 잊어버렸
지만, 제품의 성분은 뭐고 효능은 뭐고 판매가 어떻고 이윤이 어
떻고…… 그 설명을 하염없이 더듬대던 그의 모습만은 생생한 기
억으로 남아 있다. 이 얘기 했다가 저 얘기 했다가, 말끝을 제대로
맺지도 못하고, 잘못 말해서 고쳐 말한 횟수도 최소한 열 번은 넘
었다. 옛날로 치면 그는 거리로 처음 나선 약장수나 다름없었다.
아니, 아무리 초보라도 그만큼 서툴기는 힘들어 보였다. 나는 희

수가 그렇게 쩔쩔맬 수 있다는 게 처음엔 신기했다가, 점점 안쓰러워지더니, 나중에는 조마조마해서 그냥 보고만 있을 수가 없었다. 그래서 내가 어떻게 하면 되는 거죠?

조용히 듣기만 하던 내가 말을 끊고 끼어들자 희수의 표정이 멍해졌다. 왜 날 보자고 했냐는 말과 별반 다를 게 없는 느낌을 줬어도 어쩔 수 없었다. 가만히 있던 희수가 느닷없이 병을 따더니 뚜껑을 나에게 내밀었다. 일단 한 모금 마셔봐요. 진한 와인 같은 액체가 동전만한 뚜껑을 넘쳐 내 손을 적시고는 테이블 위에 뚝뚝 떨어졌다. 희수가 허둥대며 손수건을 꺼내는 사이에 나는 얼른 몸을 숙여 입술을 뚜껑에 갖다대고 찰랑이는 액체를 입 안에 흘려넣었다. 쪽 소리가 났다. 지나가던 외국인이 동물원에 온 표정으로 우리를 쳐다봤다.

이상한 맛이었다. 약처럼 쓰지는 않았지만, 약이라도 한 사발 들이켜 입 속을 헹구고 싶어지게 만드는 맛이었다. 어쨌든 몸에 좋다는 것이 주스 맛을 낼 수는 없잖아. 그렇게 헤아리고 넘어가려는데, 입 안에 시금털털한 뒷맛이 남아 있어 나도 모르게 얼굴이 찡그려졌다. 많이 써요? 손수건을 건네다 말고 희수가 자기도 인상을 쓰며 물었다. 아뇨, 조금. 나는 인상을 펴고 웃어주려 했지만 생각대로 잘 안 되었다. 희수는 반쯤 뻗은 팔을 어쩌지 못하다가 손에 쥔 수건을 펴서 자기 이마에 맺힌 땀을 닦았다. 가을이었다. 한여름이었다 해도 호텔 로비가 더울 리는 없었다. 희수가 기어들어가는 목소리로 말했다. 자꾸 마시다보면 괜찮아진대요. 맛이 좋아서 중독된 사람도 있다는데…… 나는 그 우스꽝스러운 상황을 그만 끝내야겠다는 생각으로 이번엔 정말 마음먹고 야멸치게 말했다. 한 병에 얼마라고 했죠?

희수는 대답 없이 고개를 떨군 채 한참 동안 말이 없었다. 나는 이게 뭔가 싶어 그를 외면하고 공허한 눈길로 주위를 둘러봤다. 사람들은 바뀌었어도 로비의 풍경은 여전했다. 달라진 것은 오로지, 술이 담겨 있다면 딱 어울릴 병 하나 짊어지고 검붉은 얼룩까지 흉하게 뒤집어쓴 우리의 불쌍한 테이블뿐인 것 같았다. 그리고 그 모든 변화를 가져온 상본인으로서 아무런 수습의 기미도 없이 넋 놓고 앉아 있는 한 남자. 허우대는 멀쩡해서 쫙 빼입은 모습이 눈부신 남자. 형편없이 어눌한 솜씨로 이상한 음료를 선전하다 이제는 고개 숙인 가여운 남자. 터무니없는 남자. 웃기는 남자……

나는 끈적이는 손끝으로 명치 부근을 세게 누르며 속으로 숫자를 세기 시작했다. 몇을 세고 일어설지 결정하기가 생각보다 쉽지 않았다. 막 열을 세려는데 희수의 목소리가 들려왔다. 왜 보자고 했는지 알고 싶어했죠? 내가 그의 것이라고 알고 있는 말투였다. 그는 뚜껑을 집어 병을 닫고 가방에 집어넣으며 말했다. 내가 이런 거나 팔아먹을 생각으로 연우씨를 보자고 했겠어요?

*

일을 하면서 산다는 것. 그 자체를 놓고 고민하는 사람들이 있다. 꼭 일을 하면서 살아야 하나. 일하지 않으면 정말 먹지도 말아야 하나. 그전에, 일을 안 하고도 먹고 살 길이 있기는 한가. 한숨소리와도 같은 그 물음들로부터, 그들에게 없는 것 세 가지를 뽑아낼 수 있다. 첫째, 일할 능력이 없다. 둘째, 죽을 마음도 없다. 셋째, 결정적으로 돈이 없다. 셋 중에 하나만 있어도 그들의 고민은 사라질 텐데. 아니, 애당초 고민할 필요가 없지 않나. 그만큼 그들의 처지는 딱하기 이를 데 없다. 세상에! 그 세 가지가 다 없다니. 여덟 가지 경우의 수 가운데 단 하나의 조합. 그들은 십 퍼센트 남짓한 확률에 걸려든 불운한 족속이다.

일이 곧 삶이라고 확신하는 사람들은 그들을 이해하지 못한다. 무슨 일을 어떻게 해야 보란 듯이 살 수 있을까 머리 싸매고 궁리하는 이들에게, 그들의 심각한 고민은 나약한 인간의 엄살쯤으로 이해된다. 돈이 없으니까 당연히 일을 해야지. 죽을 각오로 덤벼들면 못 할 일이 뭐 있나. 그러나 못하는 것은 죽어도 하기 싫은 사람들이 있다. 싫은 것은 죽어도 못 하거나. 다른 일을 찾으면 될 거 아니냐? 그래봐야 허사임을 그들은 알고 있다. 그들의 무능력은 일의 종류를 가리지 않는다. 모든 일들이 일로서 공히 요구하는 어떤 것, 어쩌면 능력이라기보다는 자세나 태도에 가까운 그 무엇을 그들은 죽었다 깨어나도 갖출 수 없다. 남편 말대로, 노력하는 것도 능력이니까. 그들의 무능력은 무기력이다.

희수는 무슨 까닭에 어울리지도 않는 세일즈맨의 길로 나섰을까. 하기는 그에게 어울리는 일이 따로 있지도 않았을 테니. 물건 설명도 제대로 못해 진땀 흘리는 그의 모습에서, 나는 일에 허덕이는 팔자를 타고난 사람의 어쩔 수 없는 무기력함을 보았다. 어쩌면 오래 전에 이미 그를 일하며 살기 힘든 사람으로 느꼈는지도 모른다. 친구의 결혼식에서 처음 서로의 눈길이 마주쳐, 예사롭지 않은 느낌의 다발이 그에게서 내게로 쏟아졌을 때, 그 속에는 내가 미처 의식할 새 없이 본능적으로 읽어낸 희수의 그 특별한 무기력함도 한 가닥 섞여 있었던 게 아닌지. 내 본능의 감각이 남달라서가 아니라, 사람은 누구나 자신과 비슷한 사람을 알아보는 법이니까. 그런 사람들끼리는 서로에 대해 묻지 않는다. 이런 경우는 특히 무슨 일을 하며 사냐고 물어서는 안 된다. 비슷한 사람들끼리는 할 수 있는 말이 많지 않다. 그래서 쉽게 멀어지거나 지나치게 가까워진다.

희수와 나 사이에 차이가 있다면, 나는 정말 할 줄 아는 게 아무것도 없다는 점. 일찌감치 스스로가 어떤 종자인지 알아채고 아무 일도 하지 않는 쪽으로 인생의 방향을 다졌다는 점. 그 점에서 희수는 나보다 조건이 나빴다. 그는 피아노도 제법 치고 노래 솜씨도 괜찮은 편이지만 공짜가 아니어도 들어줄 소리인지는 의심스러웠고, 야구를 잘한다는 그의 말을 믿어준다 해도 선수가 될 정도의 실력은 아니었다고 볼 수밖에. 아마도 그는 아무짝에도 쓸모없는, 적어도 돈 되는 쪽으로는 아무 소용 없는 자신의 재능 탓에 더욱 헛헛한 마음으로 살아오지 않았을지.

*

영업 대상으로 나를 불러내지는 않았다고 기세 좋게 말한 뒤에, 희수는 다시 풀 죽은 모습으로 돌아갔다. 그리고 자신에 대해 잘 아는 사람을 대하듯 이렇게 말했다. 이 일은 내가 잘할 줄 알았어요. 전에 그가 어떤 일들을 했는지는 몰라도, 해보기 전에는 언제나 그런 기분이었을 것이다. 무슨 일도 제대로 할 수 없는 이들의 특징이 아닐지. 나는 그런 자신에게 한 번도 속지 않은 독한 인간이었고, 희수라고 해서 물러터진 인간이라 번번이 속아넘어갔던 것은 아니리라. 별수가 없는 것이다. 나처럼 사는 길을 찾기가 그로서는 쉽지 않았을 것이고, 달리 어떤 살길이 남아 있는지는 나로서도 알 수가 없는 것이다. 속는 줄 알면서도 모르는 척 속아주는 길만 남았다면 그 길을 가는 수밖에. 시간을 질질 끌며 버틸 때까지 버텨보는 수밖에.

이번엔 정말 내 일인 줄 알았는데…… 갈수록 더 헤매기만 하고…… 한심하죠. 남들은 부업 삼아 하는 일인데…… 그 말을 듣고 나는 생각했다. 아마 그 남들은 부업도 본업처럼 이를 악물고 해낼 거야. 왜냐하면…… 일은 일이니까. 희수는 더이상 입을 열지 않았다. 나 역시도. 따뜻한 위로의 말을 건넬 입장이 아니었으므로. 결혼을 돌파구 삼아 무위도식의 활로를 찾은 것처럼 보이는 내 인생도 알고 보면 희수보다 나을 게 없는 처지였으므로. 동병상련이란 각자 알아서 느끼고 말아야 할 감정일 뿐. 비슷한 사람들끼리 나눌 수 없는 것들 중 하나가 위로였다. 아주 잠깐이라도 좋겠다며 상상 속에 그려봤던 침묵의 시간이 지겹도록 이어졌다. 우리는 말없이 서로를 외면한 채, 혹시 같은 곳을 뚫어져라 보고 있었던 것은 아닌지.

소파에서 먼저 몸을 일으킨 쪽은 희수였다. 장소를 옮기죠. 침묵 속에서 본래의 자신을 되찾기라도 한 듯 경쾌한 목소리였다. 나는 차를 가져왔다고 말했다. 잘 됐네요. 그러면서 자신의 고물 지프가 사고를 당해 폐차장으로 실려갔다는 소식을 전할 때, 희수의 말은 조리 있고 간명했다. 나는 앞장서서 주차장으로 향했다. 결혼하면서 바꾼 남편의 최신형 세단은 여전히 새 차나 다름없었다. 내가 리모컨으로 잠금장치를 풀자 희수는 얼른 조수석 문을 열고 차 안으로 사라졌다. 내 운전 실력은 겨우 초보 신세를 면한 정도였다. 나는 좀 긴장되었다.

타이어가 두 바퀴쯤 굴렀을 때 희수가 말했다. 어제 전화했을 때 아바 노래 반가웠어요. 또 듣고 싶어서 다시 건 거 알아요? 나는 못 들은 척했다. 차가 주차장을 벗어나 환한 바깥으로 올라서려 할 때, 다시 희수의 목소리가 들려왔다. 보고 싶었어요. 왜 보고 싶었어요? 나는 듣자마자 쌀쌀맞게 대꾸했다. 그 말 참 일찍도 하네요. 그런 뜻으로 쏘아붙인 말임을 그는 알았을까. 많이 보고 싶었어요. 희수는 '많이'가 나를 보고 싶어한 이유라도 된다는 듯 말했다. 웃기는 남자. 그 생각에는 변함이 없었지만, 더는 그에게 차갑게 굴지 못하리라는 것을 나는 알았다. 어디로 가요? 나는 그의 말을 무시하는 느낌이 들지 않도록 부드럽게 물었다. 그냥…… 어디든 가요. 희수에게 미리 정해둔 곳이 있을 거라는 내 짐작은 헛된 것이었다.

가면

    일에 미친 남편을 둔 아내로 산다는 것. 그 인생이 불행하다는 생각은, 일에 미친 아내를 둔 남편은 불쌍하다는 생각만큼이나 잘못된 통념이다. 그런 아내가 누릴 수 있는 혜택이 얼마나 큰지 몰라서 갖게 되는 편견이다. 일에 미친다고 다 돈을 잘 벌어올까 싶기노 할 테지만, 아부래도 미친 사람을 당해내기란 쉽지 않은 일이다. 더 미친 사람이 아니고는 이겨낼 재간이 없어 보인다. 미친 남편 덕에 돈 걱정 안 하고 살아도 된다는 것. 그럴 수 있는 희망이 보인다는 것. 천금을 주고도 얻지 못할 일생일대의 축복이다.

    그러나 역시 돈이 다는 아니다. 돈 못지않게 커다란 혜택이 또 있으니, 일에 미친 남편과 살게 되면, 혹은 살다가 남편이 일에 미치게 되면, 남는 게 시간임을 아는 것은 시간문제다. 어쩌다 돈에

쪼들리게 되는 경우는 생길지 몰라도, 혼자만의 시간을 가질 수 없다는 따위의 불만은 생길 틈이 없다. 낮이나 밤이나 그렇고 평일과 휴일이 따로 없다. 남편이 집에 있는 그 짧은 시간마저 크게 봐서는 혼자만의 시간이 아닌지. 게다가 돌볼 애 하나 없는 행운까지 겹치기라도 하면, 넘치는 시간에 가슴이 벅차 발작을 일으킬 수도 있으니 조심해야 한다. 일에 미친 남편을 둔 아내는 조심해야 한다.

*

가장 좋은 방법은 같이 일에 미치는 거라고 나는 판단했다. 새삼스레 취직을 해야겠다고 결심한 것은 아니었다. 물론 내가 마음먹는다고 취직이 될 리도 없는 일이었다. 할 일은 집 안에도 쌓여 있었다. 풍족한 '나만의 시간'을 생각 없이 보내기에 늘 충분한 양이었다. 생각 없이 시간을 보내는 게 중요했다. 변해버린 남편과 사는 가장 좋은 방법이었다.

세상에 중간이란 없다. 나에게 뭐든 주기 좋아하고 그만큼 받지 못해 섭섭하던 남편이었다. 남편이 주는 걸 싫어할 아내가 어디 있겠는가. 다만 받는 것도 지나치면 복에 겨워 고마운 줄 모르게 될 뿐. 조금만 주고 조금만 받으라는 노래 가사도 있다. 그리하여 사랑도 적게…… 많이 받다보면 싫지는 않지만 귀찮기는 해서,

조금도 못 주고 넘어갈 때가 종종 있는 것이다. 받는 데 익숙하지 못한 자는 주는 데도 인색하다고 사람들은 말한다. 하지만 문제는 늘 그렇게 정도의 문제가 아닐는지.

극과 극이 자기들끼리는 통할지 몰라도 중간에 낀 입장은 난감하기 그지없다. 지나치게 붙어 지내려 해서 나를 피곤하게 했던 남편이었다. 그가 나를 쳐다보지도 않고 할 일이 남았다며 먼저 자라고 할 때마다 나는 오던 잠도 싹 달아나는 기분이었다. 처음에는 그가 내게 더 큰 것을 주기 위해 집에서까지 일에 파묻혀 지내는 거라고 이해했다. 좀 지나쳐서 그렇지 가끔씩 남편이 그런 식으로 나오기를 원했던 게 아니었냐고 스스로를 위로하기도 했다. 그런데 마냥 그러기에는 그의 '그런 식'이 너무 잦았고 오래갔다. 그때서야 나는 누군가를 위한 중독이란 없다는 것을 알았다.

변해버린 남편을 지켜보는 나의 당혹감은 생각보다 심한 것이었다. 남편과 살면서 나도 알게 모르게 변한 탓일까. 내가 느낀 당혹감은 남편 때문에 당혹해하는 나 자신에 대한 것이기도 했다. 한편으로는 그런 내가 뻔뻔스럽다는 자괴감에 시달리기도 하면서, 나는 결혼 이후 처음으로 잠 못 이루는 밤들을 보내야 했다. 자정이 훨씬 넘어서 침실 문이 열리는 소리를 들어야 했고, 나를 등지고 눕는 남편의 조용한 동작을 침대의 울림으로 느껴야 했다. 한 손에 서류 파일을 들고 아침을 먹거나 새벽같이 나가느라 식사를 마다하는 그의 모습도 눈에 익을 즈음, 나는 남편의 변화가 돌이킬 수 없는 것임을 미련 없이 받아들여야 했다.

다행히 나는 스스로를 탓하는 데 능한 편이었다. 스스로를 망가뜨릴 정도까지 탓하지는 않는 미덕 또한 갖추고 있었다. 내 꼴도 집 안 꼴도 엉망으로 변해 있음을 발견했을 때, 나는 어떤 식으로든 자신을 추슬러야 한다고 판단했다. 그리고 곧 미친 듯이 온갖 집안일에 몰두하기 시작했다. 나에게 쉬운 일이 있을 수 없었고, 일하면서 아무 생각 안 하기도 만만한 일이 아니었다. 일이든 뭐든 그토록 끈질기게 매달려본 것은 내 기억에 태어나서 처음이었다. 애초에 내게 어울릴 것으로 상상했던 결혼생활을 하고 있다는 생각이 큰 힘이 되어주었다. 일이 없으면 만들어서 하며 산 지 일 년 만에, 나는 결혼 십 년차의 베테랑 주부에 견줄 만한 살림의 고수가 되어 있었다.

*

그 일 년 동안, 내 유일한 낙은 희수와의 만남을 기다리는 것이었다. 만남이 아니라 기다림이었다는 것. 그 기간에 우리는 딱 네 번을 만났으니, 나는 거의 일 년 내내 기다리는 즐거움에 푹 빠져 지냈던 셈인가. 기다리면서, 희수가 아니어도 상관없다 싶을 만큼 기다림 그 자체에 집중하면서, 그 집중의 힘을 에너지로 삼아 미친 듯이 요리하고 청소하고 세탁기를 돌려온 셈이었다.

계절이 바뀔 때마다 만나기로 약속한 것도 아니었는데, 희수는 환절기에 찾아오는 감기처럼 나에게 전화했다. 그것이 희수가 정해놓은 규칙이었다면, 내 규칙은 그에게 전화하지 않는 것이었다. 그래야만 온전히 기다릴 수 있을 테니까. 기다림이 무너지면 내 생활은 순식간에 엉망으로 헝클어질 테니까. 규칙을 어기지 않기 위해 나는 희수의 전화번호를 삭제했고, 그와의 통화를 끝낸 후에는 매번 그 기록 또한 지워버렸다. 그때마다 잔상처럼 아른거리는 열 개의 숫자를 잊기 위해 나는 급히 해야 할 일을 떠올렸다.

남편이 변하지 않았어도 희수를 그토록 까다롭게 만났을지. 혹은 남편이 변하지만 않았다면 아예 희수의 전화조차 안 받고 말았을지. 남편의 변화가 희수와의 관계를 어떤 쪽으로 바꿔놓은 것인지 나는 모른다. 내가 아는 것은 다만 그럴 수밖에 없었다는 것. 나는 희수와의 만남에 엄격했지만 안 만나고 버틸 만큼은 아니었고, 희수와 만나기는 하면서도 먼저 만나자고 할 만큼 적극적일 수는 없었다. 수동적인 엄격함이라고나 할 수 있을 나의 입장이 원래 내 것인지 남편의 변화에 따른 것인지 나는 모른다. 내가 아는 것은 오직 그렇게 말고는 다른 길이 없었다는 것. 세상에는 없는 중간이 나에게는 유일한 길이었는가.

일 년 동안 네 번 만난 사이를 두고 사람들이 떠들 말은 무엇일지. 어떻게 일 년에 네 번이나 만났냐며 놀라거나 부러워할 사람도 있을까. 반대로, 겨우 네 번이냐고 업신여기자니 죽기 전에 한 번은 꼭 보고 싶은 얼굴이 애타게 떠오르지는 않을지. 희수의 규칙과 나의 규칙이 만나서 이루어낸 우리 관계의 수준은 교묘했다. 세 달에 한 번꼴로 만나는 내연의 관계는 아무래도 성립하기 어려운 것이다. 가벼운 데이트나 즐기려고 그토록 뜸하게 만나는 남녀가 있다고 보기도 어렵듯이. 그와 나는 철마다 한 번씩 치르는 행사처럼 만나서, 두 번은 그냥 헤어졌고 나머지 두 번은 같이 잔 후에 헤어졌다. 같이 잔 두번째 날이자 그 네 번의 마지막 날, 우리는 처음으로 존대의 꼬리를 떼고 서로의 이름을 불렀다. 희수가 먼저 나를 그렇게 부르고 나서, 좋았다고 말했다. 좋았냐고 묻는 대신 먼저 그렇게 밝히는 것만큼, 희수의 몸은 남편의 것과 달랐다. 돌아가야 할 집이 있다는 게 너무나도 싫어질 만큼.

*

희수의 몸을 알기 전에, 그와 남편이 다른 점은 무엇일까 따져본 적이 있다. 호텔 로비에서 이상한 음료를 맛본 날, 희수와 헤어져 집으로 가는 길이었다. 둘 다 일을 힘들어하기는 마찬가진데. 그럼 단지 정도의 차이일까. 남편은 그런대로 견뎌내는 쪽이고…… 바로 그날 남편이 변하기 시작한 것도 모르고 나는 헛된 비교에 열중했다.

남편에게는 있고 희수에게는 없는 것. 내가 보기에 그것은 '부러움'이었다. 부러움은 인간에게 흔한 감정이므로, 내가 제대로 봤다면 특이한 쪽은 희수였다. 그 점에서는 나 역시 평범한 인간은 아니었다. 부러움을 느낀 적이 한 번도 없다는 거짓말로 때우려는 게 아니다. 희수도 나와 같다면, 그는 오히려 부러워하는 데 남다른 소질을 타고났을 것이고, 그러니 사는 게 힘들었을 것이며, 그래서 편히 살려고 죽을힘을 다해 부러움과 싸웠을 것이다. 그러다보면 가슴속에서 부러움이 솟는 순간 바로 그 녀석을 가슴속 깊이 도로 처박고 딴청부릴 줄 아는 때가 오는 것이다. 희수에게 부러움이 없다는 것은, 부러움을 숨기는 그의 재주가 자신도 속을 만큼 뛰어남을 뜻했다.

남편은 그럴 필요가 없었다. 그는 선망의 힘으로 사는 사람이었다. 희수에게는 독이었을 그 힘에 기대어 남편은 자신의 일을 견뎌낼 수 있었다. 이따금 그가 지쳐 흔들릴 때는, 부러움이 지나쳐 선망을 넘어 질투와 시기에 다다른 상태였으리라. 희수의 부러움이 언제나 이르고야 말았을 바로 그 수준. 남편은 그 고비에서 자신을 다스려 끌어내릴 줄 아는 사람이었다. 내가 보기에 그것은 정직의 힘이었다. 자신이 그 정도밖에 안 됨을 스스로 인정하고 남에게도 내보일 수 있는 힘. 그 힘으로 그는 부러움을 감추지 않고도 무난하게 견뎌오지 않았을지.

그런 생각들과 함께 남편의 차를 몰아 집으로 돌아가는 길이었다. 혼자 운전하는 편안함이, 옆자리가 비어 있는 허전함을 메워

주고 있었다. 약속장소까지 태워줄걸 그랬나. 차에서 내려 지하철 입구를 향해 걸어가던 희수의 구겨진 등이 떠올랐다. 그 무력한 남자에게도 삶을 버텨내게 하는 힘이 있다면, 그것은…… 남편에게서 다시 희수에게로 방향을 튼 생각은 더이상 앞으로 나아가지 못하고 맴돌았다. 그를 생각할 때마다 어느새 습관이라도 된 듯 나 자신에 대해 따져보게 되는 것이 씁쓸한 탓이었을까. 어지러운 사이렌 소리가 마치 내 뒤를 쫓듯 다급하게 들려왔다. 점점 가까워지던 소리는 가장 커지는 순간 다시 작아져갔다. 소리와 함께 앰뷸런스의 하얀 뒷모습이 춤을 추듯 차선을 넘나들며 멀어져갔다. 언제 죽을지 모르고 사는 인생, 보고 싶은 사람 안 보겠다고 발악을 할 게 뭐 있나…… 괜한 조바심과 함께 떠오른 희수의 말이었다.

*

아, 이러다가 죽겠구나…… 자신이 당한 사고에 대해 얘기하는 희수의 표정과 말투는 리얼했다. 새벽의 강변도로에서, 앞에 달리는 트럭에 얹혀 있던 철근 다발이 갑자기 자기 차를 향해 내려꽂히듯 쏟아졌다고 했다. 놀라서 핸들을 틀었더니 가드레일이 코앞에 다가왔고 그 너머는 시커먼 강물이었다. 희수는 황급히 반대쪽으로 핸들을 꺾었고, 뒤에서 달려오는 차를 피하기 위해 다시 반대쪽으로…… 급제동은 차를 더욱 비틀거리게 할 뿐, 꼼짝없이 가드레일을 들이받고 밖으로 튕겨나갈 판이었다. 브레이크에서 발을 떼며 핸들을 돌리는 희수의 동작이 더 거칠어졌고, 안간힘을 다해 다시 한번 방향을 틀면서, 그는 비로소 자신에게 닥친 상황을 이해했다. 아, 이러다가 죽겠구나.

절박함이 극에 달하니까 오히려 침착해지더라고 희수는 말했다. 살고 싶으면 시키는 대로 해. 침착해진 희수에게 들려온 자신의 소리였다. 브레이크를 그렇게 세게 밟다니, 너 제정신이야? 계속해서 희수는 자신에게 말하는 특이한 화법으로 사고의 순간을 재연했다. 자, 우선 평행을 잡는 게 중요해. 차선을 넘지 않게 핸들을 중간에 멈추고 버티란 말이야. 그러면서 브레이크를 천천히…… 침착하다는 것은 생각대로 몸을 움직일 수 있는 상태를 의미했다. 차라리 가드레일을 긁는 쪽이 안전해. 차 망가지는 거 신경 쓰지 말고 천천히……

침착함이 극에 달한다 해도 그 짧고 위급한 순간에 실제로 그렇게 느긋하기란 불가능하다. 그러니까 희수는 찰나에 이루어졌을 자신의 판단과 동작을 마치 느린 화면처럼 세밀하게 되살리려는 것이었다. 혼자 연극을 하듯 오밀조밀 이어지는 그의 얘기를 들으면서 나는 참 알다가도 모를 노릇이라고 속으로 혀를 찼다. 아무리 사안이 달라도 그렇지, 이런 얘기는 이렇게 잘하면서 아까는 그렇게 죽을 쑤다니. 나는 문득 형이 생각났다. 희수와는 딴판으로 유능하고 재미없던 남자. 돈 버는 데는 선수였지. 결혼은 잘 했을까. 기분 나쁘게 생긴 그 여자와 결혼하기를 잘했다고 흐뭇해하며 오늘도 싱글벙글 돈을 긁어모으고 있을까.

저녁 어스름 속에서 넘실대는 강물의 빛깔은 그윽했다. 호텔 로비를 떠난 뒤로 희수와 나는 줄곧 차 안에 머물러 있었다. 남편과 함께 와본 적이 있는 공원이었고, 희수가 사고를 당했다는 곳에서 멀지 않은 강변이었다. 짙게 코팅이 된 차창 밖 멀리 오렌지색 따스한 등불이 하나 둘 켜지기 시작했다. 돈이 안 든다는 점을 포함해서 그곳은 호텔 로비와 매우 비슷한 장소였다. 나란히 앉아 있는 희수와 나 사이의 거리도 여전히 적당했는데, 그 틈을 좁히고 싶다는 내 욕구는 많이 가라앉아 있었다. 만약에 희수가 그러고 싶어하면? 받아주게 될지 뿌리치게 될지 그때 가봐야 알겠다는 마음이었다.

희수의 고물 지프는 결국 옆면을 가드레일에 엉망으로 갈아버리고 나서 영원히 멈추고 말았다. 다 쓸모가 있다니까요. 사고 얘기 끝에 묻어나온 희수의 말이었다. 나는 무슨 말이냐는 뜻으로 눈을 동그랗게 뜨고 그를 쳐다봤다. 이제 보니 연우씨 나랑 많이 닮았네요. 남편한테도 들어보지 못한 말을 천연덕스럽게 건네고 나서 희수는 하던 얘기로 돌아갔다. 가드레일 말이에요. 이름값을 한 셈이잖아요. 그거 아니었으면…… 생각만 해도 끔찍해요. 나는 물에 퉁퉁 불어 못 알아보게 변해버린 그의 몸을 연상했다. 연우씨도 못 보고 물귀신이 될 뻔했잖아요. 죽으면 나를 못 보게 되니 끔찍하다는 것인지, 단지 죽는 게 끔찍하다는 표현을 괜히 그런 식으로 한 것인지 모를 말이었다. 아무려면 어떤가. 죽으면 다 그만인데…… 불현듯, 바로 이 차를 타고 가다가 부부동반으로 뼈도 못 추릴 뻔했던 순간이 생각났다. 레커 뒤에 매달려 질질 끌려가는 내 차를 보면서, 이런 생각이 들었어요. 나지막이 흘러나오는 희수의 목소리를 들으면서, 나는 계속 그 아찔했던 순간을 생각했다. 언제 죽을지 모르고 사는 인생, 보고 싶은 사람 안 보겠다고 발악을 할 게 뭐 있나. 희수의 그 말이 내게 던진 질문처럼 가슴을 두드렸다. 나는 스스로에게 다른 질문으로 대답했다. 누구를 보기 위해서든 안 보기 위해서든, 발악하는 시늉이라도 해본 적이 있던가. 그러고도 한참 동안 전화 못 하고 망설였어요. 잠깐 사이를 두고 이어진 희수의 말이었다. 나는 속으로 그에게 이렇게 물었다. 무엇이 당신을 망설이게 했나요? 나는 다시 남편과 함께 딩할 뻔했던 사고의 순간을 떠올렸다. 무슨 까닭인지, 가장 먼저 떠올라서 끝까지 남아 어른거리는 것은 중앙선의 이미지였다. 비좁은 도로를 반으로 가른 채 끝없이 뻗어 있던 노란 선. 그 선의 쓸모는…… 이름값은 뭘까. 답이 명백해 보이는 의문을 공연히 떠올리며, 나는 희수가 해준 사고 얘기에 답례라도 하듯 그 일어나지 않은 사고에 대해 말하기 시작했다. 나도 길에서 죽을 뻔한 적이 있어요……

결혼 후에 나는 장롱면허 신세를 면하고자 남편에게 운전을 새로 배우다시피 했다. 대개는 그러다가 한바탕 싸우고들 한다는데, 남편은 한두 번 낼 법도 한 짜증을 용케 참아가며 때때마다 요긴하게 나를 도왔다. 앞차 옆에 바싹 붙어서 후진해봐. 핸들을 너무 많이 감지 말고. 남편의 코치에 힘입어 나는 그 까다롭다는 횡렬 주차 요령도 비교적 수월하게 익힐 수 있었다. 결혼하기를 잘했다는 생각이 들 때마다 남편에게 미안한 마음이 뒤따랐다. 이게 잘하는 결혼일까 불안해서 뒤척인 밤조차 한 번 없이 결혼한 데 대한 미안함이었다.

생각과 마음은 어떻게든 말이나 행동으로 나타나게 마련이다. 남편과 나는 보통의 신혼부부와는 달리 결혼 전보다 더 친해졌다. 부부싸움을 전혀 안 할 수야 없었지만 잠자리를 따로 할 만큼 심하거나 오래간 적은 없었다. 나로서는 미처 기대하지 못했던 신혼의 순탄함은 그렇게 운전을 통해 마련된 것이었다. 차 안에서 내 곁을 지키는 남편은 언제나 매력 있고 든든했다. 비록 죽을 뻔한 순간이 닥치기는 했어도, 그 아찔한 고비를 함께 손잡고 넘기도 하며, 그와 나는 차 안에서 타의 모범이 될 만한 부부였다.

남편을 옆에 태우고 국도로 처음 차를 몰고 나간 날이었다. 적잖이 긴장되기는 했지만, 국도가 운전 연습의 마지막 관문이라는 남편의 말을 선뜻 수긍하기는 어려웠다. 고속도로 주행도 거뜬히 해냈는데 그까짓 한적한 국도쯤이야. 나는 곧 생각을 바꿔야 했다. 바로 그 한적함이 초보 운전자에게는 더할 수 없는 악조건이었다. 차들로 붐벼서 막히는 국도도 있을 텐데 하필이면…… 정신 차릴 새 없이 휘어지고 물결치는 커브 길과 경사로가 그대로 나에게는 장애물이었다. 앞차와의 거리는 점점 벌어지고 뒤차는 성큼성큼 간격을 좁혀올 때 편도 일차로가 주는 부담이 어떤 것인지는 겪어본 사람만이 알 수 있다. 피할 수 없는 외길의 숨막히는 부담이 사람을 얼마나 질리게 하는지. 나는 차로를 바꿀 수 있는 고속도로의 자유를 깨달았고, 혼잡한 도심의 서행과 정체마저 그리웠다. 점잖게 따라오다 사뿐히 앞질러가는 차를 만나면 그저 고마울 따름이었다.

국도로 접어들기 전에 남편은 말했다. 추월할 생각은 아예 하지 마. 추월을 생각할 기회가 아예 없었으므로 그 말은 하나마나였다. 어떤 차가 앞에 나타날 때까지는 그랬나. 내 차를 앞지른 여러 대의 차들에게 똑같은 따돌림을 당했을 그 차는, 내 차보다 더 애처로운 속도로 굴러가고 있었다. 내가 간절히 바라던 바였고, 바라던 대로 나는 그 동안 쌓였던 부담을 앞차에게 뒤집어씌우고 숨 돌릴 여유를 얻을 수 있었다.

그런 채로 얼마쯤 갔을 때였다. 내 차 꽁무니에 붙어 씩씩거리던 뒤차가 직선로에 들어서자마자 중앙선을 넘어 두 대를 한꺼번에 앞지르고는 멀찌감치 달아났다. 추월할 때는 한 대씩 하는 거야. 남편은 나중을 위해 알아두라는 말을 덧붙였다. 우습게도 나는 느려터진 앞차 때문에 답답해서 짜증이 나려 했다. 길은 여전히 곧게 뻗어 있었고, 마주 오는 차는 아직 보이지 않았다. 지금 당장 가속 페달을 지그시 눌러밟고 핸들을 살짝 왼쪽으로 틀었다가 금세 다시 오른쪽으로 틀기만 하면……

그토록 간단한 동작을 망설인 것은 남편 때문이었을까. 그랬겠지. 그때 나는 남편 말을 어기지 못하고 주춤거리다가, 멀리서 마주 달려오는 트럭을 보고 추월을 단념했던 것 같다. 그러니 만약에 남편의 사전 주의만 없었다면 망설이지 않고 핸들을 틀었을까. 아니었겠지. 한 번도 안 해본 짓을 한다는 것은 누구에게나 쉬울 리 없다. 그런데 무엇이 나로 하여금 초보의 본분을 잊고 겁도 없이 추월을 꿈꾸도록 부추겼을까. 내 주제를 모르고 좀 답답하긴 했지만 빨리 못 가서 안달이 난 것도 아니었는데. 잠시 후에 앞차는 오른쪽 램프를 깜빡이며 시야에서 사라졌다. 앞이 탁 트이는 시원한 기분도 잠깐이었다.

돌아오는 길에는 남편이 핸들을 잡았다. 역시 빨랐다. 나는 남편의 스피드에 어지간히 적응이 되어 있었다. 운전하며 쌓인 스트레스를 속도감으로 풀어볼까 했는데, 얼마 못 가서 남편은 차의 속도를 늦춰야 했다. 앞차도 그리 느린 편은 아니었지만 남편 앞에서는 장애물에 지나지 않았다. 아…… 하는 사이에 이미 내 몸은 반대 차로 위에 놓여 있었다. 마주 오는 차와의 거리는 내가 보기에도 넉넉했다.

남편은 뭘 하려는지 잊어버린 사람처럼 그 길로 계속 달렸다. 나는 그가 한껏 여유를 부리는 줄 알았다. 알고 보니 벌써 뒤처졌어야 할 차가 바로 옆에서 달리고 있었다. 무슨 억하심정으로 저러나. 뭘 몰라서 저럴 수도 있나. 그 차가 덩달아 속도를 높이는 이유가 뭔지 알아낼 여유는 없었다. 마주 오는 차에서 클랙슨 소리와 하이 빔이 한꺼번에 터져나왔다. 속도를 떨어뜨려 추월을 포기하는 수밖에 없어 보였다. 그 순간 나는 무섭도록 침착한 남편의 표정을 보았다. 엄청난 속도로 튀어나간 우리 차가 옆 차를 따돌리고 중앙선을 넘자마자, 길게 이어지는 경적 소리와 함께 차들이 연달아 스쳐 지나갔다. 내 손은 어느 틈에 남편의 손을 꼭 쥐고 있었다.

*

내 얘기가 끝났을 때는 사방이 어두워져 있었다. 하루 일과를 마친 남편이 회식 자리에서 막 첫 잔을 기울일 만한 시간이었다. 배고프지 않아요? 내가 하려는 말을 희수가 먼저 꺼냈다. 고파요. 밀린 집안일을 다 해놓고 나오느라 점심도 거른 상태였다. 어디 딴 데로 가고 싶지는 않죠? 나는 안 보이는 웃음과 함께 그렇다고

답하며, 어둠이 희수를 희수답게 만들어준 것은 아닐까 생각했다. 말없이 차에서 내린 그는 옷자락을 펄럭이며 멀어져갔다.

차문을 잠그고 그를 기다리는 동안 시간은 더디게 흘러갔다. 돌아온 희수는 비닐봉지에서 김밥 두 세트와 물병 하나를 꺼냈다. 어둠 속에서 뭘 먹는다는 게 마땅치 않았을 텐데도 우리는 약속이라도 한 듯 실내등을 켜지 않았다. 나중에 끌 때 어색할 것을 희수 또한 염두에 두었는지는 알 수 없었다.

내가 김밥을 집어먹는 속도에 감탄했는지 질렸는지 먹다 말고 나만 쳐다보던 희수는 자기 몫의 김밥 두 개를 나에게 덜어주었다. 나는 고맙다는 말도 안 하고 깨끗이 먹어치웠다. 희수는 마개를 딴 물병을 나부터 마시라며 건넸다. 병에 입을 대지 않고 물을 마시면서 나는 우리가 키스도 한 사이라는 생각을 했다. 꿈속에서처럼 진하지는 않았지만……

그래서 나중에 추월을 해보기는 했어요? 내 야릇한 회상에 찬물을 끼얹는 희수의 질문이었다. 먹을 거 다 먹었으니 이제 하던 얘기나 마저 나누고 적당한 시간에 헤어지는 순서만 남았는가. 아뇨, 그 뒤로는 국도에서 차를 몰 기회가 아예 없었어요. 할 일 없는 남녀 둘이서 차 안에 틀어박혀 운전 얘기로 시간을 때우고 있다…… 우습고도 가련한 풍경이 아닐 수 없었다. 다시 기회가 오면, 이제는 할 수 있겠어요? 희수가 또 물었을 때 나는 그 대화가 무엇에 관한 것인지 모르겠다는 느낌으로 혼란스러웠다. 닥쳐봐야 알겠죠. 내 대답을 기다렸다는 듯이 터진 희수의 요란한 전화 벨소리와 함께, 한 줄기 노란 선이 그와 나 사이를 가르며 어두운 허공으로 뻗어가는 것을 나는 보았다.

*

불을 하나 켜두고 나올걸. 집으로 오르는 엘리베이터에 몸을 실으며 나는 잠시 후에 문을 열고 마주치게 될 집 안의 고요한 어둠을 떠올렸다. 무섭기도 하고 쓸쓸하기도 했다. 이런 기분이 싫어서들 결혼하고 애도 낳고 사는 걸까. 그럴 용기가 생길 만큼 혼자 산다는 것은 무섭고 쓸쓸할까. 혼자 살아보지도 않고 지레 겁에 질려 피해갈 만큼. 그러니 혼자 사는 사람은 강한 걸까 용기가 없는 걸까. 독해서 견디는 걸까 무뎌서 버티는 걸까. 나는 희수를 생각하고 있었다. 축 처진 어깨가 무거워 보이던 그의 뒷모습을 다시 그려보고 있었다. 한 손엔 옷맵시를 해치는 불룩한 가죽가방, 또 한 손엔 차라리 어울려 보이는 하얀 비닐봉지. 희수는 기어코 자기가 버리겠다며 쓰레기 봉지를 들고 내렸다. 쓰레기나 책임질 줄 아는 결혼 경력 일 회의 독신 남성이라…… 그에게도 삶의 고단함을 짊어질 힘이 있다면, 그것은 이렇게도 저렇게도 살아본 사람에게 생길 법한 그 무엇이 아닐까. 그 무엇이란…… 생각은 엘리베이터와 함께 집 앞에서 멈췄다.

짐작과 달리 집 안은 환하고 시끄러웠다. 신발을 벗으며 얼른 고개를 돌렸더니 거실 소파에 남편이 앉아 있었다. 문소리를 못 들었을까. 그의 시선은 텔레비전 화면 속의 뉴스 앵커를 향해 있었다. 회식이 일찍 끝났나봐? 나는 당황한 기색을 감추고 말을 걸었다. 어! 놀랐잖아. 언제 들어왔어? 그런 반응을 예상하며 남편에게 다가갔던 것 같다. 그는 태연스레 나를 쳐다보더니 금세 눈길을 거두며 말했다. 회식은 아직 안 끝났을 거야. 남편 곁에 앉지 못하고 나는 탁자의 좁은 면을 향해 놓인 작은 의자에 엉덩이를 걸쳤다. 중간에 빠져나왔구나? 나는 상냥함을 잃지 않으려고 애썼다. 몰래 자리를 뜨지는 않았어. 남편은 내 외출에 대해 아무것도 묻지 않았다. 나도 모임이 지루해서…… 자청해서 거짓말을 늘어놓으려는 내가 우스워서 중간에 입을 다물었다. 남편은 내가 밖에서 어떻게 지루했는지 알고 싶어하지 않았다. 희수에게 미안하지 않아도 되어 다행이었다.

일기예보가 끝나자마자 남편은 텔레비전을 꺼버렸다. 스포츠 뉴스 안 봐? 야구 소식이 궁금하기도 해서 물어본 말이었다. 안 보니까 껐지. 신혼 초에 내가 스포츠 뉴스를 즐겨 본다는 것을 알고 기뻐했던 남편이었다. 자자. 내일 한 시간 일찍 출근해. 중요한 회의가 있어. 묻는 말에 대꾸만 하려고 작정한 것은 아닌 모양이었다. 남편을 따라 침실로 들어가면서, 나는 그 와중에 또 희수를 생각했다. 오늘 우리가 왜 야구 보러 갈 생각을 못 했을까. 야구장에 갔어도 그가 전화를 받고 일이 생겼다며 나를 이렇게 일찍 들여보냈을까.

나는 느릿느릿 화장을 지우고 옷을 갈아입었다. 남편은 침대에 반듯이 누워 눈을 감고 있었지만 잠이 든 것 같지는 않았다. 낯선 모습의 그를 어떻게 대해야 할지 난감해서, 나는 잘 준비를 끝내고도 거울 앞에 우두커니 앉아 있었다. 화가 난 것도 아니고, 왜 저러나. 남편은 화가 나면 말을 한마디도 안 하는 사람이었다. 설령 화내는 방식을 갑자기 바꿨다 해도, 아홉시 뉴스가 끝나기 전에 들어온 아내에게 화를 낼 사람은 아니었다. 회사에서 무슨 일이 있었나. 마냥 내 얼굴을 감상하고 있기도 뭐해서, 하는 수 없이 나는 조명을 스탠드 불빛으로 바꾸고 남편 곁에 누웠다. 또 희수 생각이 나서 민망해지려 하는데 남편이 말을 건네왔다. 낮에 아주 특별한 사람을 만났어. 그 말 때문에라도 나는 낮에 내가 만난 사람의 얼굴을 떨쳐버릴 수가 없었다. 이제 보니 연우씨 나랑 많이 닮았네요…… 만난 사람이 누구냐고 묻지도 않은 채 혼자만의 생각에 빠져들고 있는데, 아주 먼 곳에서 나는 듯한 남편의 목소리가 들려왔다. 나보다 당신이 더 잘 아는 사람이야.

*

남편이 형을 만나서 변한 것인지, 변해가는 와중에 형을 만난 것인지 나는 모른다. 형이 언제 벤처회사를 차렸는지, 왜 남편이 다니는 회사와 제휴를 원했는지 알 수 없듯이. 내가 아는 것은 그저 남편의 변화와 둘의 만남이 같은 날에 이루어졌다는 것. 함께 일어난 두 가지 일이 아주 무관할 수야 있겠냐는 선에서 나는 그들에 관한 추측을 멈추었다. 나머지는 그리 중요하지 않았으므로. 결과보다는 과정이 중요하다고 사람들은 말하지만, 과정을 안다고 해서 결과가 달라지는 것은 아니었으므로.

남편을 사로잡은 것은 형의 능력이었고, 형의 능력을 상징하는 것은 그의 웃음이었다. 회사로 찾아온 형을 맞는 순간 남편은 통화할 때 느껴지던 그의 미소를 확인했다. 그리고 자신의 소개로 담당자와 만나 대화하는 형을 지켜보면서 남편이 받은 인상은 특별했다. 일 얘기를 하며 그렇게 시종일관 웃음을 잃지 않는 사람을 본 적이 없다고 했다. 있다 해도 그것은 상대를 업신여기거나 상대에게 굽신거리는 웃음이었을 뿐. 형의 웃음에서 남편은 어떤 오만과 비굴의 표정도 읽어낼 수 없었다. 표정이라기보다는 생김새에 가까웠다는 형의 미소는, 단련된 몸의 알맞은 근육처럼 보기 좋았다. 남편은 형의 웃음을 닮고 싶었다.

제휴는 당연히 서로 좋아야 이루어지는 것. 남편이 보기에 형은 합당한 조건을 제시했고 담당자는 욕심이 지나쳤다. 안 돼도 그만이라는 심보였다. 형은 웃으면서 단호하게 자신의 입장을 고수했다. 대신 상대가 미처 깨닫지 못하고 있는 미래의 가치를 역설했다. 남편이 듣기에 그것은 괜한 허풍이 아니었다. 담당자는 제 선에서 결정할 사안이 아니라고 판단했다. 안 돼도 그만일 것 같지는 않다고 보는 눈치였다. 경영진에 보고한 뒤 연락하겠다는 담당자의 말에, 형은 그럴 것 없이 자신이 직접 그들을 상대할 기회를 줄 수 없겠냐고 발 빠르게 대응했다. 담당자로서도 나쁠 게 없는 제안이었다. 남편 말로는, 뭐 그런 사람을 데려왔냐고 꾸중 들을 일은 없겠다는 계산이었다. 두 사람이 함께 자리를 뜬 동안 남편은 화장실에 갔다가 거울 앞에 한참 서 있었다.

두 사람이 돌아왔을 때 들뜬 표정으로 제휴가 성사됐음을 기뻐한 쪽은 담당자였다. 형이 점심을 사는 자리에서도 그는 마치 형의 회사로 옮기기라도 할 사람처럼 처신했다. 형은 더이상 일 얘기를 하지 않았다. 남편은 그것이 진정한 프로의 자세라고 덧붙였다. 이따금 형과 남편 사이에 오간 대화는 주로 나에 관한 것이었다. 형의 얼굴에는 변함없이 잔잔한 미소가 흐르고 있었다.

오늘 모임에 인 나왔지? 형을 두고 넌신 남편의 불음이었다. 그 얘기가 둘 사이에 오간 것은 아닐까 은근히 걱정하던 참이었다. 모이는 걸 형이 모르더라고 남편이 말하면, 형이 모르는 다른 모임이었다고 둘러댈 생각이었다. 전혀 예상하지 못한 질문이었기에 나는 뭐라고 대답해야 할지 몰라 가만히 있었다. 바빠서 못 간다고 하더군. 남편의 그 말을 듣고 나는 기분이 묘해졌다. 형은 나에게 다른 모임이 없다는 것쯤은 익히 알고 있는 사람이었다. 자

기에게는 연락이 없었다며 의아해할 수도 있었을 텐데. 내가 남편
몰래 누군가와 만나려 한다는 것을 금방 눈치챘다 해도, 딴 모임
이 있나보다며 대충 넘어가는 게 보통이었을 텐데. 있지도 않은
모임에 바빠서 못 간다고? 그렇게 한술 더 뜨며 내 거짓말에 박자
를 맞춘 형의 속내는 무엇인가. 옛 여자가 남편에게 조금도 의심
을 사지 않게 하려고 입에 침도 바르지 않았을 그는 속으로 나에
대해 무슨 생각을 했을까.

　당신 그 선배하고 친했나봐? 내 속이 편치 않은 탓인지 남편의
목소리가 곱지 않게 들렸다. 당신이 김밥 킬러라는 것도 알던데?
나는 오래 알고 지냈는데 그 정도도 모르겠냐고 대꾸하려다 관두
었다. 왠지 그 말을 할 때 형은 잠깐 미소를 거두었을 것 같은 느
낌이었다. 문득 희수와 함께 나눈 어둠 속의 짧은 식사도 생각났
고…… 이래저래 남편에게 무슨 말이든 건넬 수 있는 상태가 아
니었다. 남편도 더는 말이 없다가 돌아누워 먼저 잠들었다. 나는
이리저리 자세를 바꿔가며 잠이 오기를 기다렸다. 하지만 잠든 남
편 곁에서 딴 남자들을 생각하며 편히 잠들기를 바라는 것은 도둑
년 심보였다.

*

　그날 밤 잠을 설쳐가며 생각을 거듭한 결과, 내가 얻은 것은 낮

잠을 자는 새로운 습관이었다. 하룻밤의 부족한 잠을 보충하느라 시작된 나의 낮잠은, 그것 때문이기도 한 밤의 불면과 맞물리더니 어느 틈에 빠뜨릴 수 없는 일과로 자리잡았다. 전에는 어떻게 낮에 안 자고도 살 수 있었는지 신기할 정도였다. 습관이란 그렇게 무서운 것이어서, 살림에 전념하게 된 뒤로도 나는 낮잠을 거를 수 없었다. 밤에 누우면 몸이 고단해서 미처 뭘 생각할 겨를 없이 잠들어놓고도, 다시 한낮이 되면 어김없이 밀려오는 졸음을 이겨낼 수 없었다. 나중에는 점심을 먹고 나면 아예 만사 제쳐두고 소파에 드러누워 잠을 청했다. 낮잠이 안 오는 불면증도 있다는 소리는 들어본 적이 없었다.

회수와 처음 잔 것도 시간을 따지면 낮잠이었다. 실제로 그날 우리는 잠부터 늘어지게 잤다. 그때 나는 너무 졸려서 손끝 하나 까딱하기 싫은 상태였다. 내가 먼저 여관에 가자고 한 것도 섹스보다는 잠의 욕구를 참기 힘들어서였던 게 아닐지. 눈을 떠보니 회수가 한 손으로 턱을 괸 채 내 얼굴을 지그시 내려다보고 있었다. 나를 깨우지 않은 게 고마워서라도 나는 그의 몸을 끌어당기지 않을 수 없었다. 그렇게 같이 잠들었다 깨어나지 않았어도 자연스레 서로의 옷을 벗기게 되었을지. 그날 우리가 낮에 만나지 않았다면 그의 벗은 몸을 볼 기회는 영영 없었을지도 모른다. 적어도 횟수가 한 번 줄었을 가능성은 충분하지 않았을지.

함께 잠자리에 들지 않는 밤이 잦아짐에 따라 남편과 섹스하는 횟수는 눈에 띄게 줄어들었다. 꼭 섹스가 아니더라도, 할 수 있는데 안 하는 것과 할 수 없어서 못 하는 것은 기분이 다른 것이다. 할 수 있어야 하기 싫어질 수도 있는 것이고, 하지 못하게 되면 안 하던 짓도 하고 싶어지지 않나. 꼭 섹스를 하고 싶어서가 아니더라도, 날마다 남편에게 언제 잘 거냐고 물어야 하는 아내의 신세를 고달프다고 해야 할지 구질구질하다고 해야 할지. 먼저 자라는 말을 다시는 듣고 싶지 않아 내가 알아서 먼저 잔 날들이, 설거지를 기다리는 싱크대의 그릇들처럼 퀴퀴한 냄새를 풍기며 차곡차곡 쌓여갔다.

하루는 그까짓 거 밑져야 본전 아니겠냐는 생각이 들어 남편에게 정확한 내 의사를 전달했다. 나 오늘 꼭 당신과 섹스하고 싶어. 내 말이 지나치게 정확했나, '섹스'는 빼고 그냥 '하고 싶어' 할 걸 그랬나, 하는 후회가 막 들려고 하는데 남편이 모처럼 일거리에서 눈을 떼고 나를 쳐다보며 말했다. 알았어. 곧 끝낼 테니 조금만 기다려. 밥 먹으러 가자는 직장 동료에게 씀직한 말투였다. 또 먼저 자라거나 아니면 당장 하자고 나오거나 둘 중 하나일 줄로만 알았던 나는 뭐라고 더 할말이 떠오르지 않았다. 말문이 막힌 여파인지 남편을 기다리는 동안 내 욕구는 거짓말처럼 말라붙어버렸다. 뱉어놓은 말도 있고 해서 어쩔 수 없이 나는 안 해도 되는 섹스를 찬밥 물 말아먹듯 해치웠다. 어느 날 먼저 잠든 나를 깨운 남편이 막무가내로 파고들었을 때보다는 한결 나은 기분이었다.

그런 종류의 어긋남을 빼고 나면 그런대로 견딜 만한 생활이었다. 남편에게 맞고 사는 여자들도 있는데 그만하면 늘어진 팔자라는 소리를 들어도 할말이 없었다. 몸으로나 마음으로나 부부관계가 다소, 라고 하기에는 꽤 멀어졌을 뿐. 남편이 틈만 나면 집에 전화를 해대는 의처증 환자로 돌변한 것도 아니었고, 밖에서 다른 여자 냄새를 묻혀가지고 들어오기라도 했으면 모를까…… 냄새야 씻어내면 그만이겠지만 일에 정신이 팔린 그에게 그럴 시간이 있어 보이지는 않았다. 냄새 씻어낼 시간을 말하는 건 아니고, 마누라 의심할 시간을 포함해서. 오히려 남편이 그랬다면, 희수를 좀더 자주 그리고 편히 만나게 됐으려나. 의처증을 말하는 건 물론 아니고, 남편이 바람을 피웠다면. 나 몰래 그래서는 소용이 없고, 보란 듯이 바람 냄새를 풀풀 풍기고 다녔다면.

남편은 이전보다 더욱 견실해진 모습으로 집과 회사를 오가며 살았다. 술꾼은 아니었지만 가끔 기분 좋게 취해 들어오곤 했던 그였다. 남편의 귀여운 술주정을 받아줄 기회는 더이상 오지 않았다. 어쩌다 일 때문에 술을 마신 날도 그는 흐트러짐 없는 모습으로 집에 돌아와 다음 일을 준비했다. 어떤 지역 출신 남자들은 무뚝뚝하기로 유명해서 집에 오면 딱 세 마디만 하고 만다는 소문이 퍼져 있지만, 밥도 밖에서 먹고 안부를 챙겨야 할 애도 없는 남편은 마누라마저 알아서 먼저 자는 습관을 들인 까닭에 아침이 올 때까지 정말 입 한 번 뻥끗 않고 넘어가는 날도 있었다. 그러니 결혼 전부터 휴일이면 나를 여기저기 데리고 다니며 자신의 취미생활에 끌어들이지 못해 안달이던 남편의 성화가 뚝 끊어진 것쯤은 너무도 당연한 변화였다. 그러잖아도 성가시고 피곤했는데 잘됐다고 좋아할 만도 했건만, 날씨 화창한 일요일에 혼자 야구 중계를 보며 꾸벅꾸벅 졸아야 하는 내 마음은 어쩔 수 없이 허전하고 쓸쓸했다.

자꾸 그런 기분에 휩싸이는 게 싫어서 나는 생각 없이 사는 연습을 시작했는지도 모른다. 생각 없는 삶은 모든 것을 쉽게 받아들인다. 쉽고 자연스럽게. 따질 필요가 없으니까. 그러기 위해 나는 얼마나 많은 생각을 해야 했던가. 이것저것 복잡하게 따져보느라 며칠 밤을 하얗게 지새웠던가. 정작 생각 없이 살게 되기란 쉽지도 자연스럽지도 않은 일이었다. 다행히 나라는 인간은 꾸준히 노력만 하면 그렇게 될 수 있는 소질을 충분히 갖추고 있었다. 단지 내가 스스로를 노력할 능력이 없는 인간으로 간주하고 살아온 것은 그러고도 살 수 있었기 때문일 뿐. 나는 열심히 낮잠을 자가며 꾸준히 노력했고, 어느 순간 남편의 달라진 모습이 자연스러워 보이기 시작했다. 내게 일어난 모든 변화에 적응을 끝냈다는 증거였다.

*

　내가 끝까지 내려놓기 어려웠던 생각은 형의 웃음을 닮고 싶다는 남편의 부러움에 관한 것이었다. 형의 얼굴에서 미소가 떠나지 않더라는 남편의 말을 믿지 못한 것은 아니었다. 옛날 기억을 더듬는다면야 미소가 떠나지 않는 것은 고사하고 그 얼굴에 웃음이 삼 초 이상 머무는 것도 어림없는 일이었지만, 남편에게 그 말을 듣는 순간 나는 가장 가까운 기억 속의 형을 떠올리지 않을 수 없었다. 호텔 뷔페를 떠나면서도 가실 줄 몰랐던 형의 그 환한 표정이, 나 없이 곧 치러진 그의 결혼식을 거쳐 여러 달이 지난 그날 남편을 만날 때까지도, 바뀌지 않고 그대로 쭉 유지된 것은 아닐까. 그런 상상을 할 만큼 돌잔치에서 형이 보여준 웃음은 나에게 강한 인상으로 남아 있었다. 그것은 형의 변화라기보다는 회복에 가까운 게 아니었을지. 나를 만나는 동안에는 감춰져 있던 그의 본모습이 뒤늦게 활짝 피어난 거라는 생각을 나는 자꾸 하게 되는 것이었다. 쓸쓸하지만 어쩔 수 없이 뒤따르게 되는, 형의 '다른 여자'에 대한 뒤틀린 생각과 함께.

　남편만큼 표정이 밝은 사람도 드물다는 게 내가 품었던 의문의 첫번째 근거였다. 결혼을 전후해서 사람들은 나에게 남편의 어디가 맘에 들었냐고 지겹도록 물었다. 아예 녹음을 해둘까 싶었던 내 대답 속에도 해맑은 그의 웃음은 들어 있었다. 그런 남편이 보기에도 굉장할 만큼 형의 미소는 특별했을까. 사람이 웃었다 찡그렸다 해야 정상이지 그저 웃기만 하는 게 뭐가 좋다고 부러워하나. 생각 끝에 내가 얻은 해답은, 그럴 수도 있다는 것이었다. 예를 들어 가장 빠른 공을 던지는 투수를 부러워하는 쪽은 누구인가. 변화구 위주의 투수인가, 역시 강속구가 주무기인 투수인가. 흔히들 자신이 갖지 못한 것을 가진 사람에게 부럽다고 말하지만, 진짜 부러운 상대는 자신이 가진 것을 더 많이 갖고 있는 사람이 아닌지. 다름을 인정하지 못하는 게 문제라지만 비슷하면 더 용납하기 힘든 것이다. 비슷한데 한 수 위로 보이면. 그런 사람에게는 대놓고 부럽다는 말도 못 한다. 속이 안 편하니까. 남편이 그럭저럭 속 편하게 살아올 수 있었던 것은 임자를 못 만난 덕이 아닐지. 그가 접해온 프로들 중에, 달라진 형처럼 자신과 비슷해 보이는 타입은 없었던 게 아닐지. 형을 만남으로써 남편은 더이상, 난 그러지 못하네 하며 여유를 부릴 수 없게 됐는지도 모른다. 혹은 더이상 여유 부릴 수 없게 된 상태에서 형을 만났거나. 어쨌거나 남편이 형을 부러워한 나머지 닮으려고 애쓴다 해서 이상할 것은 없었다.

그것으로 모든 의문이 풀린 것은 아니었다. 형의 웃음을 닮고 싶다던 남편은 왜 본래 지니고 있던 웃음마저 잃어버리고 말았을까. 노력해서 될 일이 아님을 깨닫고 실의에 빠진 것일까. 실의에 빠지면 다 그렇게 일벌레로 변하나. 결론은 역시 그럴 수도 있다는 것이었다. '그럴 수도 있다'고 생각하는 것이 생각 없이 사는 데 요긴한 방법임을 나는 터득하고 있었다. 어쩌면 남편은 자기 방식대로 형을 닮아가는 데 성공하고 있는지도 모르지. 남편이 부러운 것은 결국 형의 능력일 테니까. 그렇게 제멋대로 생각해버리는 것 또한 제법 쓸모 있는 방법이었다. 하지만 뭐니뭐니해도 생각 없이 살 수 있는 최고의 비결은 생각을 안 하는 것이었다. 생각을 끝내버렸더니 의문을 풀어야 할 까닭도 함께 사라졌다. 남편의 얼굴만이 더이상 어색해 보일 것도 없이 무표정으로 점점 굳어갈 뿐이었다. 표정 없는 시간의 흐름과 함께. 풀리지 않아도 좋을 그 의문이 저절로 풀린 것은 그러고도 한참 뒤의 일이었다. 예전에 남편이 지었던 표정들을 떠올리려면 사진의 도움이 필요한 때였다.

*

그날도 나는 거실 소파에 누워 낮잠을 자고 있었다. 오전에 앞집 여자가 놀러 오는 바람에 미뤄둔 일을 해치우느라 늦은 점심을 먹고 난 뒤였다. 그녀의 수다는 주로 며칠 전에 베란다에서 떨어진 위층 여자에 관한 것이었다. 앞집 여자와 나는 십구층에 살고 있었다.

그 일이 있던 밤 나는 모처럼 남편과 같이 잠자리에 들었다. 결혼 이 주년을 기념하기 위해서였다. 내 생일도 그냥 넘어가기에 그런 날들은 잊고 사는 줄 알았던 남편이, 귀가해서는 나에게 선물을 내밀었다. 반지에 박힌 보석은 깨알만했지만 다이아몬드였다. 저녁식사를 함께 못 해서 미안하다고 말할 때 남편은 살짝 웃기까지 했다. 몸을 씻고 온 그가 침대로 다가올 때 갑자기 바같이 소란스러웠지만, 남편도 나도 베란다로 나가 창문을 열어볼 생각은 없었다. 침대에 누워 남편을 기다리는 동안 위층에서 싸우는 소리가 들렸을 때도 으레 있는 일이라서 크게 신경 쓰지 않았다.

사이렌 소리와 뒤섞이며 치러진 그 밤의 정사는 비교적 몸이 맞는 느낌이었다. 며칠 전 희수와 말을 놓게 만든 그것에는 못 미쳤지만, 그 정도만 해도 남편과는 참으로 오랜만에 느껴보는 친밀감이었다. 나는 문득 남편의 변화 가운데 하나는 아이에 관한 것이라는 생각이 들었고, 그러자 이제는 아이를 낳아 키우는 것도 괜찮겠다는 마음의 변화가 일었다. 그 순간만큼은 희수를 만나기가 더 힘들어지겠다는 생각 같은 것은 전혀 떠오르지 않았다. 같이 불임클리닉에 다녀보지 않을래? 나는 임신이 안 되는 걸 처음으로 걱정하며 남편의 의향을 물었다. 그럴 것까지야 뭐…… 남편은 잠시 말이 없다가 한마디를 보탰다. 나 닮은 애 별로 보고 싶도 않은데 뭐……

아침에 일어난 남편에게서는 간밤에 내비쳤던 살가운 옛 모습의 흔적을 찾아볼 수 없었다. 그가 말없이 집을 나선 뒤에 나는 일이 손에 잡히지 않아 산책을 나갔다. 아파트 현관을 나서며 무심코 돌아본 화단에는 망가진 꽃자리 옆에 가지 부러진 나무 한 그루가 서 있었다.

어쩌다 그랬을 것 같아? 먹고살 길이 막막해서 뛰어내렸을 것 같아? 앞집 여자의 얘기를 들으며 나는 시신이 치워진 뒤에 남은 핏자국을 떠올렸다. 한 여자가 세상을 떠나며 흙 위에 남긴 끈적끈적한 생명의 흔적. 아이들은 사라진 엄마를 찾으며 거실에서 울고 있었고, 죽은 여자의 남편은 담배 피울 때 방충망까지 열어두었던 것을 후회했다. 그 남자가 그렇게 말했다고 누가 그러더라는 앞집 여자의 말이었다. 방충망이 시간을 벌어줬으면 확실하게 붙들었을 거라나. 사실은 남편이 떠민 거라는 소문이 파다해. 그 남자, 돈 잘 벌어다주는 대신 바람을 피웠다네. 그건 그럴 수도 있는 일이었다. 하지만 죽는다는 것은 다른 문제였다. 그렇다고 그럴 수 있을까. 여자가 뛰어내렸든 남자가 내던졌든, 그런 일로 그럴 수 있을까. 앞집 여자가 재잘대는 소리를 흘려들으며 나는 비슷한 기분에 사로잡혔던 기억 하나를 더듬었다.

그 아파트로 이사 온 다음 날이었다. 포장이사를 했어도 집 안이 말끔할 수는 없었다. 남편은 출근하고 혼자서 짐 정리를 하고 있는데 초인종 소리가 났다. 모니터를 들여다보니 일꾼으로 보이는 청년이었다. 막 입주가 시작된 새 아파트라서 집집마다 베란다 새시 공사가 한창이었다. 나는 우리집 차례가 온 걸로 짐작하며 누구냐고 물었다. 위층이 빈집인데 문이 잠겨 있어서요. 무슨 말인가? 그가 왜 왔는지 이해하지 못한 채 나는 엉겁결에 문을 열어 줬다. 청년은 다짜고짜 작업복 상의를 벗고 곧장 베란다로 나가더니 들고 있던 신발을 신고 순식간에 사라졌다. 멋모르고 뒤를 따르던 나는 다리가 후들거리고 숨이 멎을 것 같아 그 자리에 주저앉았다. 그가 밑으로 뛰어내렸어도 그렇게 놀라지는 않았을 것 같았다. 베란다 난간을 딛고 올라 의지할 거라고는 가느다란 쇠기둥 하나였는데, 청년은 그나마도 놓아버리고 풀쩍 뛰어 위층 난간에 매달렸다. 그 짧은 순간 그의 몸은 지상 오십 미터가 넘는 허공에 떠 있지 않았겠나. 잠깐 버둥대던 그의 두 다리가 시야에서 사라지고 나서, 가까스로 난간 가까이 다가간 나는 밖으로 고개를 내밀지는 못하고 입술만 위로 향해, 이미 무사히 올라간 청년에게 물었다. 괜찮아요? 대답이 없어서 조금 더 크게 소리질렀다. 괜찮아요? 인기척에 뒤를 돌아보니 어느새 계단으로 내려온 청년이 거실 소파에 걸쳐둔 옷을 집어 팔을 꿰고 있었다. 멀쩡한 게 분명한 그에게 나는 또 물었다. 괜찮아요? 청년은 씩 웃으며 대답했다. 우린 밥 먹듯이 하는 짓인걸요. 그가 문 밖으로 사라진 뒤에도 나는 한참 동안 괜찮을 수가 없었다. 그런 짓을 밥 먹듯이 하는 이들은 무슨 맘을 먹고 사는 걸까. 기다리면 열릴 문을 조금 일찍 여는 일 따위를 위해 나도 밥 먹듯이 목숨 내놓고 살 수 있을까.

앞집 여자를 배웅하려고 문간에 서 있는데 아바의 멜로디가 들려왔다. 남편이 바꾸라고 한 지 일 년이 넘도록 그대로 둔 내 휴대

폰 벨소리였다. 인사를 하는 둥 마는 둥 문 잠그는 것도 잊고 뛰다
시피 거실로 돌아온 나는 탁자 위의 휴대폰을 집어들면서 잽싸게
폴더를 젖혔다. 희수였다. 만난 지 열흘도 안 지나서 웬일로……
그의 전화일 거라는 내 직감이 맞았음에도 불구하고 뜻밖이라는
생각을 하지 않을 수 없었다.

 늘 그랬듯이 몇 마디 오가지 않은 짧은 통화였지만, 전화를 끊
고 나서 나는 그와 주고받은 말이 잘 기억나지 않았다. 전화로 희
수의 반말을 들으니 또 새로웠다는 느낌뿐. 만나기로 한 장소를
가까스로 기억해내고 나는 한숨을 돌렸다. 희수에게 전화해서 물
어보지 않아도 되어 다행이었다. 나까지 규칙을 어겼다가는 앞으
로 무슨 일이 벌어질지 알 수 없는 일이었다. 규칙대로 희수와의
통화를 목록에서 지우려다가, 혼자 너무 호들갑을 떠는 것 같아
나중으로 미뤘다. 서둘러 청소하고 빨래 널고 대충 챙겨먹고 설거
지까지 끝내고 나서도, 외출을 준비하기에는 이른 시간이었다.

 그래서 나는 거실 소파에 누워 곤히 자고 있었다. 도둑이 들어
온 뒤에도 자고 있었다. 그의 큼지막한 손이 내 입을 덮지만 않았
다면, 도둑이 일을 마치고 나간 뒤에도 여전히 자고 있지 않았을
까. 설령 중간에 잠이 깼더라도 얼른 다시 눈 감고 계속 잠든 시늉
을 할 수 있었을 텐데. 도둑이 강력 접착테이프로 내 입을 막고 팔
다리를 묶는 동안 나는 두려움에 떨며 원망의 눈초리로 그를 바
라봤던가. 깊은 잠에 빠진 나를 꼭 깨웠어야 하나요. 혹은 엉뚱하

게도 이런 의문을 품지는 않았던가. 왜 도둑은 죄다 남자여야만 하나.

다행히 그 남자는 오래 머물지 않았고, 머무는 동안 내 머리카락 하나 건드리지 않았다. 자기 일에 충실한 프로페셔널 도둑이었다. 나는 이럴 때를 대비해서 집 안에 늘 현금 다발 한두 개쯤은 두고 살았어야 한다는 후회와 함께 떨고 있었는데, 도둑이 노리는 것은 따로 있었다. 그는 프로답게 집 안을 어질러놓지도 않고 장롱 깊숙이 모셔둔 보석함을 찾아냈다. 그 속에는 결혼 예물 말고도 제법 값나가는 반지 두 개가 덤으로 들어 있었다. 도둑은 더 욕심 부리지 않고 유유히 사라졌다.

생각보다 쉽게 공포에서 벗어난 나는, 긴장이 풀리자마자 결박당한 몸이 갑갑해서 견딜 수가 없었다. 등뒤로 묶인 손목이 저려 고통스러웠고, 무엇보다 입의 부자유가…… 도둑이 다시 와서 입만 자유롭게 해주고 가도 고마움에 눈물이 날 것 같은 심정이었다. 오로지 입에 붙은 테이프를 떼지 못하게 하려고 손까지 뒤로 묶은 것은 아닐까. 아, 그리고 희수는…… 희수를 만나러 가기 위해 옷 갈아입고 화장할 시간이었다. 갑자기 나는 참을 수 없게 오줌이 마려웠다.

낑낑대며 간신히 몸을 일으킨 나는 허겁지겁 깡총대며 화장실로 들어가서 바지 뒤로 두 엄지손가락을 집어넣고 팬티와 함께 훑어내렸다. 생각보다 간단한 일이었다. 배를 힘주어 한껏 집어넣었더니 단추와 지퍼가 채워진 채로 스르륵…… 무릎 아래로 흘러내린 팬티와 바지가 곧 몰고 올 난처한 상황일랑 미처 예상하지 못한 채, 나는 눈물까지 찔끔거리며 마지막 한 방울을 쥐어짜느라 있는 힘을 다했다. 변기 물을 내리려면 좀 성가시겠네. 그냥 두지 뭐. 그런 한가한 생각이나 하면서. 잘하면 밖으로 나갈 수 있을 거야. 앞집 여자가 외출했으면 어쩌나. 설마 그 수다쟁이도 내 꼴이 난 건 아니겠지. 그런 부질없는 걱정이나 하면서.

생각 없이 훑어내린 아랫도리를 도로 끌어올리기란 불가능했다. 말하자면 그것은 내게 일어난 돌이킬 수 없는 변화였다. 그 꼬락서니를 해가지고 현관까지 나가보기는 했지만, 나는 뒤로 돌아 문이나 걸어잠그고 도로 들어올 도리밖에 없었다. 나를 두고 신나게 입방아를 찧어댈 아파트 여자들의 모습이 눈에 선했기 때문이었다. 일단 방으로 들어가서 침대에 누운 나는 한참 동안 별짓을 다 해봤지만…… 실은 할 수 있는 짓도 별로 없었다. 몇 가지 체조동작을 시도해봤을 뿐. 묶인 두 손으로 허리를 버티고 두 다리를 세워 흔들었는데, 허벅지에 걸린 팬티는 더이상 꼼짝도 않고…… 팬티에 걸려 내려오지 못하는 바지의 구겨진 주름만 올려다보며 끙끙대던 나의 절망을 알 사람이 있을지. 잠시 후 나는 모든 시도를 포기하고, 차라리 아예 다 벗어버리고도 싶었지만 두 발목이 붙어 있어 그럴 수도 없음을 순순히 인정하고, 침대 위에 엎드린 자세로 아기처럼 고개만 이따금씩 좌우로 돌려대고 있었다. 그 사이에 내가 터득한 가장 견딜 만한 자세였다.

시간의 흐름을 고스란히 느끼며 견뎌낸다는 것은 고역이었다. 나는 환기한답시고 창문을 열어둔 것을 후회했다. 가을 저녁 찬 공기에 엉덩이가 시려올 때까지 두 차례의 전화가 걸려왔고, 두번째 것은 휴대폰으로 걸려온 전화였다. 끈질기게 이어지는 아바의 멜로디는 정말 참아내기 힘들었다. 손을 맘대로 쓸 수 있다면 그놈의 배터리부터 뽑아버리고 싶을 만큼 가슴이 조여왔다. 희수를 만나러 나가지 못해서라기보다는, 그런 나에 대해 그가 제멋대로 짐작할 게 뻔해서. 희수는 내가 안 나오는 것보다 더 싫은 것은 마지못해 나오는 거라고 했다. 나는 안 나가면 안 나갔지 그런 일은 절대로 없을 거라고 했다. 내가 안 나가거나 마지못해 나가는 것 말고 다른 경우도 있을 수 있음을 그나 나나 모르고 있었다니. 전화번호 삭제를 미룬 것이 그나마 다행이라고 해야 하나.

우리가 미처 몰랐던 것을 희수에게 일깨워주기 위해서라도, 나는 남편이 오기만을 기다리는 수밖에 없었다. 물론 희수보다 더 급한 것은 내 몸이었다. 가장 견딜 만한 자세마저 견딜 수 없는 순간은 오고야 마는 법이었다. 언제 들어올지 모르는 남편만이 유일한 희망이라 생각하니 코로 한숨이 나오려 했다. 내가 어렵고 힘들 때 남편이 곁에 있어준 기억이 하나도 나질 않았다. 도대체 지금 나에게 그가 희망이기는 한가. 나는 남편의 눈이 되어 내 꼴을 바라보는 상상을 해보았다. 남편은 봐도 좋다고 해야 할 그 모습은, 남편에게만은 보여주고 싶지 않은 모습이었다. 그가 어서 오기를 간절히 바라기만 할 수도 없는 내 처지가 헷갈려서 어이없기도 하다가……

그러다가 나는 문득, 나를 이대로 두면 안 된다는 생각이 들었다. 어떻게든 결박을 풀고 바지춤을 추켜야겠다? 그런 헛된 뜻을 품었던 게 아니라, 어둠 속에서 내 볼기짝을 내려치듯 아프게 떠오른 생각은 이런 거였다. 나를 이대로 살다 죽게 내버려둘 수는 없어.

왜 그런 생각을 했을까. 내가 뭘 어떻게 하고 살았길래. 아무튼 그런 생각이 든 다음부터 나는 몸도 마음도 거짓말처럼 편안해졌다. 콧노래까지 흥얼거렸다면 믿을 사람이 있을지. 입이 막혀도 소리를 낼 수 있다는 것은 신기한 일이었다. 어둠 속에서 들리는 내 콧노래는 눈물이 핑 돌 만큼 감동적이었다. 머리를 써서 불을 켤 수도 있었지만 나는 좀 무섭긴 해도 어둠이 편안했다. 더이상 희수를 마림밎힌 안타까움에 가슴이 답답하지도, 남편이 내 꼴을 보고 과연 어떤 표정을 지을까 초조하지도 않았다. 두 남자가 오해하면 오해하는 대로 그냥 내버려두고 싶은 마음마저 살짝 일었을 때, 어두운 집 안의 고요를 깨고 문 여는 소리가 들려왔다.

괜찮아, 당신? 침실의 불을 켜자마자 남편은 놀란 표정을 지으며 물었다. 묻는 사람이 괜찮지 않다는 표현의 한 방법임을 나는 알고 있었다. 대답할 수 없는 내가 보일 수 있는 최선의 반응은 안

면근육을 조금 움직여주는 것뿐이었다. 나는 정말 아무렇지도 않아서 생긋 웃고 말았지만, 내가 괜찮아 보일수록 남편의 마음은 더욱 편치 않았으리라. 나를 풀어줄 생각은 하지도 않고 문가에 선 채로 남편은 또 물었다. 당신, 정말 괜찮아?

묘하게 일그러지는 그의 얼굴을 쳐다보며 나는 허망한 기분이었다. 그 동안 표정 없이 사느라 무던히도 애써왔을 남편의 노력이 허망했고, 이토록 우습게 허물어질 한 인간의 자세에 적응하느라 기를 써온 나날들이 또 허망했다. 뒤늦게 표정을 수습한 남편이 나를 향해 엉거주춤 다가오는데, 그의 몸에서 음악 소리가 났다. 내 마음이 허망함에서 측은함으로 모양을 바꾸도록 이끄는 신호와도 같은 것이었다. 호주머니에서 휴대폰을 꺼낸 남편은 상대를 확인하자마자 내게 등을 보이며 몸을 틀었다. 그 짧은 순간 나는 그의 입가에 사악 소리가 나듯 번지는 환한 미소를 보았다. 엉덩이를 훤히 드러낸 채 손발이 묶여 있는 아내를 등지고 직장 상사와 일 얘기를 나누는 남편의 목소리에도, 그 어색하게 부드러운 웃음은 묻어 있었다.

미로

사람들은 모두 제 나름의 가면을 쓰고 살아간다. 아니라고 말할 사람 누가 있겠나. 있다 해도 몰라서 하는 소리일 뿐. 모르는 게 나쁘다는 말이 아니다. 오히려 그 반대가 아닐지. 모르면 얼마나 좋을까. 자신이 어떻게 사는지 모르고 사는 거야말로 가장 부러워할 만한 인생이 아닐 텐가. 모르면 정말 아닐 수도 있는 것이다.

문제는 한번 알고 나면 돌이킬 수 없다는 데 있다. 수영을 배운 사람은 죽으려고 물에 들어가서도 헤엄을 친다지. 죽고는 싶은데 숨을 못 쉬면 괴로우니까. 자신의 가면을 알아버린 사람도 마찬가지다. 좋든 싫든 그것 없이는 살 수가 없다. 그러니 기왕이면 좋아하기를. 가면이랑 정 붙이고 사는 게 최고라는 뜻이다. 어차피 진짜가 뭐고 가짜가 뭔지 헷갈리는 세상인데 그까짓 가면 하나 썼다고 해서 얼굴 못 들고 다닐 까닭이 뭐 있나. 차라리 여러 개의 가면을 장만해서 그때그때 골라 쓰는 지혜가 필요하다. 실은 너나 할것없이 이미 그러고 있겠지만. 세상살이는 밤낮없이 연중무휴로 벌어지는 가면무도회와 같은 것. 서로 마음에 드는 마스크와 짝을 이뤄 멋지게 한 바퀴 돌 수만 있다면 더 바랄 것이 무엇인가.

*

식인종이 개그맨을 잡아먹고 나서 뭐라고 했는지 알아? 가면으로 풀어본 내 어쭙잖은 인생론을 듣고 나서 희수가 불쑥 던진 말이었다. 나는 답을 알고 있었지만 무슨 의도로 묻는지 가늠이 안 되어 그냥 그가 말하게 놔두었다. 웃기는 맛이군. 웃지 않는 나에게 희수는 입을 삐죽 내밀었다. 귀여운 남자. 나는 그럴 거 없다는 의미로 이미 알고 있던 유머였음을 밝혔다. 그거 영화 대사잖아. 로봇이 인간을 웃기려고 한 말. 맞지? 며칠 전 헬스클럽에서 러닝머신 위를 걸을 때 모니터로 흐르던 영화였다. 여자를 빙그레 웃게 만든 로봇의 표정에는 아무런 변화도 없었다는 기억. 영화에 나오는 로봇의 얼굴이 가면처럼 생겼다는 생각을 하고 있는데 희수가 또 불쑥 말했다. 생각나는 영화가 하나 더 있어. 이것도 웃음에 관한 얘긴데……

어떤 방에 이십 년 동안 천천히 죽어가는 한 노인이 누워 있다.

그에게는 두 딸이 있는데, 언니는 아버지를 보살피느라 자기 가족을 꾸릴 새도 없이 살다가 백혈병에 걸렸고, 동생은 자기 삶을 찾아 가족을 떠났으나 남편과 헤어졌다. 어느 날 동생이 언니를 찾아온다. 둘 사이가 좋을 리 없다. 언니는 가족을 배려하지 않는 동생의 이기적인 태도가 서운하고, 동생은 이십 년 가까이 엽서 한 장 보내지 않은 언니의 냉대가 야속하다. 이 자매가 화해할 길은? 언니가 동생에게 자신이 유일하게 사랑했던 남자에 대해 얘기한다. 웃을 때 얼굴이 원숭이처럼 변해 언니를 즐겁게 해준 남자였다. 어느 날 둘은 해변으로 피크닉을 나갔다. 수영하는 남자를 바닷가에 앉아 바라보며 언니는 난생처음 행복하다고 느꼈다. 수면 위로 고개를 내밀 때마다 손을 저으며 특유의 표정을 지어 보이는 남자. 자기를 기쁘게 해주려는 남자에게 미소로 화답하는 여자. 사랑해요. 남자는 또 장난치듯 물 속으로 숨더니 다시는 떠오르지 않았다. 웃을 때와 고통스러울 때의 표정이 똑같은 남자를 사랑한 언니의 순은 슬픔이 동생의 미음을 아프게 울린다……

재미있지? 역시 언젠가 본 영화였지만 나는 군말 없이 고개를 끄덕였다. 아는 얘기를 듣고도 느낌이 새로울 때가 있다. 처음 듣는 얘기에 하품 나올 때가 있듯이. 희수는 스스로 생각해도 괜찮은 얘기였다는 표정이었다. 이 남자한테 이런 모습도 있네. 나는 영화에 나오지는 않는 '언니 애인'의 특별한 표정을 희수의 얼굴 위에 그려보았다. 정말 똑같은 표정으로 웃기도 하고 찡그리기도 할 수 있을까. 희수의 얼굴 위로 대답처럼 떠오른 것은 웃고 있는 형의 낯선 얼굴이었다. 그리고 그 위에 새겨지는 새로운 질문. 형이 본래의 자신을 되찾은 거라는 내 생각은 틀린 게 아닐까. 오히려 자신을 철저히 감추기 위해 완벽에 가까운 가면을 빚어낸 건 아닐까. 대답 대신 떠오른 것은 또 한 남자의 얼굴에 번지던 어색한 미소였다. 날마다 지쳐 집으로 돌아오는 길에 그 무게를 못 이기고 벗어던졌을 남편의 불쌍한 가면. 그런 뒤에 남게 된 무표정 또한 그의 맨얼굴이라 할 수 있을까.

생각에 잠긴 채 거두어지지 않는 내 시선이 거북했는지 희수의 얼굴에서 웃음기가 사라졌다. 잠시 창 밖을 바라보던 그가 내 쪽으로 고개를 돌리지 않고 물었다. 넌 무슨 가면을 쓰고 사니? 희수가 나를 너라고 칭한 것은 처음이었다. 그의 심각한 말투가 웃겨서 깔깔댔을 뿐 나는 아무 대답도 하지 않았다. 나에게 그것은 넌 누구냐는 물음과 다를 게 없었기에. 내 웃음은 좀처럼 멈추지 않았고, 희수의 눈길은 여전히 창 밖을 향해 있었다. 식탁을 사이에 두고 마주 앉은 그의 등뒤로는 싱크대에 설거짓감이 수북했고, 마구 어질러진 조리대를 지나 가스레인지 위에는 아침에 남편이 계란을 부쳐 먹었을 프라이팬이 떨어질 듯 위태롭게 놓여 있었다. 내가 도둑맞은 날로부터 한 달이 흐른 뒤였다.

*

　도둑이 다녀간 뒤로 내 생활은 전과 같을 수 없었다. 낮잠 자는 습관도 여전했고 문단속을 유별나게 챙기지도 않았으니, 딱히 도둑 때문이라고 할 만한 변화는 없었다. 나는 우선 동네 헬스클럽에 연간 회원으로 등록했다. 잠깐 하다 말지는 않겠다는 강한 의지의 표현이었다. 도둑이 내 몸매를 거들떠보지도 않아서 충격을 받았거나, 근력을 키워 다음 도둑에 대비하겠다고 작정한 것은 아니었다. 인근에 주부 야구단이나 여성 조기축구회 같은 모임이 있었다면, 갖다바치는 돈이 아까워서라도 굳이 그 고독한 종목을 택하지는 않았을 것이다. 나는 어떻게든 땀이 나도록 몸을 움직이길 원했고, 돈이든 멤버십이든 가사노동의 의무감만 아니라면 어떤 강제수단도 괜찮았다.

　오전에 땀을 쏟고 나서 점심을 사먹고 집에 돌아오면 변함없이 한숨 자고 일어나 책을 읽고 음악을 들었다. 그러는 틈틈이 꼭 해놓지 않으면 가정이 파괴될지도 모를 집안일들만 후딱후딱 해치울 생각이었다. 그런 일은 생각보다 많지 않았다. 저녁은 웬만하면 시켜먹은 뒤에 나는 날마다 야근을 자청하는 직장인의 자세로 드라마와 스포츠를 시청했다. 남들은 취미 삼아 하는 그 모든 것들을 나는 일처럼 하고 싶었다.

　세상에 텔레비전을 끄는 것만큼 힘든 일이 또 있을까. 남편이 안 자냐고 할 때마다 이것만 다 보고……라고 말했지만 그것은 언제나 거짓말이었다. 나는 새벽까지 이것저것 다 보다가 지쳐서는 소파에 웅크린 채 잠들곤 했다. 내가 남편의 출근을 돕지 않게 된 것은 그러므로 고의가 아니었다. 남편은 그런 나를 잠자코 보아 넘기며 아침마다 계란 프라이를 해먹었다. 마누라가 도둑맞은 후유증을 앓는 거라고 여겼는지, 아니면 그 동안 너무나도 깨끗한 집에서 호의호식하는 줄 모르고 살았음을 뉘우치기라도 한 것인지. 어쨌거나 가정의 파괴를 막기 위해 내가 할 일 한 가지는 분명해진 셈이었다. 나는 냉장고에 계란이 떨어지는 사태만은 피하도록 조심해야겠다고 다짐했다.

*

써니 사이드 업, 오버 이지, 오버 미디엄, 프라이드 하드……
희수는 계란으로 만들 수 있는 일곱 가지 요리가 있다며 하나씩 설명하는 중이었다. 계란을 좋아하냐는 내 물음에 대한 지나치게 긴 대답이었다. 이름만 그럴싸했지 앞의 네 가지는 한마디로 그냥 계란 프라이였다. 뒤집느냐 마느냐, 노른자를 얼마나 익히느냐의 차이만 있을 뿐. 잘못해서 노른자가 터지면 대충 휘저어서 스크램블, 햄이며 양파며 적당히 썰어 얹고 둘둘 말아버리면 오믈렛……
그런 식이라면 내가 만들 줄 아는 계란 요리는 일흔 가지도 넘겠

네, 이 사람아. 그렇게 구박해서 엉터리 요리 수업을 중단시킬 수도 있었지만, 그러지 못한 것은 그중에 한 가지도 못 얻어먹고 사는 불쌍한 남자가 생각난 탓이었다. 아침에 냉장고에서 계란을 꺼낼 때마다 남편은 깔끔한 오버 이지를 원하겠지. 하지만 뒤집다가 번번이 노른자가 깨지면서 스크램블도 뭐도 아닌 지저분한 계란 범벅이 되고 마는 게 아닐까.

자, 계란을 주제로 한 일곱 개의 변주곡, 그 대미를 장식할 작품은 보일드 에그야. 희수의 목소리에서는 꾸며낸 명랑함이 느껴졌다. 우리말로 삶은 계란이지. 나는 삶이 계란이라는 말로 들려 속으로 웃다가, 삶이란 정말 계란 같은 것인지도 모른다는 생각이 들어 또 웃었다. 갑자기 남은 생을 시인으로 살겠다고 작정한 사람처럼 나는 그럴듯한 문장을 머릿속에 지어보려 애썼다. 삶은 계란을 꾸역꾸역 삼키다가 목이 메어올 때면, 산다는 게 계란처럼⋯⋯ 계란처럼⋯⋯

삶은 계란은 역시 반숙이 최고지. 팔자에 없는 시인 노릇일랑 단념하라고 타이르듯 희수가 입맛을 다시며 말했다. 삶은 계란의 특징은 속이 안 보인다는 거야. 그래서 노른자를 반쯤만 익히려면 시간을 정확히 재야 해. 시계를 보니 오후 세시였다. 희수 때문에 운동하러도 못 가고, 해먹기도 시켜먹기도 귀찮아서 아침 점심 다 거른 상태였다. 계란 요리 가운데 가장 어려운 게 반숙일걸. 몇 분을 삶아야 하는지 자꾸 잊어버려. 나는 구 분이라는 시간을 기억

해냈다. 용케 기억이 나도 딴짓 하다보면 이번엔 몇 분에 삶기 시
작했는지 까먹는다니까. 나는 말없이 일어나 싱크대로 가서 냄비
에 물을 담아 불 위에 올려놓고 냉장고를 열었다. 남아 있는 계란
은 달랑 두 개였다.

*

도둑맞은 날 내가 쫄딱 굶은 채로 침대에 엎어져 있는 동안 남
편은 형과 함께 호텔 레스토랑에서 저녁을 먹고 있었다. 나의 옛
애인과 현재의 남편이 서로 거울을 바라보듯 미소 띤 얼굴로 마주
앉아 입술을 오물거리는 광경이라니. 두 남자는 음식이 싱거웠는
지 나에 관한 애기를 양념처럼 곁들이며 배를 채웠다. 둘이 만나
서 일 애기를 안 하고 넘어간 적은 있어도 내 애기를 빠뜨린 적은
없다고 남편은 말했다. 나는 둘이 계속 만나왔다는 것도 모르고
있었다. 내 애기가 오갈 때도 그들은 바보처럼 웃고 있었을까.
  보석함은 잊어버려. 몸 성한 게 천만다행이지. 그렇게 말하는
남편이 고맙기보다, 도둑이 뭐라도 가져가줘서 천만다행이라고
해야 할지. 당신 팔다리 저린 게 대수야? 그거 다 합치면 얼마인
줄이나 알아? 차라리 남편이 그래줬으면 내 마음이 좀 편했으려
나. 집 안에 도둑의 흔적일랑 내 몸에 남은 게 전부라는 사실이 남
편으로서는 달가울 리 없었다. 자초지종을 듣고 나서도 아주 개운

하지는 않은 기색이었다. 남편은 애써 아무런 표정도 내비치지 않고 있었지만, 이미 들켜버린 뒤였기에 내 눈을 속일 수는 없었다.

힘들었을 텐데 일찍 자야지. 서둘러 불을 끄고 베개에 얼굴을 묻는 남편을 나는 이해할 수 있었다. 나는 스탠드를 켜려다 그냥 두고 남편과는 반대로 뒤통수를 베개에 파묻었다. 배가 몹시 고팠지만 누운 자세가 너무도 편해서 몸을 일으키기가 싫었다. 팔다리도 한껏 벌리고 싶었지만 남편 몸을 건드릴까봐 관두고 입만 쩍쩍 벌려보는 것으로 만족했다. 쉽게 잠이 올 것 같지 않았다. 남편도 잠이 안 오는지 엎드렸던 몸을 뒤집어 바로 눕는 기척이었다. 할 일을 놔두고 일찍 잠을 청하려니 고역이겠지. 그렇다고 이런 날 마누라를 혼자 자게 내버려둘 수도 없고…… 딱한 사람. 어린아이라면 토닥토닥 자장가라도 불러줄 텐데. 그렇게 어둠 속에서 그와 나는 서로의 눈치를 보고 있었던 게 아닌지.

자? 말똥말똥한 침묵을 견디지 못하고 먼저 깨뜨린 쪽은 남편이었다. 응. 짧디짧은 그의 말 한마디가 너무도 부드럽게 들려서 나도 모르게 장난기를 실어 대답했다. 아까 전화했었어. 다시 들려온 남편의 목소리는 건조했다. 안 받아서 휴대폰으로 했는데 또 안 받길래 무슨 일이 있나 했더니…… 어둠 속에서도 그 '무슨 일'을 입에 담기는 불편했는지 남편은 말을 흐렸다. 그랬구나. 남편과 말을 섞는 나의 가슴속으로 흐르는 문장은 다른 것이었다. 희수는 전화하지 않았구나…… 남편은 내가 희수 생각을 오래

하도록 내버려두지 않았다. 저녁 먹다가…… 당신 목소리 듣고 싶어하는 사람이 있어서……

*

삶은 계란을 하나씩 까먹고 나서 희수와 나는 커피를 마시며 우리가 만났던 날들을 돌아봤다. 맞아, 화장실 앞에서 폼은 있는 대로 다 잡고 날 꼬셨지…… 아냐, 끝내기 안타가 아니라 그건 상대 팀 에러였어…… 주로 그런 식의 무겁지 않은 회상이었다.

희수를 집으로 들이기는 했지만 소파로든 침대로든 자리를 옮기지는 못하고 있었다. 그 좁은 부엌만이 집 안에서 유일한 내 영역인 것처럼, 나는 경계도 분명치 않은 공간 속에 그와 나를 가두어놓고 있었다. 희수 역시 이 방 저 방 집 구경을 할 마음은 없는 듯, 친구 집에 놀러 온 착한 아이처럼 얌전히 식탁 앞에 앉아 있었다. 친구 집에 놀러 갔더니 친구는 없고 친구 누나만 있었다, 그런데 소문과 달리 누나는 삶은 계란만 하나 주고 땡이었다…… 뭐 그런 상태일 수도 있었다.

영화에서는 종종 식탁 위의 물건들을 폼나게 쓸어버리고는 그 위에서 격렬한 사랑을 나누기도 하지만, 아무래도 현실에서 우리가 흉내내기에는 무리가 따르는 장면이었다. 현실의 식탁 위에는 컵이며 접시며 깨질 물건투성이라는 점에서도 그랬지만, 무엇보다도 희수나 나나 그럴 수 있을 만한 정열의 소유자가 아니었기에. 우리는 서로 상대가 먼저 공격해오기를 기다리는 복서들마냥 옛날식 탐색으로 시간을 끌었던 게 아닌지. 집이라는 장소 탓으로 돌린다면, 혼자 사는 희수 집이었어도 그랬을지.

희수와 나는 오직 그러기 위해 만난 사람들처럼 열심히 우리의 옛날을 추억했다. 그날들을 빠짐없이 돌아볼 수 있었던 것은 우리 둘의 기억력이 남달리 뛰어나서가 아니었다. 누구든 순서까지 정확하게 기억할 수 있을 만큼 우리 만남의 횟수는 초라했다. 그것은 회상으로 시간을 때우려는 이들에게 반가울 리 없는 조건이었다. 횟수가 중요한 건 아니라고 말할 사람도 있겠지만, 그렇다면 중요한 것은 무엇인가. 어느 틈에 우리의 회상은 막바지로 치닫고 있었다. 역시 만난 횟수가 턱없이 모자란 탓이었다. 속상해서 분통이 터질 것까지는 없었고, 나는 다만 좀 서글퍼지는 것이었다. 열 번도 채 만나지 못한 남자와 함께 옛날을 더듬고 있다니. 맞다, 아니다, 확인까지 해가면서. 아무래도 코미디 영화의 한 장면 같다는 느낌을 떨칠 수가 없는 것이었다.

내 어디가 좋아? 같이 잔 두 번의 만남까지 모두 돌아보고 났을 때 희수가 뜬금없이 물었다. 누가 좋아하기나 한대? 그렇게 놀려먹기에는 그의 태도가 너무도 진지했다. 또 깔깔대고 마는 것도 손님에 대한 예의가 아닌 것 같아서 나는 생각 끝에 최선의 대꾸로 받아넘겼다. 한번 맞혀봐. 희수는 의외로 쉽게 대답했다. 몰라.

몰라서 묻잖아. 나같이 별볼일 없는 놈을 도대체 왜 좋아하는 거야? 말은 그렇게 했지만 희수의 표정과 말투는 쾌활했다. 맞혀보라는 내 말이 기분 좋게 들렸으리라. 이유를 모르겠으면 언제였는지 맞혀봐. 언제인지 알면 왜인지도 모를 수가 없는 것이다. 같은 것을 맞혀보라고 거듭 말함으로써 나도 모르게 애정 고백을 두 번이나 하고 만 셈이었지만, 나는 그 은근한 방식이 맘에 들어 기분이 괜찮았다. 언제긴, 첫눈에 반했지? 장난스럽게 말한 뒤에 희수는 손끝으로 이마를 짚고 미간을 오므렸다. 진짜 답을 찾기 위해 방금 전에 우리가 들춰낸 순간들을 다시 펼쳐보는 눈치였다. 맞아, 처음부터 네가 좋았나봐. 희수의 귀에는 들리지 않는 내 안의 소리였다. 하지만 그 느낌은 그저 스치는 호감일 뿐. 그 봄날의 카페에서 내 눈에 띈 너의 예쁜 손가락 같은 거. 겨우 손가락이 좋아서 지금 내가 너와 함께 여기 있겠니. 나는 그가 맞힐 수 없으리라고 확신했다.

너는 곧 회심의 미소를 지으며 말하겠지. 차에서 노래했을 때? 아니면 귀엽게 수줍어하며 말하려나. 너도 그날 그렇게 좋았니? 하지만 아니란다. 차에서 네가 부른 노래는 정말 아니었고, 네가 말하는 그날 물론 나도 많이 좋았지만 그것은 보너스의 기쁨이란다. 좋은 게 먼저지. 좋은지 어떤지 헷갈려서 확인하기 위해 옷을 벗니 너는? 나는 그렇게 씩씩한 여자가 아닌걸. 남자들이란, 아니 인간이란 참 웃기는 동물이야. 잘나 죽는 인간은 그렇다 치고 너처럼 스스로 못났다고 겸손을 떠는 인간조차 뭔가 내세울 점 한두 가지씩은 챙겨두고 살지. 하지만 아니란다. 그것들이 아니야. 내가 널 왜 좋아하는지 모르겠다는 네 말만큼은 정말 맞는 말이네. 모를 수밖에. 왜냐고? 너에게는 너의 등이 안 보이잖니.

*

형은 남편에게 나를 사랑했다고 말했다. 나는 들어본 적이 없는 말이었다. 사랑…… 사랑한다고도 아니고 사랑했다…… 술을 마시지도 않았다는데, 멀쩡한 정신으로 남의 아내가 된 여자와 좋아지냈던 과거를 털어놓다니. 그 남이 자기 면전에서 나이프로 고기를 썰고 있는데. 일에 프로가 되면 그런 쪽으로는 영 머리가 안 돌아가나. 그렇다면 전에 남편 앞에서 내 거짓말에 박자를 맞춘 형의 넘치는 배려는 다 무엇이었을까. 물론 그럴 수도 있으니 그랬겠지민 도무지 알 수 없는 노릇이었다.

알 수 없기는 그 말을 내게 전한 남편의 마음 또한 마찬가지였다. 나보고 뭘 어쩌라고. 그 자식이 다 불었으니 너도 순순히 자백해라? 차라리 그렇게 고리타분한 남편 행세를 하려 들었다면 상대하기 훨씬 편했을 것을. 참 딱하기도 하다는 눈빛으로 한 번 쳐다보고는 상대를 안 해버리면 되니까. 남편은 형 말만 듣고는 미심쩍어서 확인하고 싶은 것도 아닌 모양이었다. 그랬다면 내 말을

듣고자 했어야지. 역시 나는 침묵으로 일관했겠지만, 무슨 말을
하고자 했어도 그럴 기회가 없었다. 당신을 많이 사랑했대……
당신한테 못되게 굴었다고…… 남편은 번지수를 잘못 찾은 형의
때 아닌 고백을, 뉴스 말미에 나오는 '간추린 소식'처럼 한 조각
씩 간단히 전하고는 서둘러 다른 얘기로 넘어갔다. 새로운 화제
또한 형을 벗어난 것은 아니었다.

간추리자면 형이 볼수록 대단한 사람이라는 얘기였다. 남편은
'비난받지 않는 성공'이라는 표현을 썼다. 비즈니스 세계에서 그
런 예는 아주 드물다는 것이었다. 나는 잠든 사람처럼 조용히 듣
고만 있었다. 결혼 전의 연애를 남편이 알았다고 해서 주눅들 이
유는 없었다. 그럼 만약에 희수가 남편을 찾아가서, 당신 아내와
아직 두 번밖에 안 잔 사이라고 하든 뭐라고 하든 우리의 관계를
밝힌다면? 그래서 남편이 또 내게 전하기를, 이번 경우는 상당히
최근 것이군그래…… 하며 한번 겪어본 자로서의 여유를 부리거
나 한다면? 그때도 내가 주눅들 이유는 없다고 할 수 있을까. 역
시 겪어보기 전에는 모를 일이었다.

아무튼 내가 주눅들지도 않았으면서 쥐 죽은 듯 조용했던 까닭
은 따로 있었다. 주눅드는 대신 나는 두 남자의 소행이 다소 불쾌
하다는 느낌이었다. 둘 다 사실을 사실대로 말했으니 많이 불쾌할
것은 없었고, 그러나 사실을 사실대로 말하면 다냐는 점에서 다
소…… 그렇게, 많이도 아니고 다소 불쾌하다는 이유만으로 내

입에 자물쇠가 채워진 것은 아니었다. 그토록 자유를 갈구하던 내 입인데. 어쩌다 스스로 다시 봉해버렸을까.

남편이 형에 대한 열등감을 감추려 애쓴다는 느낌. 그 열등감이 나와 무관하지 않다는 데서 오는 불편한 느낌. 불쾌함과 불편함은 서로 어울리는 느낌이 아니었다. 뭔가 '아닌' 점에서는 통하는 두 느낌 사이의 먼 거리를 오가느라 피곤한 가운데, 나는 형이 남편에게 내 목소리를 듣고 싶다는 말을 하지는 않았을 거라고 짐작했다. 그거야 언제든 직접 내게 전화해서 들으면 되는 거니까. 굳이 나서서 형에게 통화를 강권하다시피 하며 휴대폰의 단축키를 누르는 남편의 모습을 나는 어렵지 않게 떠올릴 수 있었다. 그 잠재울 수 없는 열등감의 덩어리와도 같은 한 남자의 초라한 모습을.

이제 정말 자야지. 피곤할 텐데. 남편은 내 핑계를 대며 입을 다물고 돌아누웠다. 잠옷을 입을 새도 없었던지라, 이불 밖으로 드러난 그의 등은 속옷 모양대로 어둠 속에서 허옇게 부풀어 보였다. 러닝셔츠는 날릴 때 입는 옷이라고 희수는 말했던가. 윗옷을 벗겼더니 바로 알몸이 나오길래, 늘 속에다 아무것도 안 입느냐고 물어봤을 때였다. 나는 러닝셔츠를 안 입는 그의 습관 덕에 미리 훔쳐볼 수 있었던 저 여름날의 잊지 못할 등허리를 어루만지며 몰래 흥분했다. 그랬던 순간이 떠오르자 내 입에서는 나도 몰래 한숨 같은 신음 소리가 새어나왔다. 남편은 아무런 반응도 보이지 않았다. 잠들었다고 보기에는 그의 뒷모습이 너무도 딱딱하게 굳어 있었다.

*

자신의 어디가 좋으냐는 물음에 대뜸 너의 등이라고 답했다면 이 남자는 어떤 기분이었을까. 혹시 내가 자기 손가락도 좋아한다는 것을 알고 있으면 반은 맞힌 걸로 해줄까. 그런 생각을 하고 있는데 희수가 슬며시 입을 열었다. 내가 어렸을 때 말이야…… 딴 얘기였다. 학교 가는 길에 고아원이 하나 있었거든. 그는 딴생각을 하고 있었다. 거기 같은 반 친구가 한 명 살았어. 내가 맞혀보라는 걸 장난스레 답해놓고 그는 혼자서 자신의 어린 시절이나 돌아보고 있었다. 집에 한번 데려갔다가 엄마한테 무지하게 혼났지. 무슨 얘기를 하려는 걸까. 자기는 고아가 아니었음을 자랑이라도 하겠다는 건가. 내가 그 친구를 부러워했었다니까. 듣다보니 아주 딴 얘기는 아닐 수도 있었다. 걔는 굉장히 자유로워 보였거든. 나는 딴생각을 접고 귀 기울여 듣기 시작했다.

숙제를 해오는 법이 없었어. 그래도 천하태평이야. 걔처럼 맷집이 좋은 녀석은 이후로도 본 적이 없어. 삐쩍 마른 어린애가 맞으면서 생글생글 웃는다고 상상해봐. 때리는 선생은 돌아버리는 거지. 죽도록 맞고 한 대 더 맞는다는 말이 아마 걔 때문에 나왔을걸. 내가 물어봤어. 너 맞을 때 왜 웃니? 걔 대답이, 웃으면 좀 덜 아프대. 우린 금방 친해졌어. 아침마다 고아원 앞에서 기다렸다가 학교까지 남은 길을 같이 걸었지. 착한 녀석이었어. 뭐가 생기면 꼭 나한테도 나눠주고. 걔가 훔치는 데 귀재였거든. 문방구나 그런 데서. 너무 자연스럽게 들고 나와서 꼭 돈을 낸 애 같았다니까. 나도 한번 따라 했다가 들켜서 엄마 불려오고 난리가 났지. 엄마 없는 친구가 얼마나 부러웠겠니. 아, 애는 그래서 자유롭구나. 자유로우니까 도둑질도 자연스럽게 잘하는구나. 아는 것도 많고. 고아원 형들한테 들었다면서 내가 모르는 걸 많이 가르쳐줬어. 콘돔이나 생리대같이, 학교에서 배울 수 없는 거. 그런 얘기로 킬킬대며 우린 참 열심히 학교에 다녔지. 그러던 어느 날이었어……

그때 들려온 쪼르륵 소리가 희수의 말을 가로막았다. 내 배에서 난 소리였다. 희수가 빙긋이 웃으며 말했다. 우리 뭐 시켜먹을까? 나는 냉장고에서 물이나 좀 꺼내달라고 했다. 이른 저녁을 먹어도 될 만한 시간이었지만, 음식 주문하고 문 열어주고 그릇 내다놓고 하는 절차들이 빈거롭세만 느껴져 내키지 않았다.

희수는 냉장고 안을 들여다보더니 놀리는 투로 말했다. 주부 맞아? 내가 주부인 게 맞았을 적에도 늘 냉장고 안은 썰렁했다. 계란 하나로 두 끼를 때운 내 뱃속처럼. 그날그날 해먹을 만큼만 장을 봤으니까. 꼭 시간이 남아돌아서 그랬던 것은 아니었다. 냉장고가 꽉 차는 게 나는 싫었다. 꼭 냉장고가 아니더라도, 뭐든 듬성듬성 비어 있어야 보기 좋았다. 빈 것을 좋아하는 마음. 그것은 무욕인가 허영인가.

희수는 물통을 식탁 위에 내려놓고 돌아섰다. 컵을 가지러 가는 줄 알았는데, 그는 냉장고를 다시 열더니 찬밥과 김치를 꺼냈다. 나는 설거지하는 셈 치고 커피잔에 물을 따라 마셨다. 양파도 하나 없네…… 아, 버터는 찾았다…… 냉장고 안을 살피며 혼자 구시렁대는 그의 모습이 귀엽기도 하고 쓸쓸하기도 했다. 뭐 하게? 나는 알면서도 물었다. 보면 몰라? 희수가 냉장고를 닫으며 되물었다. 괜한 수선 피우지 말고 하던 얘기나 계속해봐. 속으로는 그가 내 부엌에서 일하는 모습을 계속 바라보고 싶었다.

내 마음을 읽은 것처럼 희수는 내 말을 무시한 채 바삐 움직였다. 조리대를 대충 치운 그는 김치를 도마 위에 올려놓고 잘게 썰었다. 제법 손에 익어 보이는 칼질이었다. 남편이 사용한 프라이팬에 버터를 두르고 김치를 볶는 희수의 손놀림이 나에게 묘한 느낌을 불러일으켰다. 정다운 비애 같은 것. 김치가 버터와 섞이며 익어가는 냄새처럼, 내가 좋아하는 그 냄새처럼 고소하면서도 시큼한…… 우리가 걷던 길은 인도 겸 차도였어. 찬밥 덩어리를 프라이팬에 쏟아넣으며 희수는 하던 얘기를 마저 하기 시작했다.

내가 왜 그랬는지 몰라. 달려오는 차 앞으로 그 친구를 떠밀었네. 다행히 개를 치기 직전에 차는 멈췄어. 차에서 튀어나온 아저씨가 개 뺨을 후려치더군. 내가 한 짓을 못 본 모양이야. 그때 개는 웃지 않았어. 놀랐겠지. 놀란데다가 따귀까지 얻어맞았으니.

그러고도 아무 일 없었다는 듯 어울려 다녔는데. 학년이 바뀌고는 점점 멀어졌지. 고아원 앞을 그냥 지나치게 되더라고. 졸업하고는 아주 잊었지 뭐. 학교가 달라서가 아니었어. 걔는 그걸로 학교와는 끝이었거든. 역시 자유로웠던 거지. 그 자유까지 부러워할 수는 없었지만……

계란을 얹지 않은 김치볶음밥은 아무래도 서운한 맛이었다. 희수 탓이 아니었지만 어쨌든 그가 만든 음식이었다. 그게 끝이야? 나는 그 얘기를 왜 했냐고 묻는 대신 그렇게 무안을 줬다. 아니, 더 있어. 흐지부지 얘기를 끝낸 줄 알았는데, 희수가 냉큼 대답했다. 가만히 있을 걸 그랬다는 후회가 살짝 스쳐갔다.

딱 한 번 그 친구를 본 적이 있어. 늦가을의 저녁 햇살이 부엌 바닥에 창틀 모양의 그림자를 길게 늘어뜨리고 있었다. 내가 군대에 있을 때야. 남편이 이 시간에 들어올 리는 없지만, 그래도 이제 그만 희수를 보내야 하는 게 아닐까. 마지막 휴가였을걸. 내가 무슨 궁리를 하는지도 모르고 희수는 느긋하게 숟가락을 놀리며 띄엄띄엄 얘기를 이어갔다. 기다리면 군용 열차를 공짜로 탈 수도 있었는데, 귀찮아서 그냥 표를 끊고 기차에 올랐어. 나는 남은 얘기가 길지 않기를 바랄 뿐이었다.

*

열등감이 사람을 얼마나 못살게 구는지 나는 알고 있다. 학창 시절 일등을 도맡아 하던 친구가 있었다. 공부를 못했어도 뛰어난 미모로 주목받았을 애였다. 게다가 집도 잘살았다. 그런 애의 성격이 비뚤어지기를 바랄 수는 없는 일이었다. 그런 친구에게 꿀린다는 느낌을 갖지 않기란 지극히 어려운 일이듯이.

그러나 한 사람을 향한 만인의 열등감은 열등감도 아닌 것이다. 만분의 일로 줄고 나면 뭐든 보잘것없는 게 되고 마니까. 나만 그런 게 아닌데 뭐…… 내가 밤마다 그애를 생각하며 이를 악물거나 갈았던 기억이 없는 것은 그래서였다. 미모를 뺀 나머지는 워낙 상대가 안 되기도 했고. 성격을 놓고 봐도 당시에 나는 종종 못됐다거나 싸가지 없다는 소리를 듣는 편이었다. 미모는 견줄 만하다고 본 것도 실은 나 혼자만의 착각이 아니었는지. 상대와의 격차가 너무 클 때 열등감은 또한 가벼워진다. 그때 열등감에 시달린 사람은 두루두루 한심했던 내가 아니었다.

착하고 머리 좋고 예쁘게 생긴 부잣집 딸도 열등감에서 자유로울 수는 없었던 것. 그 친구가 나에게 느낀 열등감이야말로 그 피곤한 감정의 진수였다는 것. 그애는 체육시간만 되면 얼굴에 그늘이 졌다. 운동신경이 보통 수준은 넘는데도 자신의 몸이 둔하다고 한숨지었다. 그애가 보기에 내 날렵하고 유연한 몸은 노력으로 따라잡기 벅찬 상대였을까. 내 몸놀림에 감탄하는 그애의 반응은 늘 과장된 것이었다. 열등감은 흔히 그런 식으로 드러나는 법이지만, 그애가 체육선생을 좋아하지 않았다면 보일 까닭이 없는 모습이었다. 체육선생이 꼭 체육 잘하는 애를 예뻐한다고 믿은 걸 보면 그애가 정작 둔한 것은 다른 쪽이 아니었을지. 어쨌거나 사람을 못살게 구는 진짜 열등감 뒤에는 반드시 저마다의 '체육선생'이 존재한다는 사실. 그애는 자신의 소원과는 반대로 갈수록 몸이 뻣뻣해지더니 마침내 뜀틀 위에 엉덩방아를 찧고는 울음을 터뜨리고 말았다.

열등감에 사로잡힌 사람은 부드러울 수 없다. 부드러움은 너그러움에서 나오기 때문이다. 스스로 못났다고 머리를 쥐어뜯는 사람이 너그러울 수는 없다. 저 혼자 잘나서 눈에 힘주는 사람 또한 그러하듯이. 세상은 그 두 종류의 사람들로만 가득 차 있으므로, 혹은 모두가 그 둘 사이를 왔다갔다할 뿐이므로, 이 세상에 너그리운 사람은 아무노 없다. 그러니 부드러운 사람도 당연히 없다. 그런 사람은 정말 하나도 없고, 있다면 그런 순간이 있을 뿐. 어쩌다 그런 사람을 발견했다고 느낄 때, 눈에 띈 것은 사람이 아니라 순간임을 알아야 한다. 혹은 그 사람이 쓰고 다니는 가면이든가. 돌아누워 딱딱하게 굳은 남편의 뒷모습을 보면서 나는 그런 생각을 하고 있었다.

희수의 친구 얘기는 끈질기게 이어지고 있었다. 그 얘기를 왜 듣고 앉아 있어야 하는지는 여전히 알 수 없었다. 내가 지루해한 다고 느꼈는지 희수는 질문으로 관심을 끌려 했다. 그 친구도 날 알아봤을까? 자기도 모르는 친구의 속을 내가 알 도리는 없었다. 나는 글쎄 하는 표정을 지어 보이고는 얼른 시계를 훔쳐봤다. 퇴근길이 슬슬 막히기 시작할 시간이었다. 혹시 모르니 남편에게 전화해서 언제 오냐고 물어볼까. 안 하던 짓을 하면 오히려 이상해하겠지. 오랜만에 집에서 저녁을 먹고 싶다는 둥 똑같이 안 하던 짓을 하려 들지도 몰라. 내 머리는 온통 그런 생각들로 가득했다. 당연히 희수 얘기에 집중하기가 쉽지 않았다. 애써 듣기로는……

차창 밖 풍경을 감상하던 희수에게 딸그락거리는 소리가 정겹게 들려왔고, 그것은 열차 통로를 구르는 손수레에서 맥주병들이 부딪치며 내는 소리였고, 그 소리를 들으니 맥주가 마시고 싶어져서 희수는 손을 뻗었고, 손수레를 세운 제복의 사내가 고개 들어 희수를 바라봤고, 모자챙에 가려 있던 그의 얼굴을 희수는 한눈에 알아봤고……

십여 년 만에 서로 다른 제복을 입고 마주친 두 친구가 다시금 멀어지기까지 주고받은 것은 술과 돈뿐이었다. 내가 왜 그랬을까. 반가워서 손을 덥석 잡지는 못할망정 얼른 시선을 피해버리고 말았으니…… 나라도 왠지 그랬을 것 같아 무심결에 고개를 끄덕였다. 그 친구도 날 알아봤다면, 걔는 또 왜 그랬을까? 나는 그쯤에서 얘기가 마무리되기를 바라는 마음으로 대꾸했다. 너랑 같은 마음이었겠지. 나도 희수를 너라고 칭함으로써 우리 사이가 허물을 하나 더 벗고 가벼워진 느낌이었다. 그 가벼움은 가까움이기도 해서, 마주 앉은 우리 몸의 거리는 그만큼 더 멀게 느껴졌다.

아니야. 나랑 달랐을 거야. 몰라서 물은 줄 알았더니, 희수는 내가 틀렸다는 표시로 고개까지 가로저으며 말했다. 나는 좀 무안하기도 하고 적잖이 짜증스럽기도 했다. 보아하니 그는 알아서 사라져줄 눈치가 아니었고, 뒤늦게나마 뭘 해보자고 내게 달려들 가망도 없어 보였다. 하기야 그런다고 얼씨구나 받아줄 형편도 아니었지만. 나머지 얘기는 됐다가 국이나 끓여먹어. 여차하면 그런 식으로 거칠게 몰아붙여서라도 희수를 어서 보내야겠다는 생각이 들 만큼 내 속은 불안하게 꼬여 있었다.

그 녀석은 내가 먼저 알아보기를 기다렸겠지. 내가 먼저 혹시…… 하고 나오면 그때서야 생각난다는 표정을 지었겠지. 먼저 반가워했다가 몰라보면 쪽팔리잖아. 알아보긴 하는데 별로 안 반가운 눈치면 또 얼마나 기분이 더럽겠어? 그 말을 들으니 알 것 같았다. 왜 나도 희수처럼 친구를 외면했을 것 같은지. 그런데 그때 난 그래서 그런 게 아니었다구. 난 걔가 먼저든 나중이든 날 알아보기를 원치 않았던 거야. 알아봤더라도 나처럼 모르는 척하기를 빌었던 거지. 어느 쪽이었든 결국 바라는 대로 되긴 했지만……
내가 왜 그랬을까?

말을 멈춘 희수는 내가 말하기를 기다리는 눈치였다. 다 알면서
물어보는 고약한 취미에 다시 놀아날 수는 없지. 나는 입을 꾹 다
물고 노골적으로 시계를 쳐다보며 속으로만 이죽거렸다. 너도 별
수 없구나. 옆자리에 예쁜 여자가 앉아 있기라도 했니? 그래서 창
피했던 거야? 기찻간에서 손수레나 밀고 다니는 친구를 둬서? 사
람이 그러면 안 되지. 그 친구는 못 배웠어도 일찌감치 제 앞가림
하며 열심히 살잖아. 넌 뭐니? 넌 아직도…… 안 들리기는 해도
해서는 안 될 말인 것 같아 주춤거리는 나에게, 희수는 마치 그만
하라는 듯 고개를 흔들며 말했다. 그건 그렇고……

그건 그렇다니. 그럼 할 얘기가 또 남아 있다고? 나는 안 되겠
다 싶어 그만 일어나라고 말할 생각이었다. 연우야, 난 널 언제부
터 좋아했는지…… 알아? 내 이름을 앞세운 느닷없는 물음에 나
는 입을 벌리다 말고 멍한 표정으로 굳어버렸다. 나도 물론 처음
부터지. 그런데 그 처음이 어느 순간인지는 모를걸? 우습게도 나
는 재빨리 세월을 거슬러 예식장에서 부케를 받던, 아니 놓치던
순간을 떠올렸다. 벌어진 입을 다물기만 한 채 가만히 있었던 것
은 냉큼 대답하고 싶지 않아서였을 뿐이었다. 고맙게도 희수는 한
번 맞혀보라는 등 시간을 끌지 않고 제 입으로 선뜻 밝히고 나섰
다. 그 봄날의 결혼식장으로 다시 가볼까…… 뻔히 다 아는 걸 가

지고 뜸을 들이기는. 그건 그렇고, 아까는 둘이서 도대체 뭘 돌아본 걸까. 그 시간이 너무 아까워서 나는 주먹 쥔 손으로 가슴을 두드렸다. 눈부시게 노란 옷을 입은 어떤 여자가 내 눈을 사로잡았어. 훗! 눈부시게 노란 옷이라고? 아예 개나리꽃처럼 화사한 여인이라고 하지 그래? 희수야, 폼 그만 잡고 빨리 끝내주지 않으련. 그가 한마디 할 때마다 끼어들고 싶은 것을 참아가며 나는 듣고 있었다. 그 여자는 홀 뒤편에 서서 한 남자가 노래하는 모습을 지켜보고 있었어. 아…… 그랬니? 그때 이미 날 보고 있었니? 그때는 희수가 이 세상에 존재하는지조차 몰랐던 나로서는 이어지는 그의 얘기를 들으며 겉으로든 속으로든 잠잠할 수밖에 없었다.

그 얼굴이…… 뭔가 생각에 잠겨 있는 그 표정이…… 뭐랄까, 봄인데도 혼자 겨울 속에 남겨진 것처럼 추워 보였어. 쓸쓸해 보였다구. 춥고 쓸쓸해 보이는 여자면 다 반할 거라고는 생각지 마. 오히려 그 반대지. 난 여자든 남자든 잘 웃는 사람한테 끌리는 편이거든. 같이 살았던 여자도 그랬어. 잘 웃고 잘 떠들고…… 싫증도 잘 내서 탈이기는 했지만. 넌 안 그러잖아. 어쩌다 웃고, 입 다무는 데 선수고, 어지간해선 싫증낼 줄도 모르고…… 내 말이 맞지? 좋아하지 않는 것에 싫증을 낼 수는 없으니까. 넌 별로 안 좋아도 마다하지 않는 타입이잖아. 좋아도 내색 안 하고. 너 그런 버릇 있지? 숨어서 혼자 좋아하는 버릇. 아무튼 넌 잘 안 웃어. 어쩌다 웃으면 아까처럼 사람 무안하게 만들기나 하고. 그런데 이상하지? 그땐 내가 잠깐 딴사람이 됐었나봐. 널 보고 있는데, 혼자 장례식에 온 사람 같은 네 얼굴을 보고 있는데, 내 가슴이 막 더워지는 거야. 넌 춥고 난 덥고…… 계속 그랬다니까. 폭죽이 터지고 스프레이 뿌리고 야단일 때도 난 계속 너만 보고 있었어. 넌 여전히 쓸쓸한 표정으로 힘없이 박수를 쳤지. 난 계속 더워서 웃옷을 벗었지 아마. 사진 찍을 때…… 선배라고 했지? 노래 부른 그 남자 뒤에 바싹 붙어 따라나오는 네 모습도 단 위에서 다 보고 있었어. 더 덥두만. 괜히 열불까지 났으니 오죽했겠어. 그러다가…… 네가 부케 놓치는 거 보고서야 좀 진정이 되더라구. 그때서야 편안한 마음으로 널 바라볼 수 있었지. 뒤통수만 보이는 저 남자가 과연 어떤 표정을 짓고 있을까. 그런 상상을 하면서 통쾌하기도 했지만, 그보다는…… 네가 무척 귀여워 보였거든. 악송구에 당황한 일루수처럼 허둥대는 네 모습이 귀여웠어. 그 순간만큼은……

*

너그러운 순간, 부드러운 순간이 있을 뿐이라면 그 순간의 주인은 누구인가. 사람이 아니라면 누구인가. 그 순간의 주인은 순간인가. 도둑이 다녀간 다음날 아침, 잠에서 깨고도 눈 감고 누운 채로 나는 잠들기 전에 하던 생각을 계속했다. 부드러움이 너그러움에서 나오는 거라면 너그러움은 또 어디서 나오는가. 지난밤 어둠 속에서 꽁꽁 묶인 나에게 찾아왔던 기막힌 평온은 무엇인가. 어느 순간부터 나의 모든 생각은 질문으로만 떠오르고 있었다. 나를 이대로 살게 놔둘 수 없다면 나는 이제 어떻게 살아야 하나. 그나저나 내가 왜 이러나. 왜 쓸데없는 생각들로 머리를 어지럽히고 있나.

보석함을 도둑맞은 보상처럼 주어진 그 질문들이 나는 하나도 고맙지 않았다. 더 자. 이미 일어난 남편은 내가 자는 게 아님을 아는 듯 그렇게 말하고는 출근 준비를 서둘렀다. 눈을 감고 있어서 보이지는 않았지만 그가 혼자 옷과 식사를 챙기는 모습은 처음이었다. 이 남자가 또 변하려고 해. 아니, 벌써 변했나봐. 밖에서도 다시 달라지려나. 이번엔 또 어떤 가면을…… 남편에 대한 생각 역시 골치 아픈 질문으로 틀어지려 하고 있었다. 그만 일어나야지. 하지만 생각과는 달리 몸이 말을 듣지 않았다. 남편 말에 고분고분 따르는 아내가 되는 수밖에 없었다. 잠을 청했더니 의외로 쉽게 생각은 흩어지고 남편이 내는 소리들만 자장가처럼 들려왔다. 문이 여닫히는 소리까지는 듣지 못하고 나는 잠들었다.

나를 깨운 것은 희수의 전화였다. 어제 못 나가서 미안해. 전화 못 한 것도 미안하고. 왜 전화 안 했어? 많이 화났어? 그가 전화로 그렇게 연거푸 말하기는 처음이었다. 나는 터져나오는 웃음을 참을 수가 없었다. 그 집에도 어제 도둑이 들었냐는 실없는 소리 대신 나온 허탈한 웃음이었다. 그럴 때 나는 어쩜! 다행이야, 우리는

참 별게 다 통하네 하는 식의 너스레를 떨 줄 몰랐다. 타고난 성격
이었다. 내 웃음소리에 당황했는지 희수는 더이상 말이 없었다.
내가 할 말을 대신 해줘서 고맙다고 말할까. 나는 망설이다가 그
말도 삼켜버렸다. 서로 바람맞혔음을 알게 되는 기분이 어떤지 희
수까지 알게 할 필요는 없어 보였다. 사람을 쓸쓸하게 만드는 일
치감도 있다는 것을. 게다가 남편에게도 겨우겨우 전했던 전날의
해프닝을 전화기에 대고 또 읊어댄다는 것은 생각만 해도 끔찍한
일이었다. 나는 시치미를 떼고 표정 없는 목소리로 말했다. 화 안
났어. 전화할 형편이 아니었고. 미안해하지 않아도 돼. 못 나온 것
도, 전화 못 한 것도. 다 사실이고 진심이었으므로 내 속은 호수처
럼 잔잔했지만, 듣는 입장에서야 어디 그랬겠는가. 많이 화났구
나. 만회할 기회를 줘. 오늘 당장은 어때? 근심 어린 다급함이 느
껴지는 목소리였다. 아니, 나중에. 그 말은 진심이 아니었으므로
내 목소리는 내가 듣기에도 지나치게 단호했다. 그러지 말고……
그렇게 시작되는 희수의 말을 나는 기다렸는지도 모른다. 어제는
갑자기 정말 중요한…… 말하다 말고 희수는 한숨을 내쉬었다.
그렇게 말해서는 안 된다는 것을 중간에 깨달은 모양이었다. 그
래, 그럼 나중에…… 다시 전화할게. 빨리 화 풀어. 나는 진짜 화
를 내고 말 것 같아 잘 지내라는 인사를 서두르고 먼저 전화를 끊
었다. 통화 탓에 달아난 잠은 다시 돌아오지 않았다. 시계는 아침
과 점심의 중간쯤을 가리키고 있었다. 나는 세수만 하고 화장은

생략한 맨얼굴로 집을 나섰다. 아파트 화단에는 한 여자가 추락한 흔적을 지워버린 자국이 선명했다.

대형 할인점 안으로 들어선 나는 여느 때처럼 쇼핑 카트를 밀고 무빙 워크에 올라탔다. 무빙 워크…… 움직이는 발걸음? 나는 꼼짝도 않은 채 앞으로 나아가는 내 두 발을 내려다봤다. 이 번역하기 곤란한 이름의 기계처럼, 그 난해한 뜻에 눈 감아도 내 인생을 자동으로 실어 나를 편리한 길은 없는 것일까. 내 앞의 여자는 움직이는 길 한복판에 카트를 고정시킨 채 바쁜 이들이 지나갈 틈을 내주지 않고 있었다. 나는 그녀의 무신경에 대한 짜증의 힘으로, 내 안에서 다시 들썩거리는 피곤한 생각들을 눌러앉히려 했다. 하지만 힘없이 물러나고 만 쪽은, 굴하지 않는 생각의 과녁이 되어버린 나의 짜증이었다. 이런 건 왜 그럴 수도 있다며 넘어가지 못하니? 실은 너 저 여자의 방만함이 부러운 거지?

식품매장으로 내려간 나는 찬거리를 고르는 대신 시식 코너들을 돌며 허기진 배를 재웠다. 사지도 않을 거면서 먹기만 하는 게 맘에 걸려 좀처럼 손이 가지 않던 음식들이었다. 뭐든지 처음 손 대기가 어려울 뿐, 이것저것 자꾸 먹다보니 뷔페가 따로 없었다. 공짜로 한 끼를 해결하고 나자 음식재료들을 살 마음이 싹 달아났다. 계산대마다 길게 늘어선 줄을 본 뒤에는 더욱 그랬다. 계란 한 줄 사기도 귀찮아진 나는 빈 카트를 아무 데나 팽개치고 밖으로 나왔다.

집에 돌아온 나는 괜히 거실을 서성이기도 하고 베란다로 나가 우두커니 창 밖을 바라보기도 했다. 희수에게 전화해볼까. 전화해서 뭐라고 하지? 생각이 바뀌었어. 당장 보자. 그래볼까? 아니면…… 지금이 내가 말한 나중이야. 그렇게 싱거운 소리를 해서라도…… 관두자. 나는 세탁기나 돌리자는 쪽으로 생각을 고쳐먹었다. 세탁기가 빨래를 맡아 하는 동안 이 몸은 청소를 해야겠지. 하지만 생각과는 달리 내 몸은 소파로 가서 드러누웠다. 서 있을 때는 잘 몰랐는데, 차곡차곡 쌓여 있던 피로가 와르르 무너지며 내 몸을 덮어 누르는 느낌이었다. 마지막 한 조각의 피로가 내 이마 위에 떨어져 둘로 쪼개지며 눈꺼풀에 하나씩 대롱대롱 매달렸다. 그 무게를 이기지 못하고 나는 스르르 눈을 감았다.

내 몸이 집안일을 거부하고 있음을 확실히 안 것은 깊은 잠에서 깨어난 뒤였다. 전날 자다 만 낮잠까지 몰아 잔 덕에 피로는 말끔히 가셔 있었다. 이제 일을 좀 해볼까. 소파를 튕기듯 가뿐하게 일어난 것은, 그러나 눈치 없이 설쳐대는 내 생각뿐이었다. 빨래와 청소에다 화분에 물도 줘야 하고 음식 쓰레기도 버려야 하고…… 저 혼자 일거리를 찾아 돌아다니는 생각을 멀뚱멀뚱 구경만 하며, 내 몸은 여전히 소파에 눌어붙은 듯 요지부동이었다. 한동안 그런 채로 있다가 슬며시 몸을 틀어보았다. 몸은 순순히 움직여 비스듬히 누운 자세가 되어주었다. 아주 꼼짝도 않으려는 생각은 아닌 모양이었다. 나는 탁자로 팔을 뻗어 리모컨을 집어들었다.

시간이 흘러 주위가 어두워지고, 어둠이 점점 깊어가고, 또 시간이 흘러 내가 졸기도 하고, 마침내 어둠이 힘을 잃고 물러나려 할 때까지, 남편은 집에 들어오지 않았다. 전화 한 통 없이. 나도 그에게 전화하지 않았다. 몸이 원치 않아서. 자장면을 시켜먹느라 왔다갔다한 것과, 도저히 참을 수 없어 화장실에 갔다 온 것을 빼고 나면, 내 몸이 허락한 움직임은 텔레비전 채널을 바꾸는 엄지손가락의 꼼지락거림뿐이었다.

*

희수의 얘기를 중단시킨 것은 남편의 전화였다. 희수는 우리가 야구장에서 만난 순간 또한 자신만의 기억으로 되살리고 있었다. 그날도 역시 그는 나를 일찌감치 발견했다는 것이었다. 다 기억나는데 이름에서 딱 막히는 거야. 생각이 날 듯 말 듯…… 답답해 죽는 줄 알았어. 평소에 앉던 일루 쪽 응원석으로 가는 대신 멀찌감치서 내 뒤를 따라온 희수는 내가 자리에 앉는 것을 보고 계단에 서서 잠깐 망설였다. 저 여자는 한여름에도 변함없이 혼자 겨울이군. 내 표정을 살피다가 그런 생각이 드는 순간 문득 내 이름이 떠올랐다고 했다. 그때 경기의 시작을 기다리던 내 마음이라면 봄날처럼 설렜을 텐데. 상반된 감정을 하나의 표정에 담아내는 재주는 누구한테나 있나보군. 나는 그런 생각을 하며 듣고 있었다.

그런 내 표정이 쓸데없는 가정을 해보는 것으로 비쳤는지 희수는 이렇게 덧붙인 뒤에 얘기를 이어갔다. 네 이름이 끝내 기억나지 않았어도 네 곁으로 갔을 거야. 나에게 다가오며 그는 내가 먼저 알아봐주기를 기대했다. 물론 나는 그라운드에만 시선을 집중함으로써 그의 기대를 배반했다. 실례합니다. 그냥 앉아도 실례될 게 없었지만 희수는 내 시선을 끌기 위해 예의를 차렸다. 고개 돌린 내가 자기를 알아보면, 아! 연우씨…… 하고 놀라며 기뻐할 생각이었다고 했다. 물론 나는 금방 알아봤지만 희수가 알아차릴 만한 어떤 반응도 보이지 않았다. 희수는 그라운드로 퍼져나가는 선수들을 바라보면서도 박수치고 환호할 기분이 아니었다. 자리를 옮길까도 생각해봤다고 했다. 하지만 그건 너무 바보 같은 짓이었다. 그래, 기억나게 하면 되잖아. 설마 끄집어내기 싫은 기억은 아니겠지. 그는 내게 다시 말을 걸기 위해 깊은 숨을 들이쉬었다. 희수는 정말 그때로 돌아간 듯 숨을 길게 내쉬고는 말했다. 무슨 말을 해야 할지 난감했어. 내 이름만 듣고도 네 기억이 살아난다면 얼마나 좋을까…… 그때 전화가 걸려왔고 희수는 말을 멈췄다.

 거실 전화를 놔두고 나도 모르게 침실로 들어가서 문을 닫았다. 나야. 남편의 목소리는 뜻밖에도 상냥했다. 당신이 웬일이에요? 당황해서 그랬는지 안 쓰던 존댓말이 튀어나왔다. 마치 해서는 안 될 전화를 한 사람처럼 만들어놓고도 나는 그가 어디 있는지나 빨리 알고 싶은 마음이었다. 회사 근처로 나와. 저녁 사줄게. 안 막

혀도 한 시간 넘게 걸리는 곳이었다. 벌써 먹었어. 너무 멀기도 하고. 마음이 좀 놓인 나는 비로소 아내의 목소리를 낼 수 있었다. 그럼 술 사줄게 나와. 아니, 그냥 집에 있을래. 이 남자가 뭘 잘못 먹었나 하는 생각보다 혼자 남겨둔 희수 생각이 더 많았다. 그럴래? 그럼 집에 있어. 내가 일찍 갈게. 저녁은 먹고 들어가. 자기 집에 들어오겠다는 사람을 막을 수는 없는 노릇이었다. 알았어. 천천히 와. 전화를 끊고 나는 침대에 걸터앉았다. 어쨌든 남편이 언제 들어올지 알고 나니 불안감이 한결 가시는 기분이었다. 희수는 혼자서 뭘 하고 있을까. 심심해서 여기저기 기웃거리다가……이대로 좀더 있으면 그가 저 문을 열고 들어올까. 들어와서 내 곁에 앉는다. 더이상 말은 필요 없고…… 그 뒤를 계속 상상하며 앉아 있을 정도로 홀가분한 상태는 아니었다. 나는 벌떡 일어나서 침실 밖으로 나왔다.

희수는 그 모습 그대로 식탁 앞에 앉아 있었다. 나도 별수 없이 도로 그와 마주 앉았다. 기다렸나는 듯이 희수가 입을 열었다. 근데 넌 그때 나머지는 다 기억나고 내 이름만 몰랐다니…… 재미있지? 재미없었다. 마치 남편을 만나려고 기다리는 사람처럼 여유만만한 그의 태도가 새삼 신기할 뿐이었다. 나는 남편과 희수가 내 소개로 악수하는 모습을 상상하며 말했다. 어쩜 그렇게 태연해? 무슨 소리냐고 할 줄 알았는데 희수는 바로 알아들었다. 가야할 시간이 되면 말해줄 거잖아. 할말이 없었다. 말이 나온 김에 당

장 보내버려야 한다는 생각을 하면서도 나는 말을 못 꺼내고 미적
거렸다.

 우리에게 남은 시간을 얼마로 잡아야 할까 따져보고 있는데, 희
수 입에서 또 끔찍한 소리가 흘러나왔다. 그건 그렇고…… 하던
얘기를 마저 하려 드는 그를 나는 말리지 않을 수 없었다. 잠깐,
그 얘기는 이제 그만 하고…… '그 얘기'에서 '그'를 빼고 싶은
것이 솔직한 내 마음이었다. 그 고아 친구 얘기는…… 거기서 끝
이야? 끝이기를 바라는 내 기대가 무너지더라도, 차라리 그 얘기
를 더 듣는 편이 낫다고 나는 판단했는지도 모른다. 이제 겨우 야
구장에서의 만남을 시작한 우리의 옛날에 또 붙들려 시간을 허비
하는 것보다는. 글쎄 내가 하려는 얘기가 바로 그거라니까. 희수
가 마저 하고 싶은 얘기는 나에 관한 것이 아니었다. 내가 왜 그
녀석을 몰라본 척했는지, 알고 싶지 않아?

*

 알고 싶지 않아. 어디서 뭘 하다 이제 들어왔는지 말하려는 남
편을 외면하고, 나는 만 하루 동안 한 번도 끄지 않은 텔레비전으
로 눈길을 돌렸다. 야구 중계였다. 역전 찬스에서 나온 우리 팀의
간판타자가 삼진으로 물러나며 제 머리를 쥐어박았다. 그사이에
남편은 두말없이 침실로 들어가버렸다. 정말로 알고 싶지 않아서

그렇게 말하기는 했지만 한 방 먹은 기분이었다. 휴일 오후였다. 그때까지도 아무 연락 없이 밖에 있다 들어온 남편은 저녁도 거른 채 잠만 잤다. 나는 피자를 배달시켜 배가 꺼질 때마다 한 조각씩 떼어먹으며, 또 밤이 깊도록 리모컨을 꾹꾹 눌러댔다.

천지간에 한가로운 인간은 나 하나뿐인가봐. 혼자 소파에 누워 몇 시간씩 텔레비전을 보고 있으면 그런 생각이 든다. 남들은 다 일하러 가는 시간에 나 혼자 거리를 거닐며 이곳저곳 기웃거리고 있는 기분. 내 엄지손가락이 불러내는 이런 저런 세상 속에서 사람들은 모두 정신없이 바쁘게 살고 있다. 일에 정신이 팔린 이들은 그렇다 치고, 놀아도 그냥 노는 사람을 찾기 어렵다. 미친 듯이, 안간힘을 다해, 누가누가 잘 노나 경쟁도 해가며…… 때로는 목숨 걸고 놀다 그만 죽기도 한다. 그렇게 노는 것도 일이 되어버린, 사람이 죽고 사는 일이 되어버린 무시무시한 세상 구경을 하다보면 이런 생각이 든다. 내가 사는 세상은 참 무사하구나. 무사하고 안전하기 그지없구나. 이 작은 나의 세상은…… 그러나 세상이 아니구나. 아무도 들어올 수 없으니. 도둑이 들어와도 훔쳐갈 것 하나 없을 그 세상은, 그냥 나구나……

남편이 침실에서 나왔을 때 나는 재탕으로 틀어주는 드라마를 보고 있었다. 소파에 웅크린 나를 물끄러미 바라보다가, 남편은 내게 다가오지 않은 채 말을 걸었다. 어제는 술을 너무 많이 마셨어. 여전히 듣고 싶지 않았지만 그 입을 또 틀어막을 만큼은 아니었기에, 나는 묵묵히 드라마만 보고 있었다. 보기만 할 뿐 대사를 듣고 있지는 않았는데, 남편의 말은 그게 다였다. 냉장고에서 물을 꺼내 마신 후에 한마디를 더 했을 뿐이었다. 안 자? 끝까지 침묵을 지키려는 내 뜻을 거스르고 입이 방정을 떨었다. 이것만 다 보고…… 드라마에서 벌어진 부부싸움 탓에 거실이 갑자기 시끄러워졌다. 그사이에 남편은 또 두말없이 침실로 들어가버렸다. 어디서 무슨 술을 얼마나 마셨는데? 당장 쫓아 들어가서 따져묻고 싶은 갑작스런 충동을, 점잖게 타일러 주저앉힌 것은 내 몸이었다. 드라마에서는 중년의 백수 역을 맡은 왕년의 청춘 스타가 열연을 펼치고 있었다. 자신이 몸담은 세상에서 살아남기 위해 열심히 망가지고 있었다.

드라마를 보고 있으면 아무리 어려운 사랑도 참 쉽다는 생각이 든다. 싸우지만 화해하고 장애물은 극복되고 한순간의 실수도 결국은 다 용서된다. 사랑하니까. 왜 사랑하냐고 물어도 그 세상 사람들은 똑같은 대답을 할 것 같다. 사랑하니까. 나는 그들을 얕볼 수 없다. 사랑하기 때문에 사랑한다는, 말이 되지 않는 그 사랑을 업신여길 수 없다. 사랑하니까. 이유야 어떻든 그들은 서로를 사랑한다잖아. 사랑한다고 하면 사랑하는 거지. 진정한 사랑은 말로 할 수 없다? 그럴지도 모르지. 떠벌리는 사랑은 사랑이 아닐지도 몰라. 하지만 사랑이든 뭐든, 말이 없다고 다 진정한 건 아니지. 진정한 사랑이 따로 있나. 어차피 다 잘못 알고 사랑하는데. 잘못

138

알아야 사랑할 수 있는데. 내가 사는 세상에는 사랑이 없다. 어떤 세상에는 너무 많아 시시한 농담이 되어버린, 그 허황되고 어수룩한 오해가 없다. 내 안에는……

일어나보니 남편은 이미 출근한 뒤였다. 텔레비전은 꺼져 있었고, 내 몸엔 담요가 덮여 있었다. 무심코 담요의 두 귀퉁이를 맞추다 말고, 나는 남편의 그 눈물겨운 사랑을 둘둘 말아 탁자 위에 던져두었다. 목이 말라 냉장고를 열다보니 내가 남겨둔 피자 한 조각이 먹다 만 채로 식탁 위에 놓여 있었다. 부채꼴의 뾰족한 부분을 도려낸 남편의 이빨 자국이 더는 못 먹겠다는 표정으로 찍혀 있었다. 차갑고 딱딱했겠지. 오븐에 데워 먹을 생각을 못 하고 남편은 계란 프라이로 메뉴를 바꾼 모양이었다. 잘못 깨뜨린 계란 껍질 조각들이 조리대 위에 파편처럼 흩어져 있었다. 국까지 끓여 바칠 때는 아침 굶기를 밥 먹듯 하더니. 둘 다 변하니까 어긋나기는 마찬가지였다. 원래 찬 음식을 잘 먹는 나는 남편이 남긴 피자에 잔뜩 뿌려신 매운 소스를 걷어내고 두툼한 쪽부터 꾸역꾸역 먹어치웠다.

남편을 너무 사랑한 나머지 토막내서 얼려놓고 야금야금 먹어치운 여자가 있다지. 한 몸이 되기 위해 그야말로 몸을 섞었다지. 그녀는 미쳤을까. 머리에 꽃을 꽂는 대신 남편의 살을 씹어대며 히죽히죽 웃음을 흘렸을까. 그렇다면 한 집에 살면서 말을 섞기조차 꺼려하는 부부의 경우는 어떤가. 그들은 둘 다 살짝 돌아버린 것이 아닐까. 미친다는 것은 방향이 아니라 정도의 문제니까. 정도가 더 지나쳐서 서로 멀뚱멀뚱 쳐다보며 누구더라? 몰라보는 지경까지 이르기라도 한다면, 그들은 미쳐도 단단히 미친 것이 아닌가. 내가 사는 세상에 없는 수많은 것들 중 하나가 광기라는 생각을 버려야 할 날이 올지도 모른다. 그런다 해도, 모든 뜨거운 것들을 멀리하려 애쓰며 살아왔다는 기억마저 버릴 필요는 없겠지. 내 안에 나도 모르는 광기가 도사리고 있다면, 그것은 꽁꽁 얼어붙은 냉동실의 고기처럼 차가울 테니까. 미쳐도 아주 싸늘하게 미쳐버리고 말 테니까……

아침이 가기 전에 앞집 여자가 놀러 왔다. 놀이방에 아이를 맡기고 오는 길이라고 했다. 할 일도 없고 심심했던 나는 처음으로 그 수다쟁이가 반가웠다. 그녀는 자리에 앉자마자 바닥에서 머리카락 몇 올을 주워들고는 고개를 갸우뚱하더니 손을 뻗어 탁자 위를 쓸어보며 말했다. 웬일이래? 이 집에 먼지가 다 쌓이고. 자기답지 않게. 나는 담요를 슬그머니 치우며 대답했다. 청소를 아직 못 했어요. 그녀는 거실을 한 바퀴 둘러보더니 범행의 단서를 포착한 형사의 눈빛이 되어 추궁했다. 청소한 지 한 사흘은 된 거 같은데? 맞지? 깨끗한 집은 조금만 더러워져도 금세 이렇게 표가 난다니까. 그렇게 깔끔을 떨더니만. 왜, 갑자기 청소하기가 싫어졌어? 귀찮아? 나는 더 대꾸하기가 귀찮아서 소리없이 웃기만 했다. 자기도 이제 깨달았나보네. 백날 치워봐야 헛거라니까. 어디

청소만 그래? 우리 하는 일이 다 헛거라구. 허무한 거야. 남는 게 없잖아. 쓰레기만 남잖아. 누구 알아주는 사람이 있기를 해? 남편이란 작자들은 집안일이 저절로 되는 줄 알지. 빨래는 세탁기가 해주고 청소는 청소기가 해주니 세상 참 좋아졌다고? 빨래 널고 개는 일이 얼마나 힘들고 귀찮은지 모르니 그런 소리를 하지. 청소하는 로봇이라도 들여놓고 하는 소리야? 그러면서 마누라가 어쩌다 게으름 좀 피우면 그때는 또 귀신같이 알아내서 트집을 잡아요. 나는 그게 정상이라는 생각이 들었다. 게으름 좀 피우는 정도가 아닌데 남편은 사흘째 아무런 불평이 없다. 이제 좀 느끼는 게 있는 모양인데, 미안하지만 아직 멀었어. 그래도 자기는 일하기 싫으면 며칠 안 해도 되잖아. 애가 생겨봐. 애 보는 거 피곤하다고 팽개쳐둘 수 있어? 또 애만 보고 있으면 다른 일은 천사가 와서 해준대? 겨우 치워놓으면 금세 또 어질러져 있고. 점심 먹고 돌아서면 저녁엔 또 뭘 해먹나…… 나는 내가 주부로서는 프로 수준이리는 착각부터 버려야 한다는 생각이 들었다. 내 맘대로 낮잠을 즐길 수 있는 나는 아직 주부도 아니었다. 정말, 오늘 저녁은 뭘 해먹지? 점심도 안 먹었는데 벌써 걱정이네. 그나저나 먹는 양을 줄여도 왜 자꾸 똥배가 나오는지 몰라. 어제 산 치마를 몇 번이나 입을 수 있을까? 나도 문제야. 돈을 덜 써야 한다는 위기감이 들면 더 사고 싶어 못 참는 거 있지. 어쩌나. 적자를 메우려면 마이너스 통장을 하나 더 만들어야 하나? 아, 저녁에 정말 뭘 해먹는

담…… 변함없이 그녀의 수다는 제멋대로 난 길을 따라 막힘없이 이어지고 있었다. 다시 한번, 나는 그게 정상이라는 생각이 들었다.

정상적으로 산다는 것. 바꿔 말해 남들처럼 산다는 것. 그것은 오래 전부터 내 인생의 목표와도 같은 것이었다. 그렇게 살겠다고 마음먹는 순간 다 이룬 듯한 기분이었으니 그보다 더 훌륭한 목표가 어디 있을까. 문제는 내가, 남들이 어떻게 사는지 몰랐다는 점이었다. 남들은 다 남들처럼 살지 않기 위해 산다는 것을, 남들처럼 살기 위해서는 나도 그들처럼 남다르게 살려고 기를 써야 한다는 것을, 알려고 하지도 않았다는 점이었다. 그래서 남들은 저마다의 목표를 이루기 위해 이리 뛰고 저리 뛰는 동안, 나는 목표 같지도 않은 내 목표를 위해 특별히 노력할 것은 없다는 착각에 빠져 제자리에 가만히 서 있었다. 서 있는 나에게 형이 와서 오래 머물렀고, 형이 떠난 뒤에 나는 겨우 한 발짝을 움직여 남편 앞에 섰던가. 여전히 남들처럼 살겠다는 생각으로 그 곁에 머물고 말았던가. 그사이에 내 곁으로 다가와 머물지도 떠나지도 않고 있는, 그럴 수밖에 없는지도 모를 또 한 남자의 인생은 정상인가. 아무리 봐도 남들 같지 않은, 남들은 몰래 만나도 이렇지는 않을 우리 사이는……

앞집 여자를 보내고 혼자가 된 나는 어쩔 수 없이 희수를 생각했다. 그리고 그 생각을 떨쳐버려야 한다는 생각도 했다. 그러기 위해서는 딴생각이 필요했다. 나는 이제 내가 할 수 있는 것은 무엇일까 생각했다. 해야 할 것 혹은 하고 싶은 것이 아니라 할 수 있는 것에 대해 생각했다는 것. 의무는 싫고 소망은 없는 사람에게 그것은 매우 정상적인 선택이 아닐지. 여전히 나는 정상적으로 살기 원했고, 그것은 더이상 남들처럼 사는 것일 수 없었기에. 따라서 남다르게 사는 것도 아니었기에. 해야 할 것은 싫어도 해내는 남들을 본받기에는 내가 이미 정상이 아니었고, 남다르게 하고 싶은 것이 있는 척 꾸며내기에는 아직 나는 제정신이었기에.

내가 할 수 있는 것으로 가장 먼저 떠오른 것은 역시 아무것도 하지 않는 것이었다. 하지만 그것은 사실상 불가능하다는 생각이 곧 뒤따랐다. 그게 가능하다면 진작부터 그렇게 살았을 테니까. 물론 나는 비교적 그렇게 살아온 셈이지만, 완벽하게 아무것도 안 하고 사는 것은 정신병원에 갇혀서도 몹시 힘든 일임을 모르지 않았다. 그것마저 몰랐다면 내가 굳이 정상적으로 살겠다고 나설 까닭이 없지 않았을지. 아무것도 하지 않고 산다는 것. 완전한 무위도식의 세월을 헛되이 흘려보내며 늙어간다는 것. 그것은 이룰 수 없는 꿈으로만 뜻있는 인생의 행로일 뿐. 나는 생각을 조금 바꿔 비교적 쉽게 할 수 있는 것은 뭘까 다시 생각했다. 누가 안 알아줘도 좋고 돈이 안 돼도 좋고 돈이 좀 들어도 좋으니, 당장 시작해도 별 어려움 없이 해나갈 수 있는 것은 뭘까. 너무 막연한가. 그렇다면 생각을 좀더 틀어서 내가 비교적 잘하는 것은 무엇일까. 남들과 비교하지 말고 내가 못하는 많은 것들과 비교해서 그래도 좀

하는 것은 무엇인가. 집안일은 빼고 뭐가 있을까. 생각이 나주기
만 한다면 나는, 세상에 쓸모없을 게 틀림없는 그 모든 것들을, 남
들 일하듯이 하고 싶었다.

*

개 얼굴이 너무 굳어 보였어. 희수가 친구를 그냥 보낸 것은 그
의 표정 때문이었다. 날 봐서 갑자기 굳어진 게 아니었다니까. 그
게 뭐 어쨌다고? 표정으로 묻는 내 반응이 의외였는지 희수는 잠
시 주춤거렸다. 글쎄, 뭐라고 해야 하나. 나는 괜한 까탈을 부렸다
는 생각에 고개를 가로저었다. 공감하는 척 들어주는 게 내 특기
아닌가. 그런 내 몸짓을 희수는 애써 이해시키려 들 거 없다는 뜻
으로 받아들인 모양이었다. 아니야, 내 말을 들으면 너도 이해할
거야. 알았으니까 어서 말하라는 뜻으로 나는 가만히 있었다. 정
말이야. 너라면 알 수 있을 거라니까. 나는 얼른 고개를 끄덕여줬
다. 그제야 안심이 된다는 듯 희수는 나를 이해시키기 위해 애쓰
기 시작했다.

실은 걜 알아본 것도 그 표정 덕이었어. 고생이 많았나봐. 나보
다 열 살은 더 먹어 보였거든. 진짜 몰라봤어도 미안할 게 없을 정
도였는데, 잔뜩 굳어 있는 개 표정이 내 기억을 살려냈던 거야. 이
상하지 않아? 맞을 때도 웃던 녀석인데. 평소엔들 울상이었겠어?

친구를 보내고 나서, 그의 밥줄인 손수레의 딸그락거리는 소리가 멀어지고 나서, 맥주로 목을 축이며 어린 시절을 돌아보던 희수는 까맣게 잊고 지냈던 그 순간이 기억났다. 그때 차 앞으로 녀석을 떠밀고 나서 말이야. 난 모르는 척 보고만 있었네. 나 대신 얻어터지는 녀석을 구경꾼처럼 바라보고만 있었어. 도망치고 싶어도 다리가 움직여야 말이지. 녀석이 제발 끝까지 뒤집어쓰기만을 비는 수밖에. 다행히 친구가 희수를 가리키거나 하는 불상사는 일어나지 않았다. 차가 사라지고 나서 잠깐 동안 둘의 시선이 마주쳤을 때, 희수가 본 것은 어른스럽게 굳어 있는 친구의 낯선 표정이었다. 나도 모르게 눈길을 피했던 것 같아. 고개 숙인 채 녀석이 어서 한 대 갈겨주기를 기다렸을까. 다가온 친구의 얼굴은 어느새 서글서글한 표정으로 돌아와 있었다. 지각하겠다며 빨리 가자는 친구의 뒤를 희수는 조용히 따를 수밖에 없었다. 아무렇지도 않게 앞장서 걷는 애한테 너 왜 그러냐고, 어찌 그리 태연할 수가 있냐고 따질 수는 없잖아. 난 그냥 안심이 되기도 하고 창피하기도 하고…… 걔가 멋있어서 새삼 부럽기도 하고…… 아무튼 그때 녀석의 표정이 꽤 인상 깊었나봐. 안 좋은 쪽으로. 세월이 흘러 다시 봐도 외면하고 싶었으니까.

얘기는 거기서 끝난 듯싶었다. 나는 굳이 이해하고 말고 할 것도 없다는 생각이었다. 그냥 그런 거지. 당사자가 그렇다면 그런 거고, 남들은 시큰둥한 표정으로 그게 뭐야 해도 어쩔 수 없는 거지. 나는 듣고 나니 다 이해된다는 표정을 지어 보였다. 그 뒤로 다시는 못 만났다고 했지? 할말은 없고 뭐든 한마디는 해야겠기에 건넨 뜻 없는 물음이었다. 희수는 고개를 끄덕이는 것으로 만족하지 않았다. 그래. 죽었으니까.

몇 년 전 동창회에 나갔다가 전해들은 소식이라고 했다. 달리는 기차에서 떨어졌대. 뛰어내리려는 승객을 붙잡다가. 그 사람은 살았다지. 그날이 언제였냐고 묻지는 않았어. 그 소식을 듣는 희수에게 떠오르는 기억이 하나 있었다. 그날 기차에서 친구가 건네준 맥주를 마시며 때 아닌 회상에 젖어 있을 때였다. 등 뒤쪽이 술렁거려서 돌아보니 승무원에게 안기다시피 한 젊은 여자가 바들바들 떨며 다가오고 있었다. 핏기 잃은 그녀의 얼굴은 소리없이 울고 있었다.

야구도 그렇고 인생도 그렇고 찬스가 세 번은 온다잖아. 갑자기 무슨 뚱딴지같은 소리? 어리둥절했지만 곧 나는 겸연쩍게도 희수와 함께 야구장에 가고 싶다는 생각을 하며 듣고 있었다. 난 그 세 번의 기회를 이미 다 놓치고 말았어. 한 번은 녀석을 차 앞으로 떠밀었을 때. 또 한 번은 그 잘난 친구와 기찻간에서 마주쳤을 때. 그리고 마지막 한 번은…… 그땐 아예 그 빌어먹을 동창회에 나가지 말았어야 했다구.

기회에 대해 이렇게 독특한 생각을 갖고 있는 사람이 또 있을까. 다 떠나서, 인생에 주어진 세 번의 기회가 모두 한 사람과 관련되어 있다는 그의 말은 지나친 것이었다. 하지만 모든 과장은, 그것이 엄살이든 허풍이든 그만큼 중요하고 절실하다는 의미로 이해되어야 한다. 다행히 희수는 자기가 친구를 죽인 거나 다름없다는 식의 억지를 부리는 데까지 오버하지는 않았다. 다만 그 '빌어먹을' 동창회에 다녀온 뒤부터 툭하면 몸 속에 바늘이 하나 돌아다니는 것 같은 느낌에 시달려왔다고만 말했다. 그 또한 엄살에 가까운 과장으로 볼 수 있지만, 그가 친구에 관한 기억으로부터 자유롭지 못한 상태인 것만은 분명했다. 그 바늘이 활동을 시작했는지, 얘기를 이어가는 희수의 얼굴이 조금 찡그려졌다.

내가 예뻐하는 조카가 한 명 있어. 내가 고등학생일 때였나…… 친구로 모자라서 이제 친척까지 들먹일 생각인가. 나는 잠시 놓고 있던 긴장의 끈을 움켜쥐며 시계를 쳐다봤다. 아직은 괜찮았다. 그 녀석을 안고 창가에 서 있는데, 갑자기 내가 개를 창 밖으로 던져버릴지도 모른다는 생각이 드는 거야. 기분이 오싹해져서 얼른 내려놓고 멀찌감치 널어져서 바라보기만 했지. 새로운 얘기는 아닌 것 같아 다행이었다. 그런 식이야. 친구가 죽었다고 그러는 게 아니라니까. 절벽에서 누굴 떠미는 꿈을 꿔. 꿈에서만 그러면 좋게. 같이 일할 때건 놀 때건, 가까운 사람들을 다치게 할까봐 두려워지곤 해. 몸이든 마음이든. 너도 조심해. 마지막 말은 웃으며 한 농담이었지만, 그 정도면 자신이 친구를 죽였다고 믿는 증상보다 못할 게 없었다. 그러니 연우야, 내가 누군가에게 다가간다는 게 얼마나 힘든 일이겠니. 나는 가슴 한켠에 전해지는 어떤 느낌을 숨기기 위해 속으로 능청을 떨어야 했다. 넌 그렇다 치고 희수야, 나랑 아무 상관 없이 죽은 친구조차 하나 없는 난 왜 이 모양이니. 무슨 말을 더 하려다 말고 말을 바꾼 듯, 잠깐 사이를 두고 들려온 희수의 목소리는 메마르고 차가웠다. 오늘에야 알았어. 그가 뭘 알았든 나는 좀 서운한 기분이었다. 내 속에서 나를 찌르는 그놈의 정체가 뭔지. 내 기분이야 어떻든 그걸 알았다니 반가운 일이었다.

내가 가면이 어떻고 할 때부터 희수는 그 생각을 하고 있었다. 자신의 가면은 뭘까 생각하다보니 빠져들지 않을 수 없게 된 상념이었다. 그 맨 밑에는 물론 친구를 떠민 어린 시절의 기억이 놓여 있었고, 오랜 세월 뒤에 마주친 그의 표정 또한 새겨져 있었다. 그 세월 동안 녀석이 어떻게 살았을까 생각해본 건 처음이야. 하지만 그런 건 생각한다고 알 수 있는 게 아니잖아. 희수는 단지 친구의 그 딱딱한 표정이 거짓 얼굴은 아니었음을 겨우 알게 되었을 뿐이었다. 가면이 맞다 해도 그것은 속살이 굳은살로 변하는 단련을 거쳐 만들어진 가장 안쓰러운 가면일 것이었다. 개 진짜 가면은 철도 들기 전에 일찌감치 벗겨졌거든. 내가 벗겨버린 셈이지. 학교 가는 길에 난데없이 따귀를 얻어맞는 그 순간 쫙…… 찢어져버린 거야. 도로 붙여보려 해도 소용이 없었겠지. 다시 써봐도 자꾸 흘러내렸겠지. 녀석이 고아로 살아가는 유일한 힘이었을지도 모르는데. 그걸 내가 빼앗아버린 게 아니겠어? 그렇다고 내 것이 될 수도 없는 걸 말이야. 나는 한 달 전 이 집에 도둑이 들어와 훔쳐간 것은 반짝이는 보석만이 아닐지도 모른다는 생각을 하고 있었다. 근데 그게 뭘까. 그 웃음과 함께 녀석이 정말로 빼앗긴 건 뭐였을까. 말은 그랬지만 희수는 그게 뭔지 알고 있었다. 나는? 나는 남편이 지금쯤 이 어두운 도시의 어느 길목을 지나고 있을까 궁금할 뿐이었다. 그 얼굴에 드리워져 있을 알 수 없는 표정과 함께.

희수가 얘기를 끝냈을 때는 내가 정해놓은 시간이 십 분도 채 안 남아 있었다. 남편이 정확히 언제 올지는 알 수 없었으므로, 식사도 서둘러 마치고 길도 안 막힐 거라고 보는 수밖에 없었다. 또 희수가 나가고 남편이 들어오는 사이의 시간도 넉넉히 잡아둘 필요가 있었다. 두 남자가 아슬아슬하게 엇갈리는 장면 같은 것은 역시 영화에서 보는 것으로 족했다. 더욱이 시키지도 않은 찬밥 처리나 하고 앉아 주절대기만 하는 남자와 함께 날이 저물도록 부엌에 저박혀 시간을 보낸 주제에 공연히 가슴 졸일 상황을 맞는다는 것은 꽤나 억울한 일이 아닐 수 없었다. 그리고 비록 그런 주제일지언정, 나에게는 잠깐이라도 혼자 있을 시간이 필요했다. 혼자 밀린 설거지라도 하며, 내내 혼자 있었던 것 같은 기분에 젖어들 시간이 필요했다.

이제는 우리가 헤어져야 할 시간…… 나는 그 노래를 부르며 집 안에 불이란 불은 다 켜놓고 방실방실 웃어대는 내 모습을 상

상했다. 다음에 또 만나요…… 다음에 언제? 이번이 마지막일지
도 모른다는 생각 없이 널 만난 적은 없다는 걸 알고 있니? 희수
야. 네 말대로 잘 웃지도 않고 말없이 널 바라보며 속으로 이렇게
중얼대는 나를 알고 있어? 희수는 또 무슨 얘기를 할까 궁리하는
듯한 표정으로 어두워진 창 밖을 바라보고 있었다.

*

　희수가 다시 전화하기로 한 '나중'이 한 달 후가 될 줄은 몰랐
다. 물론 그 모호하기 짝이 없는 단어를 먼저 뱉은 내가 분개할 일
은 아니었다. 날마다 터지는 어떠한 뉴스에도 분개하거나 감동하
지 않은 채, 나는 아무 감정 없는 기계 위를 걷거나 달리면서 그
길고도 짧은 날들을 흘려보냈다. 청소할 때조차 외면당해온 책과
음반들에 쌓인 먼지를 털어내고, 기다리다 지쳐 잠드는 바람에 새
벽의 중요한 생중계를 놓치기도 하면서. 그러면서 나는 날마다 희
수의 전화를 기다렸던가. 남들은 일로 봐줄 리 없는 나만의 일들
을 찾아내고도, 또다시 기다림을 유일한 낙으로 삼고 살았던가.
　그 한 달 동안 남편은 전부 합쳐 여섯 밤을 밖에서 보내고 들어
왔다. 세 번의 과음과 두 번의 밤샘작업 그리고 한 차례의 문상에
따른 외박이었다. 처음마냥 전화 한 통 없이 안 들어온 적은 다시
없었지만, 나는 여전히 그가 어디서 어떤 술을 마셨는지 알지 못

했고, 장지까지 따라갈 만큼 친한 친구의 아버지가 어쩌다 죽었는지 알 수 없었다. 남편이 정확히 무슨 일로 바쁜지 모르게 된 것은 어제 오늘 일이 아니었다.

남편이 소파에서 잠든 나를 담요로 덮어준 것도 그날이 처음이자 마지막이었다. 다음날부터는 내가 직접 덮고 잠들었으니 그러고 싶어도 못 그랬겠지만, 그러고 싶은 마음을 다른 방법으로 표현한 흔적이 따로 남아 있는 것도 아니었다. 외박으로까지 이어지지는 않더라도 술에 취해 들어오는 날이 부쩍 잦아졌고 심할 때는 몸을 못 가눠서 나 대신 소파 신세를 지기도 한 것을 빼고 나면, 남편에게 또 일어났다고 할 만한 특별한 변화는 없었던 셈이다. 손수 셔츠까지 다려 입고 출근하게 된 것도, 따지고 보면 그가 변했다기보다는 내가 달라진 결과라고 봐야 하니까. 안 해도 가정이 파괴되지는 않을 여러 일들의 목록에는 다림질도 들어 있었다. 구겨진 셔츠를 트집잡아 일에 미친 팀장을 해고하는 멍청한 회사는 없을 거라는 판단이었다.

술이 좀 늘었다 해서 남편의 중독 대상이 일에서 알코올로 바뀐 것은 아니었다. 그는 변함없이 무표정한 얼굴로, 휴일에도 컴퓨터 앞에 종일토록 앉아 있거나 아예 회사에 나가서 실컷 일에 빠졌다가 돌아오기도 했다. 일에 미쳐서 나는 안중에도 없던 종전과는 달리, 나에 대한 관심을 끊기 위해 일에 미치고자 하는 듯한 미묘한 차이가 느껴졌을 뿐. 나로서는 그게 그거였고, 그런 남편에게 아무런 불만도 없었다. 그가 벗어둔 셔츠에서 내 것이 아닌 향수 냄새가 맡아질 때도 차라리 홀가분한 마음이었다. 그 한 달 동안 그와 나는 단 한 번의 섹스도 나누지 않았고, 꿈속에서 이따금 나는 희수의 벗은 몸을 보았다.

희수가 전화했을 때 나는 운동복 차림으로 집을 나서려던 참이었다. 이제 화 다 풀렸어? 말해놓고 스스로도 싱거웠는지 헤헤 하는 웃음소리가 뒤를 이었다. 어이없기도 했고 보고 싶기도 했다. 무슨 바람이 불었대? 첫눈이라도 내려야 목소리 듣게 될 줄 알았는데. 그냥 해본 말이었지만, 나는 정말 계절이 어서 바뀌기를 기다리고 있었는지도 모른다. 내 전화 기다렸구나? 전화 좀 하지 그랬어? 너무하는 거 아니야? 왜 통 나한테 전화 안 하는 거지? 희수의 목소리는 눈 오는 날 뛰어다니는 강아지마냥 통통 튀었다. 덩달아 튈 만큼 내 마음이 가볍지는 않아서 나는 아무 대꾸도 하지 않았다.

내 침묵이 그에게 쏟아지던 함박눈을 멎게 했을까. 나 지금 아주 가까운 데 와 있어. 다시 들려온 희수의 목소리는 차분했다. 얼마 전부터 에프 피로 뛰고 있거든. 파이낸셜 플래너라고 들어봤어? 음…… 말하자면 고객의 자산을 관리해주는…… 쉽게 말하면 그…… 여러 가지 금융상품이 어…… 청하지도 않은 설명이 떠듬떠듬 이어지고 있었다. 나는 지난해의 호텔 로비를 떠올렸다. 걱정 마. 장연우 여사까지 고객으로 모실 생각은 없으니까. 그 말

을 듣고 나는 걱정을 안 할 수가 없었다. 나한테라도 뭐 하나 들어
달라고 졸라야 하는 거 아니냐는 생각 때문이었다. 일 오래 안 걸
려. 오후시간은 내 맘대로 써도 돼. 다시 활기가 느껴지는 목소리
였다. 그 일 역시 그는 제대로 해내지 못할 게 확실해지는 느낌이
었다.

들으나마나 다음 말은 만나자는 거겠지. 나는 순순히 그러자고
응할지 마음을 못 정하고 있었다. 어디서 볼까? 희수는 그렇게 물
었다. 집 근처에 괜찮은 데 있어? 그러지 말고…… 어쩌자는 생
각 없이 일단 뱉고 본 말이었다. 집 근처는 곤란하다는 반사적인
판단이 아니었을지. 집으로 와. 나는 친구를 대하듯 자연스럽게
말했다. 그럴까? 그래도 돼? 희수는 그렇게 조심스러운 반응을
보이더니 내가 대답하기 전에 얼른 말을 이었다. 그러지 뭐. 우리
는 주소와 시간을 교환한 뒤에 누가 먼저라고 할 것도 없이 서둘
러 전화를 끊었다.

운동을 난념하고 나는 오랜만에 청소다운 청소를 하기 시작했
다. 손님을 맞기 위해 청소하는 몸놀림이 그렇게 가볍기는 처음이
었다. 가벼움과 더불어 가슴에서 손끝으로 퍼져가는 야릇한 흥분.
장연우, 너 촌스럽게 왜 이래? 희수가 온다는 사실에 들떠 있는
내 모습이 당혹스러워 본연의 건조함을 되찾은 척해보았지만, 더
당혹스러운 것은 그런 내 모습에서 솔직히 생기가 느껴지지 않냐
고 반문하는 내 안의 또다른 나였다.

가벼운 혼란 속에 거실 청소를 끝낸 나는 잠깐 망설이다 침실도 치우기로 마음먹었다. 내친 김에…… 다른 뜻은 없는 것처럼 스스로에게 꾸며대며 침대 정돈까지 마쳤지만, 침구를 새것으로 바꿔놓고 싶은 마음마저 안 들키고 넘어가기는 어려웠다. 애써 정돈한 패드며 이불이며 베개의 커버까지 몽땅 걷어내 장롱 속에 처박고는 눈처럼 새하얀 이부자리를 새로 깔아 다시금 가지런히 매만지면서, 나는 모처럼 남편에게 서비스하는 거라는 생각을 유지하려 애썼다. 나는 냄새 빠지라고 열어둔 창문을 닫고, 내가 좋아해서 커튼 대신 달아놓은 두 폭의 로만셰이드를 내렸다. 아이보리색을 통과한 햇빛이 은은하게 감도는 방 안을 한 바퀴 둘러본 뒤에야 나는 침실에서 나올 수 있었다.

싱크대에 쌓여 있는 그릇들이 눈에 거슬리기는 했지만 설거지까지 해둘 시간은 없어 보였다. 희수를 부엌에 들일 일은 없을 거라는 판단이기도 했다. 너저분한 부엌을 그냥 둔 채 나는 옷을 벗고 욕실로 들어가 샤워기를 틀었다. 땀에 흠뻑 젖지 않은 몸을 씻자니 괜한 짓을 하고 있는 느낌이었다.

욕실에서 나온 나는 샤워가운 차림으로 희수를 맞을까 하는 우스운 생각을 하기도 했다. 옷장을 열자 노란색의 봄가을용 투피스가 제일 먼저 눈에 들어왔다. 외출복을 입고 있는 것도 우습기는 마찬가지겠지. 그 동안 몇 차례 눈에 익은 희수의 정장 차림을 떠올리며 나는 집에서 입는 옷 가운데 비교적 드레시한 것들로 위아래를 맞춰 골랐다. 가장 야한 브래지어와 팬티를 찾으면서 또 한 번 우습다는 생각이 들었고, 치마를 입을 때는 불현듯 도둑이 들었던 그날이 생각나기도 했다. 그날도 치마를 입고 있었다면 어땠을까. 어떻게든 엉덩이를 가릴 수는 있었겠지. 그래서 앞집 여자에게 도움을 청할 수 있었다면…… 희수를 만나러 나갔다가 보기 좋게 바람을 맞았겠지. 그랬다면 뭐가 달라졌을까. 나는 또 어떤 생각을 하게 됐을까…… 꼬리를 무는 생각 속에 화장을 마쳤을 때, 시간은 십 분 남짓 남아 있었다. 나는 아무것도 하지 않고 창가에 서서 남은 시간이 흐르기를 기다렸다.

*

　여기서 이럴 게 아니라…… 창 밖을 보고 있던 희수가 고개를 돌리며 꺼낸 말이었다. 나는 '여기'를 부엌으로 알아듣고 나도 모르게 쿡 웃었다. 이제 와서 뭘 어쩌자고? 그런 뜻의 웃음이 아니었을지. 희수는 의자에 걸쳐둔 웃옷을 집어들었다. 우리 어디 가서 한잔 해. 그러잖아도 이제 그만 나가달라고 할 참이었는데 먼저 말해주니 고맙기는 했지만, 그를 보낼 생각만 했지 나도 따라나간다는 생각은 미처 못 했기에 선뜻 그러자는 말이 안 나왔다. 그럴 수 있다는 생각이 들고 나서도 주저되기는 마찬가지였다. 함께 나갈 거면 애초에 집으로 오라지도 않았을 테니. 남편 아닌 남자와 함께 이웃들 눈에 띄고 싶지 않다는 것. 희수를 집으로 부른 이유와 그를 따라 집을 나서기가 꺼려지는 이유는 같은 것이었다.

오늘따라 할 얘기가 많아. 희수의 설득은 신통치 않았다. 우리 얘기도 하다 말았잖아. 그리고…… 얘기만 나누다 말래? 나는 또 쿡 하고 웃었다. 누가 할 소리? 이번엔 의식적으로 그런 뜻을 담아낸 웃음이었다. 여기선 아무래도…… 말을 멈춘 희수는 더이상 멍청할 수 없는 표정을 지어 보였다. 마음이 안 편해서 내키지가 않지?

그것은 명백한 실언이었다. 나를 배려한답시고 건넨 말인지는 몰라도. 어떤 말이 실수인지 아닌지는 듣는 사람 마음이니까. 내가 그 말을 듣고 내 마음을 헤아려준 것에 감동해서 뽀뽀라도 해줄 줄 알았다면, 그는 적어도 그 순간만큼은 나를 몰라도 한참 모르는 얼간이였다. 정 그런 말을 입에 담고 싶었다면, 희수는 자신의 마음을 말했어야 했다. 나는 더 주저하지 않고, 집에 남아 남편을 기다리는 쪽으로 마음을 정할 수 있었다. 잘 가. 네 말마따나 영 내키지가 않네. 여기서든 어디서든. 희수는 아직 내 말을 이해하지 못한 표정이었다. 나는 더 시간을 끌 여유도 없었고 그럴 기분도 아니었다. 그건 그렇고…… 그렇게만 말해놓고 나는 다음 말을 입 속에서 굴려봤다. 곧 남편이 올 시간이야.

그 시간은 아무리 일러도 삼십 분 뒤에나 올 것이었다. '곧'이라는 말에 이 남자가 허둥대는 꼴을 보면 고소할 거야. 그럴까?

더 씁쓸하지는 않을까. 망설이는 나를 멍하니 보고 있던 희수는 퍼뜩 정신을 차린 몸짓으로 의자에서 일어났다. 멍청함이 가신 그의 표정은 어느 때보다도 단아했다. 내 입 안에 고여 있던 단어들이 흐물흐물 녹아내리는 느낌이었다. 조용히 웃옷을 입고 가방을 챙기는 희수의 몸놀림을 나는 말없이 지켜보고만 있었다.

떠날 채비를 끝낸 희수는 쓸쓸하게 미소지으며 몸을 돌려 부엌을 벗어났다. 나는 그대로 앉아 있겠다는 생각을 뿌리치고 일어나 그를 향해 천천히 다가갔다. 희수는 나를 등지고 꼿꼿이 선 자세로 구두를 신고 있었다. 서투른 탭댄서처럼 위태위태한 동작이었다. 흔들리던 그의 뒷모습이 한 차례 심하게 휘청거렸다. 미워할 수 없는 남자. 그의 등에 가슴을 대고 있으면 얼마나 좋은지 나는 알고 있었다. 딱 일 분이면 돼. 아니, 단 십 초만이라도…… 나는 브래지어를 괜히 했다고 후회하며 희수 뒤에 바싹 붙어 팔을 뻗었다. 등뒤로 그를 안으려는 순간, 내 손길을 멈추게 하는 소리가 들려왔다. 즐거운 곳에서는 날 오라 하여도…… 너무나도 귀에 익은 '홈 스위트 홈'의 멜로디. 문 밖에 누군가 와 있음을 알리는 소리였다.

*

문 안으로 들어온 희수는 땀에 젖어 있었다. 엘리베이터가 고장이라는 말을 그는 한 호흡에 하지 못했다. 그때 나는 저런! 힘들었지? 이 땀 좀 봐 하며 얼굴을 닦아주는 식으로 다정하게 굴지 못했다. 그게 나이기는 했지만, 희수가 내 남편이었다면 어땠을지. 그곳이 우리의 집이었다면. 나는 뻣뻣이 서서 엘리베이터의 고장에 대해 한마디 했을 따름이었다. 가끔 그래. 그리고 짧게 또 한마디. 어서 와.

십구층을 걸어서 올라온 사람에게 그걸 인사라고 건넨 뒤에, 나는 어색한 몸짓으로 문을 잠그고 돌아서서 혼자 마룻바닥에 올라섰다. 물 좀 줘. 구두 벗는 소리에 섞여 들려온 희수의 목소리는 끝이 갈라졌다. 물? 나는 아차 싶어 가슴을 살짝 두드렸다. 목욕하고 화장할 시간에 동네 슈퍼라도 다녀올걸. 그에게 대접할 거라고는 정말 냉수 한 컵뿐이었다. 혹은 겨우 그 흔해빠진 커피 한잔. 희수도 서류가방 하나 달랑 들었지 빈손인 게 분명했다. 남의 집에 처음 오면서 주스라도 한 병 사올 것이지. 둘 다 정상이 아니야. 피장파장이라 생각하니 마음이 좀 가벼워졌다. 희수는 부엌까지 따라와서 나를, 아니 물을 기다렸다.

뭘 마시든 벌컥벌컥 들이켜는 희수의 습관은 여전했다. 그런 뒤에 손등으로 입가를 닦는 그의 포즈를 나는 좋아했다. 아, 살 거 같아. 제 목소리를 되찾은 희수 덕에 내 기분도 한결 편안해졌다. 연우야. 희수가 다가서며 말했다. 너 오늘 아주 예뻐. 나는 자연스러운 미소를 지으려 애쓰며 말했다. 때 빼고 광낸 보람이 있네. 희수 아닌 남자 앞에서도 그런 표현을 쓴 적이 있는지. 다음은? 또 무슨 말을 할래? 나는 습관처럼 속으로 말하며 땀냄새에 섞인 희수만의 냄새를 맡고 있었다. 할말이 없어? 그럼 우리 이제 어떻게 할까? 나는 그의 흐트러진 옷매무새를 만져주고 싶은지 더 흐트러뜨리고 싶은지 내 마음을 알 수 없었다.

다리 아픈데 우리 좀 앉자. 코앞에 있던 희수의 몸이 나를 지나치더니 부엌을 벗어나지는 못하고 식탁 앞에 털썩 주저앉았다. 나는 희수 곁의 빈자리를 지나쳐 맞은편 의자에 걸터앉았다. 시간은 충분했다. 희수는 맞선 보러 나온 사람처럼 어색하게 웃고 있었다. 나는 한동안 잊고 있던 가면의 생에 대해 다시 생각하기 시작했다.

종말

어떤 백수가 복권 당첨을 위해 날마다 신에게 기도했다. 어느 날 인내심이 한계에 달한 신은 그에게 찾아와서 이렇게 애원했다. 제발 복권 좀 사라, 응? 언젠가 희수가 나를 웃기려고 들려준 얘기였다. 말해놓고 혼자 깔깔대는 그가 재미있어 따라 웃기는 했지만, 그 얘기는 그저 우스갯소리가 아니었다. 모든 우스갯소리가 그러하듯이.

요행을 바라는 자에게도 해야 할 일이 있다는 것. 그야말로 하늘은 스스로 돕는 자에 한해 도울지 말지 고민한다는 것. 누구나 고개를 끄덕일 만한 교훈이지만 그대로 실천하기는 쉽지 않다. 다른 예를 들 것도 없이, 매주 꼬박꼬박 복권을 사기란 얼마나 어려운 일인가. 그 얘기는 우스갯소리가 아닐뿐더러 지어낸 얘기도 아니었다. 얘기 속의 백수는 영락없이 희수와 나 같은 인간을 빗대고 있는 게 아닐지. 셋 다 게으르기는 막상막하니까.

게으른 사람에게는 두려움이 많다. 상처에 대한 두려움. 복권을 샀다가 안 되면 실망할 것에 대한 두려움. 두려움에 떠는 사람에게 사랑을 기대할 수는 없다. 사랑이란 대체로 진흙구덩이에 빠져 함께 허우적대는 꼴을 감당할 수 있어야 하니까. 사랑을 하면서 깨끗하기도 원해서는 곤란하니까. 게으른 사람은 두려움 말고 또 욕심이 많다. 희수와 나는 제대로 사랑한 적이 없다.

*

희수가 집에 왔다 간 그날을 떠올릴 때마다 해보게 되는 일련의 가정들. 그날의 반상회 장소가 앞집이 아니었다면. 그래서 앞집 여자가 그 시간에 이웃집 초인종을 누를 까닭이 없었다면. 또 그래서 내가 아무 방해 없이 희수의 등을 껴안을 수 있었다면…… 그랬다면 뭐가 달라졌을까.

이번엔 걷잡을 수 없는 일련의 상상들. 가만히 안겨 있던 희수가 내 팔을 풀고 천천히 돌아선다. 아주 잠깐 동안의 응시. 그리고 짧은 포옹과 키스. 짧지만 깊고 격렬한. 그대로 헤어지기는 너무나도 아쉬운. 희수는 다시 한번 나를 껴안고, 나는 귓속으로 파고드는 그의 혀를 소리없이 참아내지 못한다. 내 입술이 부드러운 그의 목덜미를 깨물 때, 그의 차가운 손은 치마 속으로 내 엉덩이를 움켜쥔다. 나는 뜨겁게 젖어 있다. 여기서 이대로, 벽에 등을 대고 선 자세 그대로, 내게 잘 맞는 이 남자의 몸이 내 안으로 들어오게 놔둘까. 상상 속에서 나는 용감해진다. 남편은 아직도 식당에 앉아 있을지 몰라. 게다가 이 시간에 길이 안 막힐 리가 없지. 자, 너 하고 싶은 대로 해봐. 희수는 내 몸에서 살짝 떨어지며 속삭인다. 같이 가.

그 다음엔 상상 속으로 끼어드는 또 한 번의 가정. 내가 몸의 욕망을 좇아 그를 따라 나선다면? 남의 이목 같은 건 더이상 두렵지 않다. 어차피 상상이니까. 상상 속에서도 두려운 건 바로 나, 내 안에 숨어 있는 또하나의 '나'가 아닐지. 나는 다시 집으로 돌아올 수 있을까. 지난번에도 가까스로 외박을 피했던 내가, 나를 붙잡지 않는 남자 곁에 하염없이 누워 있고 싶었던 내가, 다시 사랑 없고 안전한 이 세상으로 무사히 돌아올 수 있을까. 질문이 시작되면 상상은 힘을 잃는다. 지난날에 대한 상상이란 그런 것이다. 부질없는 가정에서 비롯된 상상이란.

게으른 나의 상상은 거기서 멈추고, 나는 잠시 멈췄던 회상으로 다시 돌아가야 한다. 아직 끝나지 않은 그날의 현실로. 속절없이.

　　*

　희수는 갔다. 자기 집에서 반상회가 있다며 상을 빌리러 온 앞집 여자도 갔다. 그 상은 매번 벌금으로 때우는 나보다 반상회 출석률이 훨씬 높은 기특한 물건이었다. 나는 가입하지도 않은 모임에 불참했다고 돈을 뜯어가는 법이 세상에 어디 있냐는 항의를 한 번도 해본 적 없는 착한 여자였다. 착하게 산다는 것. 다시 말해 착한 척하며 산다는 것. 위선의 가면을 쓰고 살다보면 느는 것은 인내력이다. 할말을 참고 사는 사람의 속이 얼마나 시끄러운지. 왜 그리 피곤하게 사냐고 비웃을 사람들이 많겠지만, 세상에는 그런 삶이 최선인 사람들도 있다. 그들에게 최악은 자신의 가식이 못 견디게 혐오스러울 때. 다른 길이 없음을 알면서도 자기 앞에 놓인 외길을 더는 가고 싶지 않을 때. 희수가 떠난 뒤에 혼자 남은 내 마음이 그랬던 것처럼.

　초인종 소리에 나는 스스로를 꾸짖느라 놀랄 틈이 없었다. 저녁을 먹고 오겠다던 남편의 생각이 바뀔 가능성을 고려하지 못했다는 자책이었다. 돌아선 희수는 코앞에 서 있는 나 때문에 더 놀라는 모습이었다. 그가 눈빛으로 어쩌면 좋을지 물었다. 나는 남편이 열기 전에 먼저 문을 열어줘야 한다고 판단했다. 그게 가장 급했고, 빠르면 빠를수록 좋았다. 그 다음엔? 슬리퍼를 신고 문으로 다가가는 짧은 사이에 내 머리는 잘도 돌아갔다. 희수가 하고 다니는 일은 이럴 때 쓸모 있었고, 그와 나는 그저 문간에 서 있을 뿐이었다.

문을 열고 앞집 여자와 마주쳤을 때 나는 안도감을 넘어서는 허탈감에 맥이 풀렸다. 누가 왔나 확인하지 않은 데 대한 뉘우침이 뒤따랐고, 남편이 새삼스레 초인종을 누를 이유가 없다는 생각 또한 뒤늦게 찾아왔다. 꽤나 침착한 척하면서 실은 생각 없이 허둥대기만 한 꼴이었다. 손님이 계셨네. 말하고 나서도 앞집 여자는 계속 내 어깨 너머를 기웃거렸다. 네 남편은 안 보이네 하는 표정이었다. 가시려는 참이에요. 나는 뒤돌아보지 않고 말했다. 희수의 표정을 보고 싶지 않아서였다. 그럼 전 이만…… 누구에겐지 모를 어색한 인사와 함께 희수는 내 곁을 스치며 문 밖으로 나섰다. 나는 엉거주춤 그의 뒤를 따르며 앞집 여자의 눈길을 외면했다. 엘리베이터는 정상으로 돌아와 있었다. 앞집 여자는 고맙게도 문 안으로 들어가 있었지만, 희수와 나는 모르는 사람들처럼 말없이 떨어져 서 있었다.

엘리베이터는 이십층까지 올라갔다가 내려왔다. 엄마 잃은 아이들의 손을 꼭 잡은 위층 남자가 그 안에 타고 있었다. 아이들의 인사를 받아주느라 나는 희수에게 아무 말도 하지 못했다. 그도 마찬가지였다. 희수는 아무도 배웅 나오지 않은 사람처럼 묵묵히 엘리베이터 안으로 들어갔다. 나는 그의 등만 쳐다보다가 엘리베이터 문이 닫히기도 전에 돌아서서 집으로 들어왔다. 누구냐는 앞집 여자의 물음에 나는 희수가 하는 일에 대해서만 말해줬다. 그녀는 의외로 더 캐묻지 않고 상을 챙겨서는 얼른 자기 집으로 돌아갔다. 눈치가 빨라서든 둔해서든 나를 더 피곤하게 하지 않은 그녀가 거듭 고마울 따름이었다.

혼자가 된 나는 부엌으로 가서 식탁 위의 빈 그릇들을 싱크대에 쑤셔박았다. 생각했던 것과 달리 설거지할 기분은 아니었다. 내내 혼자 있었던 것 같은 기분 따위도 필요치 않았다. 나는 식탁으로 돌아와 희수가 앉았던 의자에 앉아 내가 앉았던 빈자리를 바라봤다. 눈에 들어온 것은 그 너머 거실 벽에 걸려 있는 커다란 액자였다. 결혼사진을 벽에 거는 남편에게 촌스러워서 싫다는 말을 하지 못한 나였다. 그 자리에 앉아 이따금 고개 돌려 창 밖을 바라보던 희수의 모습도 떠오르자 갑자기 모든 게 다 지긋지긋해지는 기분이었다. 판에 박은 포즈로 억지웃음을 짓고 있는 저 사진 속의 부부도, 뭐가 좋다고 엉덩이 배기는 것도 참아가며 눌러앉아 있었던 떡떡한 이 사리노, 그리고 무엇보다 나 자신이, 여기서든 저기서든 속으로만 조잘대며 궁상을 떨고 있는 내가 지겨워서 참을 수 없었다. 나는 진절머리 나는 그것들을 모두 떨어버리듯 격한 몸짓으로 일어섰다.

내 맘대로 계산한 남편의 귀가시간은 결국 터무니없이 이른 것이었다. 가장 늦게 올 시간을 훌쩍 넘기고도 그는 들어오지 않았다. 전화도 없었다. 이럴 줄 알았다고 투덜대거나 이럴 줄 몰랐다며 씩씩대는 반응은 정상적인 부부 사이에서나 가능한 것이었다. 남편 아닌 남자와의 관계마저 비정상적인 나에게는, 희수를 너무 일찍 보내 아쉽다는 식의 반응 또한 어울리지 않았다. 그저 나는 팔다리에 힘을 빼고 침대에 엎드려서, 마음도 몸과 같이 축 늘어진 상태로 시간을 흘려보내고 있었다. 부엌을 뛰쳐나온 내 몸이 향한 곳은 기껏해야 집 안의 다른 공간이었을 뿐이었다.

새 이부자리가 민망해서 불은 꺼둔 채였지만, 어둠이 눈에 익은 뒤로 하얀색은 야광처럼 도드라져 보였다. 깨끗하고 새로워진 침실을 보고 남편은 무슨 생각을 할까. 마누라가 드디어 제정신으로 돌아왔다며 기뻐할 텐가. 더이상 못 참겠어. 나 좀 안아줘. 그런 뜻으로 알고 나를 불쌍히 여기려나. 도로 헌 침구로 바꿔놓는 것도 우스운 짓이었다. 당장 엎어져 있기에도 뽀송뽀송하고 향긋한 그대로가 좋아서 나는 눈을 감고 팔다리를 한껏 벌린 자세로 베개에 가슴을 얹어놓고 있었다. 희수가 곁에 있다면…… 그러면 더 좋을 거라는 생각을 막기 위해 내가 떠올린 딴생각은 고작 옷을 벗지 않은 그에 관한 것이었다. 지금쯤 희수는 혼자 취해가고 있을까……

희수는 술 마실 때 자신이 가장 괜찮아 보인다고 믿는 사람이었다. 그것은 어느 정도 사실이었다. 술 마실 때 그는 유쾌하면서 경솔하지 않았고 무례하지 않게 과감할 줄 알았다. 술을 안 마셔도 제법 그런 편이기는 했지만, 취하면 멋있는 말도 더 많이 하고 반할 만한 표정도 더 잘 짓고…… 그는 취해야 자신의 매력을 가장 자연스럽게 발휘할 수 있는 사람이었다. 내가 가장 좋아하는 그의 모습은 아니었지만, 그로서는 가장 보여주고 싶은 모습으로 여길 만했다. 무엇보다도, 술은 그를 맨정신일 때보다 훨씬 자유롭게 만들었다. 어느 순간 그 모습은 함께 취하기가 겁나도록 강렬하기도 했다. 강렬한 것은 위태로운 법이어서, 가장 자유로운 모습으로 웃고 떠들 때 그는 몹시 불안해 보였지만, 나는 그것이 무엇으로부터의 자유인지 모르고 있었다.

이제 알게 된 것인지. 털끝 하나 안 건드리고 그를 보낸 대가로, 엄살이 심한 그의 얘기를 참고 들어준 보상으로, 나는 과연 한 남자의 자유와 불안에 대해 속속들이 알 수 있게 된 것일까. 모를 일이었다. 그렇다고 자신하기에는 우리의 만남이 너무 뜸했으니. 언제 다시 보게 될지도 알 수 없었고, 언제까지 그런 식으로 만날 수 있을지 또한 모를 일이었다. 한 가지 자명한 사실은 지금 내 곁에 그가 없다는 것. 너무도 허망하게 헤어졌다는 생각이 가슴을 할퀴며 밀려왔다. 나는 희수와 주고받은 마지막 대화를 떠올렸다.

짧아서 고스란히 기억나는 그의 말. 여기선 아무래도 마음이 안 편해서 내키지가 않지? 그 말이 뭐 그리 잘못됐나. 틀린 말도 아니구먼. 듣기 좀 거북해도 그냥 넘어갔으면 될 것을. 내가 정확히 뭐랬더라…… 잘 가. 네 말마따나 영 내키지가 않네. 여기서든 어디서든. 그건 그렇고…… 맙소사, 이거야말로 말이 헛나왔다는 변명이 통하지 않을 망발이군그래. 장하다 장연우. 곧 남편이 온다는 말까지 마저 지껄였다면 아주 완벽했겠구나. 그건 그렇고라니. 앞에 한 말은 그렇다 치고, 거기서 어떻게 그 말이 나올 수가 있니. 너 그런 말을 아무 때나 함부로 뱉을 만큼 멍청한 인간이었어? 희수한테 옮았다고 떠넘길 생각은 마. 그 사람은 너처럼 그 말을 형편없게 쓴 적이 없으니까.

나는 당장 희수에게 전화해야 한다고 생각했다. 다른 말은 할 것 없고 내일 만나자고 하면 된다고 생각했다. 희수가 토라졌을지 모르니 보고 싶다는 말까지 해버리자는 생각도 했다. 그랬더니 정말 그가 보고 싶었다. 그냥 보고 싶은 게 아니라 못 견디게 보고 싶었다. 같이 있으면 얼마나 좋은데. 나는 내가 희수 얘기를 듣는 걸 참 좋아한다고 솔직히 인정했다. 그랬더니 그의 목소리가 듣고 싶어 가슴이 다 미어지려 했다. 전화하면 반가워할 거야. 마음이 너그러운 사람이니까. 다른 건 다 닮았어도 성질머리만큼은 속 좁은 나와 다른 사람이라고 믿고 싶었다. 자기 있는 곳으로 당장 오라고 할지도 몰라. 나는 거절해서는 안 된다고 생각했다. 또다시 뿌리치고 만다면 뜸하게나마 이어온 관계가 아주 끝나버릴 수도 있다고 생각했다. 그랬더니 남편의 귀가가 늦어지는 것도 다 희수와 나의 원만하고 지속적인 관계를 위한 배려라는 터무니없는 생각마저 들었다. 아예 먼저 집 밖으로 나간 다음에 전화를 걸까.

한번 해본 생각이 아니라 나는 입고 나갈 옷을 머릿속으로 고르며 침대에서 몸을 일으켰다. 그때 '즐거운 나의 집'의 멜로디가 귀를 찌르며 다시 한번 내 앞을 가로막았다. 반상회가 끝났을 만한 시간이었다. 내일 아침에 돌려주면 될 것을 뭐가 급하다고…… 나는 조용해질 때까지 기다리기로 했다. 저 소리가 멈추면 옷을 갈아입을 것도 없이 숄만 하나 걸치고 바로 나가는 거야. 부엌에 놔둔 휴대폰과 지갑을 떠올리면서 나는 마음을 굳게 다졌다. 택시부터 타고 나서 희수에게 전화해야지. 보고 싶다는 둥 어울리지도 않는 낯간지러운 소리는 집어치우고, 지금 어디 있어? 그에게 거는 첫 전화의 첫 마디가 정해졌다. 전화 안 하고 꿋꿋이 버텨온 날들이 무색해시기는 하겠지만, 규칙은 언제가 깨지고야 마는 게 정상이었다. 더군다나 먼저 규칙을 어기고 가을이 가기 전에 전화를 걸어온 쪽은 희수였다. 그 바람에 도둑이 들어 고생한 사람은 누군데…… 초인종 소리가 멈추면서 내 생각도 뚝 그쳤다. 급한 마음에 서랍에서 숄을 꺼내는 것도 잊고 거실로 나갔을 때, 문이 열리며 남편이 안으로 들어왔다. 잠들었었나보네. 늦어서 미안. 많이 기다렸지? 나를 보고 다정한 척하는 남편 뒤에 한 남자가 묘한 표정을 짓고 서 있었다. 형이었다.

*

사는 게 부질없다는 생각이 들 때마다 나는 그날을 떠올린다. 그날 나에게 찾아왔던 일련의 난처한 상황들. 반은 자초했고 반은 예정되어 있던, 혹은 미리 알지는 못했어도 피해갈 수는 있었던. 그 속으로 나를 끌어들인 한 여자와 세 남자. 일 년 넘게 이웃으로 살면서도 이름을 알지 못했던 한 여자. 그녀는 반상회에 한 번도 빠진 적이 없음을 자랑스러워하는 그야말로 착한 여자였고, 그녀와는 서로 얼굴밖에 몰랐던 한 남자. 그는 결혼한 지 이 년 만에 마누라 도움 없이 출근할 줄 알게 된 기특한 남자였다. 그와는 일면식도 없으면서 그의 집을 방문해 김치볶음밥을 해먹고 간 또 한 남자. 한 여자의 결혼을 앞뒤로 사 년 반 동안 그녀와 만난 횟수를 기억하는 그 남자는, 남들이 들으면 코웃음 칠 사연에 사로잡혀 스스로 휘청거리며 살아가는 가련한 인생이었고, 그와 딱 한 번 자리를 같이했으나 서로 알아볼 수 있을지는 의심스러운 마지막 한 남자. 그는 다른 여자가 생겼다는 이유로 오래된 여자를 차버린 뒤에, 그녀의 남편으로부터 선망과 질시를 한 몸에 받는 유능한 사업가이자 고매한 인격의 소유자로 변신한 신비로운 인물이었다. 그리고 그들 모두를 아는 유일한 사람으로서, 나는 착한 이

웃까지 곁들여 옛 남자와 현 남편과 숨겨둔 애인을 하루에 다 만나느라 바빴던 그날을 떠올릴 때마다, 산다는 것은 혹은 사랑한다는 것은 원래 부질없고 우스꽝스러운 짓이라는 깨달음으로 위로받는다. 혹은 그 덧없는 하루의 끝에 찾아왔던 한순간의 평온함으로.

*

그날 밤 형은 아직도 나를 사랑한다고 말했다. 아직도라니. 나는 언제 날 사랑한 적이 있었냐는 말로 받아넘겼다. 남편만큼은 아니었지만 둘 다 어지간히 취한 상태였다. 내 말을 듣고 형은 그땐 몰랐다고 말했다. 궁금해서 물어본 게 아니었으므로 나는 그랬거나 말거나 관심 없다는 표정을 지어 보였다. '아직도' 사랑하는 여자의 무심한 태도를 지켜봐야 하는 남자답지 않게 형의 얼굴은 편안해 보였다. 나는 거실에서 들려오는 코고는 소리에 맞춰 숨쉬기에만 열중했다. 자정이 넘은 시간이었고, 꾸벅꾸벅 조는 남편을 소파에 눕히고 나서 형과 나는 식탁으로 자리를 옮긴 뒤였다.

들어올 때부터 남편은 잔뜩 취한 모습이었다. 나를 깜짝 놀라게 해주고 싶어 예고 없이 손님을 모시고 왔다는 둥, 귀엽게 봐주기에는 지나치게 말이 많았다. 모르는 사이처럼 서로를 어색해하는 형과 나를 향해 그는 역시 지나치게 유쾌한 웃음을 터뜨렸다. 내가 알기로는 두 사람 꽤 오랜만일 텐데 포옹이라도 진하게 한번 나눠야 하는 거 아닌가. 남편이 형과 아무리 가까워졌다 해도 그런 말씨가 어울릴 만한 관계는 아니지 싶었다. 그보다 내 귀에 거슬린 표현은 그가 맨 앞에 깔아놓은 불필요한 전제였다. 내가 알기로는……

형은 재미있는 농담에 반응하듯 기분좋게 웃으며 입을 열었다. 오랜만에 보니까 서먹서먹하네. 나 결혼하기 전에 보고 처음이지? 그 말에 맞춰 궁금할 것 없는 부인의 안부를 물으며 나는 포옹 대신 악수를 나누기 위해 뻗어온 형의 손을 살짝 잡았다가 놓았다. 형은 천천히 놓고 싶어한다는 느낌이었다.

남편과 달리 형은 별로 취해 보이지 않았다. 원래 술이 센 편이기도 했지만 옛날 같지 않은 단정함이 몸에 배어 있는 모습이었다. 다소 무례하다 싶은 남편의 언사에도 그는 불쾌하거나 당혹스러워하지 않고 분위기를 부드럽게 이끌었다. 너그럽되 물러 보이지 않게. 제휴를 맺고 있는 대기업의 팀장을 대하는 작은 회사의 보스로서 지녀야 할 적절한 태도라고 여겨졌다. 내가 그런 형과 자꾸 비교하게 되는 사람은 남편이 아니라 희수였다.

작은 팔걸이의자는 남편이 먼저 차지한 터라 술자리 내내 나는 형과 함께 소파에 앉아 있어야 했다. 형은 남편과 가까운 쪽을 나에게 내주고 최대한 떨어져 앉아 있었다. 나는 제휴관계에 놓여 있는 두 남자 사이에 끼어, 누구 돈으로 샀는지 모를 맥주와 안주로 배를 채우다가 조용히 딴 남자를 생각하곤 했다.

시간이 흐르면서 우려와는 달리 남편은 주로 일과 관련된 얘기를 늘어놨다. 형이 나 있는 데서 옛날 얘기를 끄집어낼 리도 없었으므로 나는 곤혹스러운 그 자리가 그런대로 견딜 만했다. 정확히 무슨 얘기였는지는 기억나지 않지만 남편은 '공격적인 마케팅'이라는 표현을 여러 번 썼다. 남편의 말을 받아 형이 했던 얘기도 대부분 잊어버렸는데 딱 하나 기억나는 게 있다. 한때 히트 상품이었던 녹즙기가 쑥 들어가버리게 된, 이른바 '쇳가루 파동'에 관한 흥미로운 얘기였다. 내가 알기로는 그렇게 된 결정적인 계기가 뭐였냐 하면요……

녹즙기에서 쇳가루가 섞여 나온다는 소문이 나돌아 업계에 비상이 걸렸다. 그것은 헛소문이 아니었다. 위기가 곧 기회라고 판단한 어느 후발업체에서 신문에 큼지막한 광고를 냈다. 저희 회사 제품에서는 쇳가루가 나오지 않습니다. 그것은 허위광고가 아니었다. 하시만 소비자들은 그 새로운 제품을 외면했다. 광고를 못 믿어서가 아니었다. 다만 그들이 믿은 것은 회사의 기대와는 달리 녹즙기라는 기계에서 쇳가루가 나온다는 사실이었다. 결과적으로 그 회사는 막대한 비용을 들여 소문이 사실임을 널리 알려버린 셈이었다. 물론 외면당한 것은 그 회사 제품을 포함한 녹즙기 시장 전체였다.

그 애기를 할 때 형은 꼭 잘 취한 희수 같았다. 나는 기억해둘

만한 얘기라는 느낌에 고개를 끄덕였다. 형은 멋쩍어하며 어떤 인터넷 논객의 글에서 읽었다는 말을 덧붙였다. 남편이 말없이 잔을 비우는 모습을 보면서 나는 형의 얘기가, 그리고 그 얘기에 집중했던 내 태도가 남편의 상한 마음을 건드렸을지도 모른다고 생각했다. 나는 형 쪽으로 약간 기울었던 몸을 표 나지 않게 바로 세우고서 남편의 빈 잔을 채워주기 위해 술병을 집어들었다. 시무룩해 보였던 그는 다시 보니 졸음에 겨운 모습이었다. 한 집에 살면서 표정 하나 제대로 분간을 못 하다니. 나도 나였지만 불편한 손님을 제 맘대로 데려와놓고 혼자서 흐리멍덩한 눈을 끔벅거리고 있는 남편이 어처구니없기도 했고 애처로워 보이기도 했다. 나는 반쯤 남은 내 잔을 가득 채워 거품이 잦아들기도 전에 벌컥벌컥 들이켰다.

이 사람 술 잘 못해. 형의 도움을 받아 남편을 소파에 눕히고는 민망해서 건넨 말이었다. 형이 이해해. 그 말까지 해야 하나 싶어 남편의 벌어진 입만 쳐다보고 있는데, 부드러운 형의 목소리가 들려왔다. 괜찮아. 집이 편해서들 이럴 때 많아. 그렇게 말하는 형은 그런 적이 한 번도 없을 것 같았다. 웃옷을 벗지도 않고 있던 그는 넥타이 매듭을 매만지며 말했다. 그럼 나 간다. 잘 가라는 인사는 너무 간단하다는 생각이 들었을까. 커피 한잔 하고 가. 형을 붙잡고 싶었다기보다는 그를 보내고 혼자 남기 싫었던 게 아닐지. 소파에 널브러진 사람과 함께 있으면 혼자일 때보다 혼자라는 느낌이 더할 거라는 두려움이 갑작스레 밀려왔던 게 아닐지. 나를 따라 부엌으로 온 형이 택한 자리는 하필이면 희수가 앉았던 의자였다. 낮에도 그랬던 것처럼 두 잔의 커피를 타면서, 나는 참 웃기는 하루를 보내고 있다는 생각에 큰 소리로 웃고 싶었다.

좋아 보여. 부인이 잘해주나봐. 나는 식탁에 커피를 내려놓고 형 앞에 앉자마자 말을 건넸다. 대화를 가볍게 이끌려는 의도이기는 했어도 좋아 보인다는 말은 진심이었다. 그래, 다 그 여자 덕이지. 진짜 덕을 보고 있는 사람의 말투가 아니었는데, 희한하게도 형은 여전히 좋아 보였다. 너도 보기 좋은데? 얼른 말을 바꾼 형은 나처럼 괜한 말을 보태지는 않았다. 날마다 운동하거든. 겉만 멀쩡하다는 것을 형이 알아주기 바라고 한 말이었을까. 요즘도 혼자 야구장에 가니? 형도 역시 부담스러운 대화를 원치 않아서 꺼낸 말이었을 텐데, 나로서는 왠지 지난 이 년 동안 내가 살아온 세월의 무게가 그 한마디에 뭉쳐 있다는 느낌이었다. 아니, 그냥 집에서 봐. 이제는 혼자 가지 않는다는 대답을 해주고도 싶었지만, 혼자서든 둘이서든 야구 보러 간 지가 너무 오래됐다는 생각에 붙들려서 거짓말할 여유가 없었다. 요즘 와서 나도 야구를 재미있게 봐. 너 어느 팀 좋아하니? 형은 적당한 얘깃거리를 찾아내서 다행이라는 표정이었다. 이제 와서 그건 알아서 뭐 하게? 나는 야구 얘기나 하자는 형이 얄미워 보이는 자신에게 당황하고 있었다. 그건 그렇고…… 그 말을 제대로 써먹을 기회가 왔다는 듯 내 멋대로 말을 돌려놨을 때, 남편이 코를 골기 시작했다. 마치 편하게들 얘기 나누라는 배려의 표시인 것처럼. 나는 딴 얘기만 주고받는 우아한 옛날 애인 행세는 그만 집어치우자는 뜻으로 형을 몰아붙였다. 저 사람한테 왜 쓸데없는 얘기를 했어?

술을 마시지 않았어도 형한테 그런 쓸데없는 말을 꺼냈을지. 무슨 얘기? 되묻는 그의 표정을 보고 나는 형이 남편에게 나와 어떤 사이였는지 털어놓은 게 아님을 깨달았다. 당신을 많이 사랑했대…… 나는 남편이 했던 말들을 떠올리고는 형에게 할 말을 찾아냈다. 나한테 못되게 굴었다는 둥 내 얘기 많이 했다며. 사랑 운운한 어설픈 대리 고백을 제외하면 남편이 지어낸 말들은 아닐 거라는 생각이었다. 아마도 형은 남편이 알아채게 할 만한 얘기를 자기도 모르게 들려줬을 거라는 짐작이기도 했다. 형은 아, 그거? 하는 표정 위에 겸연쩍은 미소를 입힌 얼굴로 말했다. 자꾸 물어봐서…… 네 남편처럼 자기 아내에 대한 관심이 많은 남자도 드물 거야. 형은 내 어깨 너머를 물끄러미 바라보고 있었다. 나는 형의 눈길이 머물고 있을 사진 속의 남자가 무슨 생각을 하며 살고 있는지 알고 싶었다. 당신 왜 그렇게 어렵게 사니. 내게 돌아온 그의 대답은 드르렁거리는 숨소리뿐이었다.

그 소리와 함께 나를 부르는 형의 목소리가 들려왔다. 연우야…… 그가 내 이름을 그토록 다정하게 부른 적이 있던가. 있더라도 기억이 안 나면 없었던 게 아닌지. 그 뒤에 들려온 형의 말

또한, 빼고 말했으면 좀 나았을 맨 앞의 세 음절은 제외하더라도, 그와 붙어 지냈던 수많은 날들을 아무리 뒤져도 찾아낼 수 없는 낯설고 허망한 것이었다. 아직도 널 사랑해.

*

사랑하며 산다는 것. 어떤 이들은 같은 말의 반복이라고 주장하는 것. 그들을 철부지로 여기는 다른 이들이 꿈 깨라고 타이를 때, 아니라고, 그렇지 않다고 맞서는 이들에게 힘이 될 만한 말이 하나 있다. 내가 어떤 책을 읽다 멈추고 밑줄을 그어놓은 문장. 가능한 것의 한계를 찾아내는 유일한 길은 그 한계를 조금 넘어서 불가능한 것 속으로 디뎌보는 것이다. 그러거나 말거나 알아듣지 못할 헛소리 그만 하고 정신 차리라는 뜻으로 널리 쓰이는 이런 질문도 있다. 사랑이 밥 먹여주나? 사랑을 꿈꾸는 이들조차 그렇지 않다는 것쯤은 알고 있으므로, 사람들은 대체로 밥을 위해 사랑을 버리고 산다. 그러기에 사랑하며 산다는 것은 역시 이룰 수 없는 꿈. 세상에서 가장 쉽고 흔한 사랑은 역시 이루어질 수 없는 사랑. 너의 침묵에 내 입술은 메말라가고, 네 눈길이 차가워서 얼어붙는 내 발자욱…… 여기서 ‘너’는, 돌아서는 그 누구도 아닌, ‘나’에게 버림받은 바로 그 ‘사랑’이 아닐지.

그렇게 버린 자는 버림을 받고, 사람들은 살기 위해 밥을 먹는

다. 먹기 위해 남들처럼 일하며 산다. 한 끼를 먹어도 프로페셔널하게 먹기 위해. 또는 그 옆에서 부스러기라도 얻어먹으려고 빌붙어 사는 인생도 있다. 일하기는 싫으니까 다만 착하게. 착해 보이는 가면 뒤에 감춘 표정은 닳고 닳아서 알아볼 수 없게 지워진 채로. 불운하게도 그런 인생과 엮이는 통에 미치도록 일이나 하고 싶은 가여운 사람. 괜한 열등감에 사로잡혀 하루 종일 공격적으로 살려고 애쓰다 지쳐 쓰러져 코를 고는 그의 인생은 얼마나 애처로운가. 그래도 그에게는 아침에 깨어날 이유가 있다. 어쨌든 자신에게 빌붙어 사는 인생을 책임져야 할 의무라도 있으니. 세상에는 보호자 노릇 해줄 사람 하나 곁에 없이, 실패할 게 뻔한 일을 찾아 헤매야 하는 딱한 인생도 있다. 일도 잘 못하면서 사랑에도 만만치 않게 게으른 사람. 사랑하면 다치게 되어 있다는 걸 모르는 사람이 누가 있다고, 가까이 다가오기 너무 힘들다는 둥 엄살만 떨고 앉아 있다 가버린 겁 많은 사람.

그렇게 누구는 떠나고 누구는 잠든 뒤에, 성공하는 사람은 남아서 커피를 마신다. 성공해서 잘 먹고 잘 사는 줄 알았던 사람. 일찌감치 사랑이란 야구나 보러 다니는 한가한 족속의 철없는 장난임을 간파했던 사람. 그 사람이 부드러운 목소리로 때늦은 사랑을 고백하는 부질없는 상황도, 살다보면 어느 날 난데없이 도둑을 맞듯 아무 준비 없이 얼떨결에 겪게 되는 것이다.

*

그날 밤 형과 나눴던 대화를 고스란히 되살리기란 불가능하다. 형이 희수는 아니니까. 한 가지 확실한 것은, 형의 얘기를 들으며 자꾸 흘러나오는 웃음을 참느라 힘들었던 기억. 그보다는 덜 확실하지만, 형이 다시 어떻게 해볼 생각으로 나에게 사랑한다고 말하지는 않았다는 것 또한 비교적 또렷한 기억으로 남아 있다. 만약에 그런 낌새가 조금이라도 보였다면 더이상의 대화는 힘들지 않았을지. 참을 수 없어 터뜨린 내 웃음소리에 남편이 깨어났을지도 모르니까. 그저 그렇다는 것을 알고나 있으라는 듯, 형은 자기 사랑에 무관심한 내 태도를 조용히 웃어넘기고는 다시 남편에 대한 얘기로 돌아갔다.

남편이 나에 관해 형에게 한 말들 중에는, 나를 잘 모르겠다는 말도 들어 있었다. 사람들은 자신이 기대한 대로 대해주지 않는 사람을 두고 흔히늘 그런 표현을 쓴다. 남편이 내게 기대한 것은 아마 사랑이라 해도 좋을 어떤 것이었을 테니, 나를 모르겠다는 그의 말은 내가 자기를 사랑하는 것 같지 않다는 뜻이 아니었을지. 실제로 남편은 형 앞에서 나에 대해 지녀온 서운한 감정을 숨기지 않았다고 했다. 심지어는 내가 살림에 눈이 멀어 자기를 본체 만 체한다고 어이없는 심통을 부리기도 했다지만, 가장 기억에 남는 것은 아무래도 반지에 관한 푸념이 아닐 수 없다.

청혼의 추억이 어린 소박한 커플링부터 해서 어디 내놔도 손색 없는 결혼반지와 결혼을 기념하는 두 개의 반지까지, 자기가 준 어떤 반지도 끼워져 있지 않은 내 손가락이 남편에게는 사랑을 의심하게 만드는 단서들 중 하나였던 모양이다. 집에서는 살림하느라 그렇다 치고 외출할 때 왜 결혼의 증표를 챙기지 않는 거냐? 역시 웃음을 참아가며 그 얘기를 듣는 동안 나는, 정말 어렵게 사는 사람과 한 집에서 같이 살아왔음을 다시 한번 깨닫게 되는 느낌이었다. 의심하는 건 좋은데, 내 사랑을 의심해도 할말이 없는데, 반지 안 끼고 사는 마누라 때문에 마음이 상하다니. 본인에게 왜 안 끼냐고 물어나 볼 것이지. 형은 귀하고 소중해서 잘 간직하려고 그러는 게 아니겠냐고, 자기 마누라는 결혼 패물을 말도 없이 몽땅 내다팔았다고 그를 위로했다지만, 나는 단지 반지를 끼면 손가락이 갑갑해서 못 견디는 체질을 타고났을 따름이었다.

하기는 그런 해명으로 남편의 서운함이 가시기를 바랄 수는 없었을지도. 어떤 이들에게는 사랑이란 상대가 원하는 거라면 싫어도 참아내는 자세를 뜻하니까. 그런 거라면 실은 내가 잘할 수 있는 몇 가지에 속하지 않나. 오히려 나는 사랑 없이도 그럴 수 있다는 게 문제인가. 진짜 문제는, 남편의 상한 마음을 달래주고 싶어도 이제는 그 반지들이 거덜나버렸다는 돌이킬 수 없는 현실인지도 모른다. 남편이 형에게 그 얘기를 했을 때는 그래도 빛을 볼 가능성을 잃지 않고 어둠 속에 파묻혀 있던 작은 구멍들. 난들 도둑맞은 물건이 아깝다는 생각을 왜 안 했겠는가. 다만 그런 기색을 남편에게 보일 겨를이 없었을 뿐. 그럴 만한 꼬락서니가 아니었을 뿐. 남편도 경찰에 신고할 마음이 없었던 것은 같은 사정이었던 게 아닌지. 당신이 준 보석을 다 털려서 너무 속상해. 나에게 그런 말 한마디 들을 수 없었던 그의 기분은 어땠을까. 그러나 남편에게도 그까짓 반지가 대수였을 리 없음을 나는 모를 수 없는 것이다.

형은 자신을 향한 남편의 열등감을 어느 정도 감지하고는 있었지만, 그것이 나로 인해 한층 심해진 거라는 사실은 눈치채지 못하고 있었다. 남편도 참 대단한 사람이라고 나는 감탄하지 않을 수 없었다. 나를 잘 모르겠다는 남편은 나를 아예 몰랐던 시절의 나에 대해 알고 싶어했고, 형은 손을 맞잡고 일하는 파트너의 궁금증을 풀어주기 위해, 그럼으로써 옛 애인의 원만한 결혼생활을 도와보겠다는 눈물겨운 배려의 마음으로 열심히 지난 시절을 돌아봤다. 그것이 곧 아직도 나를 사랑하고 있다는 깨달음이 찾아오는 과정이었다고 형이 말했을 때, 나는 그 과정이 곧 남편으로 하여금 형과 나의 관계를 더욱 의심하게 만드는 과정이기도 했을 거라고 짐작했다.

또 웃음을 참고 있는 나에게 형은 다른 남자가 생긴 게 아니냐고 조심스레 물었다. 조심스럽지만 심증은 갖고 있다는 말투. 내게는 그 물음이, 언젠가 모임이 있다는 거짓말로 네 남편을 속이고 만나러 나간 사람이 누구냐는 말로 들렸다. 나는 '다른 남자'

라는 표현이 불러일으킨 형에 대한 우스운 기억 때문에 결국 희미
하게나마 웃지 않을 수 없었다. 그것은 사람이 변해봐야 별수 없
다는 씁쓸한 확인이기도 했다. 순간적으로 나는 마치 추근대는 남
자에게 자신은 유부녀라고 밝히는 순진한 여자처럼 돼보고도 싶
었지만, 희수 얘기를 함부로 입에 담을 수는 없는 일이었다. 내 대
답을 기대하지는 않은 듯 형은 남편이 나를 의심하고 있다는 귀띔
을 해주고 넘어갔다. 나는 함께 의심받고 있는 '다른 남자'가 바
로 당신이라는 귀띔을 해줘야 하나 고민스러웠다. 남편은 자신이
의심하고 있는 남자에게 내가 자기 여자로 느껴지지 않을 때가 많
다는 말까지 했다. 그 말을 하며 형의 표정을 살폈을 그의 눈빛을
나는 잘 상상해낼 수 없었다. 같이 있으면서 내가 딴 곳을 쳐다볼
때마다 서로 다른 세상에 사는 것 같은 느낌에 시달린다는 남편의
말을 전해들었을 때는, 그 마음을 이해할 수 있을 것 같아 고개를
끄덕이기도 했다.

　나는 알고 있었다. 말은 안 했지만 남편은 나와 처음 잤을 때부
터 나를 완전히 가지지 못했다는 허전함으로 얼굴에 그늘이 졌다.
그는 결혼을 약속하고 나서야 삽입을 동반한 섹스는 처음 하게끔
참아온 자신을 무척 대견스러워한 보기 드문 남자였다. 그런 것도
자신에 대한 엄격함이라고 할 수 있을지는 의심스럽지만, 아무튼
자신에게는 엄격하고 타인에게는 관대하기란 지극히 어려운 일
이다. 남편은 아마도 나에게 섹스의 경험이, 정확히 표현하면 역

시 삽입을 당해본 경험이 전무하거나 적어도 일천하기를 기대했던 모양이다. 그러리라고 철석같이 믿은 정도까지는 아닐 테지만, 그럴 수도 있지 않을까 혹은 그러면 얼마나 좋겠냐는 순진한 희망 같은 것. 나는 그런 쪽의 가식에는 소질이 그야말로 전무한 여자였으므로, 아니 너무 질려본 여자였기에, 그냥 경험을 살려서 하던 대로 반응하고 내친 김에 하고 싶은 대로 자극도 해가며 남편과의 첫 삽입을 치러냈던 것으로 기억한다. 남편은 물론, 고생 안 하고 좋았으면서 끝난 뒤에는 노골적으로 불쾌감을 드러내며 조금 전까지 한 몸이었던 여자의 과거를 캐묻거나 심지어 폭력을 휘두르는 저급한 부류와는 거리가 먼 남자였다. 대신 그는 영원할 수밖에 없는 실망감을 내색하지 않으려 애쓰며 무슨 은밀한 상처라도 되는 양 혼자 가슴속에 묻어두었다는 것을, 나는 모르는 척하고 지내왔을 뿐이었다. 그것만이 그 측은한 사람을 위해 내가 할 수 있는 유일한 배려이기라도 한 것처럼.

그런 남편에게 형이라는 존재가 어떻게 느껴졌을지 생각하면서부터 나는 웃음을 참기가 한결 쉬워졌다. 어쨌든 내 남편이었고, 내가 이해할 수 없다고 해서 그의 괴로움이 아무것도 아닌 것은 아니니까. 형은 나를 염두에 두고 남편에게 전화한 것이 아님을 강조하면서 은연중에 자신의 냉정한 비즈니스 감각을 과시했다. 나는 다시 회수가 보고 싶어졌다. 그 욕구는 참아야 하므로 참을 만했지만, 대신 혼자 있고 싶다는, 잠든 남편과 함께라도 좋으니 혼자가 되고 싶다는 욕구를 참을 이유는 없었다. 내가 먼저 자리에서 일어나지 못한 것은, 세월을 건너뛰어도 남아 있는 둘 사이의 질긴 관성일 뿐이었다. 언제부턴가 남편의 코고는 소리는 그쳐 있었고, 형과 나 사이에도 잠시 어색한 침묵이 흘렀다. 혹시 남편이 깨어 있다면 침묵도 좋을 게 없다는 생각이 들었지만 나는 할말이 없었다. 형이 자신에 관한 얘기를 꺼낸 것과 남편이 다시 코를 골기 시작한 것 중 어느 것이 먼저였는지는 기억나지 않는다.

*

이 세상에 불행을 겪지 않고 사는 사람은 아무도 없다. 불행에 휩말려 망가지거나 불행을 딛고 강해지거나. 확률은 반반이지만 불행을 단련의 기회로 삼을 줄 아는 사람은 많지 않다. 그중의 한 사람이 형임을 진작에 알았다면 내가 '다른 여자'를 물리치고 그를 붙잡기 위해 소매 걷어붙이고 나섰으려나. 역시 부질없는 가정이고 소용없는 상상일 뿐. 나는 절대로 형이 그런 사람인 줄 알 수 없었을 테니. 형도 결혼하고 나서야 알았다는데. 그것도 그녀 아닌 여자와 결혼했다면 형 자신조차 알게 되었으리라는 보장이 없을, 끝내 모르고 살다 죽기가 더 쉬웠을 그의 숨겨진 면모를 내가 미리 알 재주는 없었을 테니. 어쨌든 나는 늦게나마 새로운 자신을 발견한 형을 존경하기로 했다. 사람은 누구나 결혼하면 철이

드는 법이라고 그는 겸손의 미덕까지 뽐내며 말했지만, 그럼 나는 사람이 아니란 말인가. 나뿐 아니라 바로 형 자신과 결혼한 여자도 어엿한 사람인 것을.

형 얘기를 듣고 나는 그녀에 대해 가졌던 안 좋은 선입견을 버리기로 했다. 알고 보니 그녀는 말할 수 없이 깜찍하고 귀여운 여자였던 것. 형이 그녀를 좋아하게 된 이유부터 재미있어서 나는 도로 웃음을 참기 힘든 상태로 돌아가야 했다. 자신의 불행에 대해 말하는 사람 앞에서 혼자 킬킬대기는 미안한 노릇이니 힘들어도 참아야 했다.

그녀는 결혼 전부터 형에게 원하는 것이 아주 많았다고 했다. 다분히 나와는 대조적인 타입이어서 형 마음에 들었다는 얘긴데, 나에게는 그 반대를 원해놓고서 또 그 반대가 좋다고 돌아선 그의 심보를…… 나는 이해할 수 있었다. 사람이 다 그런 거니까. 형은 한 여자를 위해 돈 쓰는 재미를 알게 되면서 점점 따뜻하고 부드러운 사람으로 변해갔다. 온유함, 그것이 그에게 일어난 첫번째 변화였다.

결혼을 코앞에 두고 형은 약혼녀의 낭비벽이 심각하다는 사실을 깨달았지만, 이미 온유할 대로 온유해진 그로서는 문제 삼기 곤란한 문제였다. 형은 정신 똑바로 차리고 돈을 더 많이 벌어야 겠다는 각오와 함께 결혼생활을 시작하는 것으로 그 문제를 혼자 해결하고 넘어갔다. 그러나 막상 뚜껑을 열고 보니 그 문제는 정신력으로 해결될 성질의 것이 아니었다. 그녀가 결혼 전에 보여준 씀씀이는 그야말로 맛보기에 불과했던 것. 그녀는 철마다 새로운 가구를 사들이길 원했고, 주말이면 특급 호텔에서 하룻밤을 보내길 원했으며, 이틀이 멀다 하고 동서양을 가리지 않는 코스 요리로 저녁을 때우길 원했다. 너무 많은 것을 원해서 늘 미안한 그녀가 자기 옷을 살 때마다 남편 것도 덤으로 사오는 바람에 옷장이 하나 더 필요하게 된 점은 형도 인정할 만했다. 형은 드레스 룸을 따로 갖춘 집으로 이사함으로써 그 문제를 해결했다. 그 시점에서 그가 모아둔 돈은 바닥났고 형은 생애 최초로 채무자의 지위를 얻게 되었다. 아울러 그에게 일어난 두번째 변화. 그것은 담대함이었다.

돈의 허망함을 절감하고 배짱이 두둑해진 형은 아예 여기저기서 빚을 끌어모아 자기 회사를 차렸다. 집이 넓어진 만큼 더 헤퍼질 아내의 씀씀이를, 온유한 마음만으로는 더이상 감당해낼 수 없다는 판단이기도 했다. 버리지 않고 잘 모아둔 명함들을 밑천 삼아 형은 영업사원처럼 뛰어다녔다. 원래 탁월했던 업무능력에다 유연한 협상력과 대담한 추진력까지 더해 갖춘 그는 주위를 놀라게 하며 일약 사업의 귀재로 인정받는 데 성공했다. 아랫사람이든 협상의 파트너든 처음에 호감이 가는 사람을 조심한다는 철칙도 큰 몫을 했다.

문제는 여전히 그녀였다. 형의 소득이 불어나는 것과 비례해서 그녀의 소비욕구도 갈수록 더 왕성해졌다. 일하는 남편을 생각해서 그녀 혼자 유럽여행을 다녀온 직후, 온유한 그로서는 가슴 아픈 일이지만 형은 담대하게 그녀의 모든 카드 거래를 정지시켰다. 그녀의 대응도 만만치 않았다. 결혼 패물을 몰래 처분한 것은 아주 사소한 경우에 속했다. 그 돈으로 뭐 했는지 궁금해하는 형에게 그녀는 새 반지와 목걸이 세트를 보여줬다. 그녀의 귀여움과 깜찍함이 빛을 발한 순간이었다.

그녀는 여기저기서 빌린 돈으로 탐나는 물건들을 꾸준히 사들였다. 형이 한동안 그 사실을 몰랐던 까닭은 그녀가 그것들을 집 안 구석구석에 감춰놨기 때문이었다. 어느 날 대청소를 하자는 형의 말에 사색이 된 그녀는 자진해서 각종 명품들을 침대 가득 늘어놨다. 형은 그녀가 돈을 꾼 이들에게 일일이 전화를 걸어 다시는 돈을 빌려주지 않겠다는 약속을 받고 빚을 청산했다. 그러나 그녀에게는 그럴 때를 대비해서 숨겨둔 친구가 한 명 남아 있었다. 남편이 걱정하는 쇼핑 중독에서 벗어나기 위해 그녀는 유일한 돈줄인 그 친구의 권유를 받아들여 도박에 몰두하기 시작했다. 그리고 마침내 바라던 대로 쇼핑을 끊을 수 있게 되었다. 나중에는 사채까지 빌려서 판돈을 마련했건만 돈을 딴 날이 단 하루도 없었기 때문이었다.

마지막일지도 모를 형의 변화는 아내의 도박 빚을 갚아준 다음에 찾아왔다. 하루아침에 삶의 의미를 잃어버린 허탈감 속에서도 그녀는 자신을 용서해준 남편에게 보답하고 싶었다. 그러려면 짜릿한 손맛을 잊게 해줄 새로운 자극이 필요했다. 그녀는 밤마다 나이트클럽에서 공짜 술을 얻어먹는 재미에 빠져 그 끊기 어렵다는 도박의 유혹을 이겨냈다. 세상에 공짜는 없음을 아는 그녀이기에 파트너의 유혹까지 매번 물리치기는 힘겨웠지만, 여느 때처럼 웨이터의 안내를 받고 들어간 어느 룸에서 형의 친구를 만나지만 않았다면 별탈 없이 지속될 수 있었을 아까운 생활이었다. 친구의 고자질을 접한 형은, 네 마누라에게 너의 외도를 알리지 않겠다는 말로 친구의 입을 틀어막는 선에서 그 해프닝을 마무리했다. 아직은 형에게 새로운 변화가 일어나기 전이었다.

형의 선처에 감동한 그녀는 깊은 반성과 함께 집에 틀어박혀 지내기로 굳게 결심했다. 갑자기 바뀐 생활 패턴에 적응하기 위해서는 소일거리가 하나쯤은 있어야 했다. 배운 게 도둑질이라고 그녀는 형이 날마다 쥐여주는 용돈으로 여러 종류의 술을 골고루 사다 맛을 보기 시작했다. 술만으로도 배가 부른 그녀는 날이 갈수록 삐쩍삐쩍 말라갔다. 이미 담대할 대로 담대해진 형에게는 보던 중에 가장 안심할 만한 아내의 모습이었다. 어느 날 형도 한잔 걸치고 늦은 밤에 귀가했을 때, 그녀는 침대에 웅크린 채 소주병에 빨대를 꽂아 빨아먹고 있었다. 그녀의 퀭한 눈이 형을 향해 뜻 모를 웃음을 머금은 순간, 그는 가슴속에서 왈칵 치밀어 온몸으로 퍼져가는 낯선 기운을 느꼈다. 그는 부엌에서 빨대를 하나 가지고 돌아와서 아내의 술병에 꽂고 같이 빨기 시작했다.

*

그 변화는 또 뭐라고 불러야 좋을지. 형의 애기를 멋대로 비틀어서 듣고 있던 나는 그 대목에 이르자 더이상 그럴 수가 없었다. 형 말대로 그것은 사랑이었을까. 형은 그녀와 이혼할 생각이라고 했다. 단 그녀가 정상으로 돌아올 때까지 기다렸다가. 그 말이 나에게는 그녀와 헤어질 뜻이 없다는 말로 들렸다. 다시, 그것은 과연 사랑이었을까.

형은 그전까지 아무도 사랑한 적이 없음을 깨달았다고 말했다. 사랑인 줄 모르고 한 사랑은 사랑이 아니었음을. 내가 사랑에 대해 할 수 있는 말은 아무것도 없었다. 빨대로 소주를 마시며 처음으로 사랑을 알았다는 사람 앞에서, 그것이 사랑이라 한들 역시 한순간일 뿐이라는 말을 구태여 하고 싶지는 않았다. 설령 그 사랑이 지속된다 해도 상대는 그녀가 아닐 거라는 말을. 그가 계속 사랑할 수 있다면 그 대상은, 사랑을 알았다고 믿는 자기 자신이 아닐는지. 어쩌면 형은 그저 '사랑'을 사랑하게 된 것인지도 모를 일이었다.

내 생각을 뒷받침해주기라도 하듯, 형은 그날 이후 만난 모든 여자들을 사랑할 수 있게 되었다고 말했다. 그래서 어떤 여자와도 사랑을 나눌 수 없게 되었다는 말이, 그가 자신에 관해 털어놓은 얘기의 마지막이었다. 나는 딱한 사람이 한 명 더 늘었다는 생각에 웃음 대신 가벼운 한숨을 내쉬었다.

형이 자리에서 일어난 것은 새벽 두시가 다 돼서였다. 남편은 조용히 자고 있었다. 바람도 쐴 겸 형을 배웅하고자 엘리베이터를 타고 내려가면서, 나는 그 간단한 높이에 이르기 위해 한두 번은 숨을 고르느라 멈춰서야 했을 희수의 젖은 등을 떠올렸다. 형은 술이 거의 깬 듯한 모습이었고 나도 취기가 많이 가셨다는 느낌이었다. 아파트 현관을 나서자마자 형은 나를 가로막고 말했다. 그만 들어가. 밤공기가 생각보다 차서 안 그래도 그럴 생각이었다. 또 놀러 와. 그냥 해본 말임을 알았는지 형은 다시 못 볼 사람에게 어울릴 인사를 건네왔다. 행복해라. 언젠가 들은 적이 있는 그 말 뒤에 한마디가 더해졌다. 누구하고든. 나는 피식 웃어주는 것으로 대답을 대신하고 돌아서서 빠른 걸음으로 엘리베이터를 향해 다가갔다. 떠나는 형의 뒷모습을 바라보고 있다가는 용케 참아왔던 웃음이 터져나와 곤히 잠든 착한 이웃들을 깨우게 될지도 모른다는 우려 때문이었다.

*

미리 상상해둔 일은 잘 일어나지 않는 법이다. 집으로 올라가는 엘리베이터 안에서 일부러 나는 잠에서 깨어나 소파에 앉아 있는 남편의 모습을 그려봤다. 남편이 계속 잠들어 있기를 바란 것은 그와 마주하고 싶지 않아서라기보다는 그쯤에서 하루가 끝나주기를 원해서였다. 낮잠을 거른 탓인지 눈이 침침하고 머리는 무거웠다. 나는 모처럼 침대에서 편히 잠들고 싶었다. 하지만 원하지 않는 일은 또 무슨 수를 써도 일어나게 되어 있다. 이웃을 사랑하는 마음으로 조용히 집에 돌아온 나를 기다리고 있었던 것은, 술까지 깨버린 듯한 남편의 차가운 미소였다. 그가 소파에 앉아 있지는 않았으니 내 상상은 이래저래 허탕이었다.

텅 빈 소파가 주는 까닭 모를 불안감에 떠밀려 침실 문을 열었더니, 스탠드만 켜놓고 침대에 걸터앉아 꼼짝도 않는 남편의 모습이 눈에 들어왔다. 일어났네? 나는 그가 아무 대꾸도 하지 않기를 바라며 재빨리 돌아섰다. 거실 탁자를 치워야겠다는 생각이 들자, 할 일이 있다는 게 그리도 고마울 수가 없었다. 하지만 역시 일이란 하고 싶을 때만 하라고 있는 게 아니었다. 나랑은 눈도 마주치기 싫은가보네? 남편의 빈정거리는 말투가 나를 돌려세웠다. 나한테도 고맙다는 키스 정도는 해주셔야지. 표정 또한 삐딱하기 그지없었다. 무시하고 자리를 피해야 하나, 그냥 잠자코 들어줘야 하나. 나는 어느 쪽이 더 일찍 잠들 수 있는 길인지 판단을 내려야 했다. 그사이에 남편은 천천히 일어서서 나에게 다가왔다. 좋은 시간들 보냈나 몰라. 진짜 잠들 생각은 없었는데 아깝게 됐군. 둘이 속닥이는 얘기를 다 들었어야 하는데 말이야……

내 앞에 팔짱을 끼고 선 그는 마치 드라마 속의 사악한 인물처럼 말하고 있었다. 나도 별수 없이 연기하듯 입을 앙다문 채, 이물감이 느껴지는 그의 눈을 노려보며 서 있었다. 마침 침대도 새로 꾸며놓고…… 그렇게 뱉어놓고 나서 남편은 느물느물한 표정으로 입술을 달싹거렸다. 이 남자가 도대체 어디까지 갈 작정인가…… 그를 향한 노여움이 치밀다 만 것은 불현듯 희수가 생각난 탓이었다. 통하는 사이라 역시 다르군. 남편은 기어코 어떤 선을 넘어 막 나가기 시작했다. 시간은 충분했을 텐데…… 다음에 이어질 뻔한 말을 기다리며 나는, 내 몫의 연기에 충실하기 위해서는 희수를, 그리고 그를 맞을 준비에 들떠 있던 내 모습을 떠올리지 말아야 한다고 입술을 깨물었다. 어떻게, 한번 하셨나? 내가 깰까봐 조마조마해서 더……

나는 더 참지 못하고, 아니 못 참는 연기에 제대로 몰입한 배우처럼, 있는 힘을 다해 남편의 뺨을 후려쳤다. 잠시 멍해 보이던 그의 얼굴에서 어떤 기운이 슬며시 빠져나가는 것을 나는 보았다. 그 순간 남편이 와락 내 어깨를 붙들어 당기는가 싶더니 순식간에 그의 혀가 내 입 속으로 밀고 들어왔다. 그의 입에서는 아직도 진한 술냄새가 났지만, 뜻밖에도 남편의 키스는 짜릿하고 달콤했다. 희수의 것이라 해도 좋을 만큼. 더 안겨 있고 싶은 마음과는 달리 나는 그의 품을 밀치고 빠져나왔다. 아주 거칠게 느껴지지는 않을 몸짓이었다. 남편의 얼굴은 벌겋게 달아올라 있었지만, 나를 보는 그의 눈빛은 차분했다. 내가 밖에서 잘게. 그 말을 남기고 그는 얌전히 내 앞에서 사라졌다.

남편이 나간 뒤에 나는 그가 그랬던 것처럼 꼼짝 않고 침대에 앉아 있었다. 드디어 잠들 수 있게 됐지만, 누워도 잠이 올 것 같지 않았다. 형은 택시를 금방 잡아탔을까. 콜택시를 불러줄걸 그랬나. 밤마다 형은 어떤 기분으로 집에 들어갈까…… 특별히 형 생각이 났다기보다는 여전히 희수를 떠올리기가 꺼려졌던 게 아닌지. 남편에 대해서는 이상하게 아무런 생각도 들지 않았다.

그러다 갑자기 나는 부엌을 치우고 싶어졌다. 오밤중에 수선을 떠는 건 좀 그런가. 그럼 탁자와 식탁만이라도…… 그런 생각을 하며 나는 거실로 나갔다. 소파에 누운 남편은 눈을 감고 두 팔로 제 어깨를 감싼 채 무릎을 구부린 모습이었다. 탁자 위에 널린 술병이며 컵들을 쟁반에 옮기다 말고, 나는 잠들었는지 알 수 없는 그의 얼굴을 가만히 내려다봤다. 몇 시간 전부터 내내 그렇게 있어온 것처럼 편안해 보이기도 했고, 세상 고민 혼자 다 짊어진 사람처럼 고단해 보이기도 했다. 어떻든 그렇게 아무것도 안 덮고 자다가는 감기 걸리기 딱 좋은 계절인 것만은 분명했다. 한 달 전이었던가. 이 남자도 새벽에 나처럼 이 자리에 서서 소파에 웅크리고 잠든 나를 내려다봤을까. 나는 헌 침구들과 함께 장롱 속에 처박아둔 따사로운 담요를 떠올리고 있었다.

*

비록 순간이기는 했지만 그 늦가을의 새벽에 한 남자를 담요로 덮어주며 맛보았던 느낌을 나는 잊을 수 없다. 그 순간, 뜻밖에도 나는 그가 아직 잠들지 않아서 내 손길을 느끼는 것도 나쁘지 않 겠다는 생각을 했고, 버릇처럼 장연우 너 유치하게 왜 이래? 하며 그런 나 자신을 깔보지도 않았다. 형처럼 마침내 사랑을 알았다는 식으로 그 순간을 부풀릴 생각은 없지만, 나는 그후로도 이따금 찾아오는 그런 순간이, 그전에도 엉덩이를 내놓고 맞이했던 비슷 한 느낌이 무엇을 뜻하는지 알게 된 것 같다. 알지만 말할 수는 없 다는 것. 무슨 대단한 비밀이라서가 아니라, 내가 아는 단어로는 도무지 나타낼 길이 없기에. 그것은 말이 되는 순간 그 말이 뜻하 는 것은 아니게 되어버리는 어떤 것이 아닐지. 그런 것이어야만 하는 게 아닐지.

가끔 나는 그것이, 희수가 어렸을 때 친구에게서 빼앗아버렸다 고 주장하는 그 무엇과 서로 통하는 게 아닐까 생각해본다. 희수 는 친구 얘기를 시작하면서 이미 그게 뭔지 밝히고 넘어갔던 셈이 지만, 그것 또한 그가 말한 단어로 가둘 수 없는 어떤 것이 아니었 을지. 그렇다는 것을 그도 알고 있기에, 알면서도 그게 뭘까 물었 던 게 아니었을까.

*

특별한 순간을 겪는다고 인생이 확 달라지는 것은 아니었다. 인간성도 그대로였다. 남편을 담요로 덮자마자 괜한 짓을 했다는 후회와 함께 다시금 밀려오는 졸음을 참기 어려웠던 나는, 담요를 도로 걷어갈 만큼 심한 후회는 아니어서 탁자 위의 그릇들만 쟁반에 마저 담아 그대로 식탁에 놔두고는 자버렸다.

그즈음의 습관대로 늦잠을 자고 일어나 거실로 나와보니, 잘 개인 담요가 소파 위에 반듯하게 놓여 있었다. 숙취를 풀어줄 국물은 고사하고 계란 프라이 하나 못 먹고 출근한 남편을 잠깐 안쓰러워했던 것도 같고. 그래도 가정은 유지될 수 있다는 안도감에 가슴을 쓸어내리기도 했는지. 더 늘어난 설거짓감을 그대로 둘 수는 없어 겸사겸사 부엌 청소까지 대충 해치운 뒤에, 나는 씻고 운동하고 먹고 낮잠 자고…… 전날 흐트러진 생활의 리듬을 되찾기 위해 고생하며 하루를 보내야 했다.

그날도, 그 다음날도, 또 그 다음날도…… 그러다가 어느새 계절이 바뀌고도 한참이 지나도록 희수는 전화하지 않았다. 나도 마찬가지였다. 단단히 삐친 거라고 짐작하면서도 결국 그에게 첫 전화를 걸지 못한 채 전화가 걸려오기를 기다리고만 있었다. 그렇게 나는 변한 것 없이 그대로였다. 보고 싶지만 참을 수 있는 상태로 돌아와 있었고, 그가 들려주다 만 우리 얘기의 나머지를 알고 싶은 마음도 많이 누그러져 있었다.

해가 바뀌고 겨울이 깊어가던 어느 날, 나는 희수도 나처럼 연락을 참고 있는 거라는 생각을 버리기로 했다. 이런 식으로 결별을 고하는구나. 자기가 연락 안 하면 그걸로 끝임을 알고 있는 사람이 구태여 전화해서 우리 그만 끝내자고 촌스럽게 굴 필요는 없음을 나는 순순히 인정하기로 했다. 어차피 어떤 쪽으로든 관계를 확실히 해야 할 때가 되기도 했다는 생각. 확실하게 만나든가 깨끗이 헤어지든가. 그런 문제는 의논해서 결정할 성질의 것이 아니었다. 아무 말 없이도 용감하게 붙어 지내거나, 서로 할말이 없게 될 때 말없이 갈라서거나. 혹은, 만남은 둘이 통해야 가능하지만 헤어짐은 혼자만의 결심으로도 충분한 것. 어쩌면 그새 희수에게 다른 여자가 생겼는지도 모르지. 편하게 만날 수 있고, 전화로 애교도 부릴 줄 아는…… 그런 생각을 하면서도 나는 그다지 우울하지 않았다. 다만 내가 뱉은 몇 마디 말 때문에 그가 나를 떠난 걸까 생각하면 가슴에 금이 가는 것 같을 뿐이었다. 또는 그게 뭐 그리도 마음 상할 말이냐고, 듣지 못하는 옹졸한 희수에게 따져낼 뿐이었다.

그러는 동안 남편과 나는 대체로 무난한 사이가 되어 있었다. 남들이 그런대로 정상적인 부부라고 봐줄 만한 사이. 남편이 뺨 한 대 얻어맞고 정신차려 딴사람이 됐다거나 담요 한 장으로 아내의 사랑을 확인하고 모든 의심을 접었다는 식의 억지를 부릴 생각은 없지만, 어쨌든 그날 이후 그의 뭉치고 꼬인 마음이 서서히 풀려갔던 것만은 분명했다. 그러다가 어느 날 밤 그가 다시 내게로 다가왔고, 그를 받아들여서는 안 될 이유 따위는 내게 있을 수 없었다.

나는 다시 남편의 아침식사를 챙겨주기 시작했고, 가끔은 저녁에도 그와 식탁에 마주 앉는 날을 맞기도 했다. 예전처럼 살림에 정신을 쏟게 되지는 않았지만 적어도 싱크대에 그릇들이 쌓이게 놔두지는 않으며. 남편도 나에게 보조를 맞추듯 웬만하면 집에서는 회사 일을 하지 않으려 했다. 자연스레 둘이 마주 보거나 나란히 앉아 있는 시간이 늘어났고, 그와 나는 적당한 거리를 유지하다가 필요할 때 적절한 관계를 갖기도 하며 애초에 내가 원했던 방식의 결혼생활을 성공적으로 꾸려가고 있었다.

남편이 자신의 열등감을 어떻게 다스리고 있는지는 알 수 없었다. 아마도 회사간의 제휴가 틀어져서 형을 볼 일이 없어진 게 많은 도움이 되지 않았을까 짐작해볼 뿐이었다. 그 소식을 끝으로 남편은 더이상 형에 관한 얘기를 꺼내지 않았다. 따로 형을 만나는 것 같지도 않았고, 형과 내가 만난다는 의심을 계속 품고 있는 눈치도 아니었다. 모르긴 해도 내가 희수 곁에서 밤을 보내고 싶은 욕구를 참고 자정을 넘겨서 들어왔던 날, 남편의 의심은 몇 배로 커졌던 게 아니었을지. 내가 희수를 만나지 않으면, 남편은 형을 의심하지 않는다…… 그런 생각을 하며 나는 혼자 웃기도 했다.

장을 볼 때와 운동할 때 말고 내가 머문 곳은 언제나 집이었다. 움직이는 길이나 달리는 기계 위에서 잠깐씩 희수 생각에 잠길 때도 있었지만, 그 겨울이 가기 전에 그를 다시 보게 될 줄은 꿈에도 모르고 살았던 날들이었다.

*

산다는 것. 어떤 수식어로도 치장할 수 없는 시간의 완고한 흐름. 혹은 위태로운 질주. 그 단단하면서도 허술한 세월의 의미에 대해 무슨 말이든 해보라고 재촉하는 내 안의 소리가 있다. 그 소리가 들려올 때마다 나는 어쩔 수 없이, 도둑처럼 찾아왔던 어떤 순간들을 기억으로 되살려낸다. 그것이 답이 될 수야 없겠지만, 세월이 흘러 어슴푸레해진 기억 속의 느낌만으로도, 심술인지 투정인지 모를 내 안의 시끄러움을 어지간히 달랠 수는 있다는 것. 그것으로 당분간은 조용히 버틸 수가 있다는 것.

그러면서 나를 스쳐간 또하나의 느낌. 어쩌면 오래 전부터 나는 그런 순간들을 수없이 거쳐왔던 게 아닐까. 소란스런 야구장에서, 한적한 국도에서, 호텔 로비에 앉았을 때나, 아파트 베란다로 나서다 문득…… 그럴 때마다 습관처럼 내 엷은 가슴을 매만지며 똑같은 표정으로 겪어냈던 게 아닐까. 아주 드물게 그 느낌은 평온함에 가까웠지만, 그럴 때라도 그 속에는 가슴 뛰는 설렘 같은 게 스며 있었고, 때론 숨이 멎을 듯한 아찔함으로 다가오기도 했던…… 그러나 역시 어떤 표현으로도 붙잡을 수는 없는. 그러므로 말할 수 없는 그 느낌에 대해 말할 수 있는 유일한 길은, 내게 왔다 간 그 순간들을 하나하나 보여주는 게 아닐지.

*

희수를 마지막으로 만난 곳은 친구 남편의 장례식장이었다. 마지막이라니. 상대가 지구상의 어딘가에 살아 있는 한 그것은 설부른 짐작일 수밖에 없다. 기껏해야 단호한 의지의 표현이든가. 내가 알기로 희수는 아직 죽지 않았고 뭐에 관해서든 굳게 다짐하는 따위는 내게 있을 수 없으므로, 희수를 마지막으로 만났다는 말은 그날 이후 지금껏 그를 본 적이 없다는 단순한 사실의 표현일 뿐이다.

그날 나는 한 친구가 나머지 친구들에게 보낸 문자 메시지를 보고 한 남자의 죽음을 알았다. 그 메시지는 아파트 게시판에 붙어 있는 반상회 공고보다 건조했다. 심장마비. 어떤 죽음이든 심장이 멎는 순간 찾아오는 게 아닌가. 죽은 이의 나이와 아이들을 부둥켜안은 친구의 모습을 떠올리고서야 나는 눈시울을 살짝 적실 수 있었다. 하기는 당사자가 울먹이는 목소리로 전했다 해도 내 기분이 크게 다르지는 않았을 것이다. 친구의 남편이나 아내가 죽었다는 이유로 넋을 잃고 통곡할 사람은 없을 테니.

약간의 허망함과 미안하지 않을 만큼의 안타까움 뒤에, 나는 희수가 그 소식을 듣고 어떤 표정을 지었을까 생각했다. 죽은 친구와 아주 친한 사이는 아니기를 바랐는지도. 전화로라도 먼저 친구를 위로해줘야 하는 게 아닌가 생각하다가 나는 또 희수를 떠올렸다. 그의 목소리를 듣고 싶어 참기 힘든 상태가 되어보기도 오랜만이었다. 나는 친구와의 통화 또한 부질없다는 생각으로 휴대폰을 내려놓고 몸을 놀리기 시작했다. 남편이 출근한 직후라서 여기저기 치울 게 많았다.

문상을 가기 전까지 나는 여느 때와 별로 다르지 않은 시간을 보냈다. 낮잠까지 자게 되지는 않았지만 운동을 거르고 싶지 않아서 헬스클럽에도 다녀왔다. 그즈음 나는 군살이 사라져가는 내 몸을 거울에 비춰보는 낙으로 살고 있었다. 건강한 정신이야 깃들든 말든, 건강한 몸을 만드는 것은 매력적인 일이었다. 내가 잘할 수 있다고 여긴 몇 가지 것들 중에서 유일하게 흐지부지되지 않고 살아남은…… 나의 일. 그것은 내 몸의 모든 인대와 근육과 관절 그리고 하나뿐인 심장에 가하는 자발적인 고문이었다. 나는 왜 사람들이 자기 일을 해나가기 위해 고통을 참아내는지 조금은 알 것 같았다. 왜 그렇게들 스스로를 괴롭히며 살고 있는지.

운동을 마치고 동네 김밥집에서 점심을 먹고 있는데 전화가 걸려왔다. 남편이었다. 오랜만에 밖에서 저녁도 먹고 영화도 보자는 용건이었다. 다른 친구의 남편이 죽었으면 시간 맞춰 문상을 하고 남편을 만나러 가지 않았을지. 나는 남편에게서 돌잔치의 기억까지 끄집어내며 저녁에 시간이 안 나는 까닭을 전했다. 희수가 나 때문에 친구 장례식에 안 오지는 않을 거라 믿고 있는 내 속마음을 그때 알았다. 그리고 잠깐 대화가 끊겼을 때, 남편과 나는 함께 형을 떠올렸던 게 아니었을지. 나도 갈까? 그렇게 묻는 남편에게 아니라고, 혼자 갈 테니 오지 말라고 할 수는 없는 일이었다.

통화를 끝낸 뒤에 나는 언제 집을 나서는 게 좋을지 따져봤다. 형을 생각하면 남편보다 조금이라도 늦는 게 좋고, 희수를 생각하면 남편보다 이를수록 좋은 셈인가. 이럴까 저럴까 망설여지는 생각과는 달리, 내 손은 남은 김밥을 부리나케 입 속으로 집어넣고 있었다. 몸의 성화를 못 이기는 척, 나는 장례식장에 어울릴 만한 겨울옷을 꼽아보기 시작했다.

옷을 고르고 화장하는 데 제법 시간이 걸린 탓일까. 내 깐에는 서둘러 나왔는데도 병원에 도착했을 때는 해가 많이 기울어 있었다. 그래도 퇴근 때가 되려면 한두 시간 남아 있어서 장례식장 로비는 아직 한산했다. 꼭 그래서만 아니라 결혼식이나 돌잔치보다는 장례식 분위기가 역시 편하고 좋았다. 나는 문상 온 손님들이 앉아 있을 접객실의 입구 쪽을 애써 외면하고 발길을 빈소로 향했다. 표정만큼 침통하지는 못한 심정으로, 국화송이를 바치고 향도 피우고…… 영정 속의 젊은 남자는 자신이 죽은 줄도 모르고 환한 미소를 짓고 있었다.

친구는 비교적 담담한 표정으로 내 손을 맞잡았다. 이미 많은 눈물을 쏟은 뒤거나, 앞으로 남은 몇 차례의 통곡을 위해 눈물을 아껴두고 있는지도 몰랐다. 남편 잃은 여자의 마음을 알 도리 없는 내가 건넬 수 있는 신통한 위로의 말은 없었다. 설령 같은 경험을 한 처지였다고 해도 마찬가지가 아니었을지. 애들은? 다른 친구들은? 그저 나는 몰라도 되거나 알아도 그만인 것들을 몇 가지 물어봤을 뿐이었다. 우리 애들은 벌써 많이 다녀갔다는 말에 하마터면 애들은 친정에 맡겨놨다며? 하는 농담을 할 뻔도 했다. 형도 점심때 왔다가 바쁜지 금방 갔다는 말에는 안심이 되기도 하고 조금 서운하기도 했다.

빈소에서 따라 나오려는 친구를 말리고 신발을 신는 내 동작이 스스로도 좀 부자연스럽다는 느낌이었고, 방명록에 적힌 맨 끝 이름을 보고는 그 느낌이 좀더 심해졌던 것 같다. 자기 손가락만큼이나 가지런한 희수의 글씨 곁에 씌어지는 내 이름은 매끄럽지 못했다. 접객실 입구에서 신발을 벗기 전에 나는 실내를 한 바퀴 둘러봤다. 노인들만 드문드문 앉아 있는 넓은 방 구석에서 희수는 혼자 소주를 마시고 있었다.

안 올지도 모른다고 생각했어. 희수가 꺼낸 첫마디였다. 왜? 내 친구가 죽은 게 아니라서? 하고 싶은 말은 속에 담아두고 후회할 말만 골라서 지껄이는 내 고약한 버릇은 여전했다. 희수는 그러려니 하는 표정으로 술잔을 기울였다. 안 오기를 바란 건 아니야? 또다시 불쑥 튀어나온 말은 아니었지만 해놓고 마땅치 않기는 마찬가지였다. 네 마음이 그럴 것 같아 올까 말까 망설이기는 했어. 나는 그 말에 담긴 희수의 마음을 정확히 알아차리기 어려웠다. 상대가 누구냐에 따라 기억의 밀도가 달라진다는 거…… 참 희한하지? 당연한가? 느닷없이 딴 얘기를 꺼내는 희수의 버릇도 여전했지만, 앞에 한 말보다는 그래도 알아듣기 쉬운 말이었다. 누군가 내게 특별한 사람이라는 증거는 그것뿐인 것 같아. 얼마나 많이, 자세히 기억나느냐…… 널 기다리면서 그런 생각을 했어. 나는 남편이 오기 전에 술을 마시지는 말아야겠다는 생각을 하면서도 포개놓은 종이잔을 뽑으려고 손을 뻗었다.

소주를 조금씩 마시며 기다렸지만 희수의 목소리는 더 들려오지 않았다. 전화기 바꿨네? 왜 전화하지 않았냐는 말을 하고 싶었을까. 나는 아까부터 처음 본다 싶은 그의 휴대폰을 눈으로 가리키며 물었다. 강물에 빠뜨려서…… 희수 특유의 쓸쓸한 표정과 함께 나온 말이었다. 다리 위를 걷고 있었는데…… 많이 취했었거든. 난간에 기대서 강물을 내려다보니까 기분이 좋아지데. 괜히 전화가 하고 싶어져서…… 주머니에서 꺼내다가 놓쳤어. 나는 그날이 언제인지, 누구에게 전화하려 했는지 묻지 않았다. 전화기야 이렇게 바꾸면 그만인데…… 그 많은 전화번호들이 다 물 속에 잠겨버렸어. 건네지도 않은 물음에 대한 답을 듣게 된 셈이었다.

단축키만 외우고 있지 네 전화번호를 내가 기억 못 하는 거야. 희수는 기억에 대해 다시 말하기 시작했다.

다 기억하는 줄 알았는데…… 정말 다 기억나거든. 네가 했던 말, 지었던 표정, 옷차림과 머리 모양, 네 살결이며 숨소리까지…… 소리를 죽인 그의 말이 속삭이듯 들려오고 있었다. 한순간도 빠뜨리지 않고 되살릴 수 있어. 야구를 집중해서 보면 복기가 가능한 것처럼. 나는 빨리 봄이 와서 희수와 함께 야구장에 갈 수 있으면 좋겠다는 생각을 했다. 하루를 돌아보려면 하루가 걸릴 거야. 하지만 우리에겐 아직 완전한 하루가 없었다. 스물네 시간을 꼬박 이 남자와 뒹굴며 또 옛날을 돌아볼 수는 없을까. 나중에 하루 종일 돌아볼 수 있는 그런 하루를 만들 날이 있을까.

그런데 네 전화번호를 내가 기억 못 하는 거야. 내가 알기로 희수는 같은 말을 되풀이하기 싫어하는 사람이었다. 막상 번호를 누르려니까…… 숫자들이 뒤엉키다가 흩어져버리는 느낌이었어. 내 번호를 기억해내려 애쓴 그의 마음과 그의 번호를 외우지 않으려 애쓴 내 마음은 같은 것이었을지. 네 전화를 기다렸는데…… 그전에도 늘 기다렸지. 하지만…… 안 오면 내가 걸지 뭐, 하는 마음으로 기다리는 거하고는…… 희수는 말 대신 머리를 설레설레 흔들었다. 집으로 찾아갈 생각도 했어. 나도 그런 꿈을 꾼 적이 있었다. 전화도 없이 희수가 집으로 찾아와서, 벌거벗은 채 껴안고 침대에서 잠들었다가, 눈을 떠보니 남편과 형이 함께 내려다보고 있는…… 그런데 그런 마음을 참기 힘들 때는 왜 꼭·한밤중이니. 아침에 일어나면…… 그쯤에서 희수의 말을 막았어야 했던 게 아닐지. 들어서는 안 될 내용이 이어져서가 아니라, 나에게도 말할 시간이 필요했을 테니. 시간이 충분한지 아닌지는 지나봐야 알 수 있다는 것을 나는 잊고 있었다.

어느 날 희수는 우리 사이가 거기까지라는 생각이 들었다고 했다. 내가 전화하지도, 자신이 나를 찾아가지도 않을 것임을 알았다고 했다. 내 전화번호를 알아내려 하지도 않고 무작정 기다리며 애태우는 척했을 뿐이었다고. 집으로 편지를 보내지 못하는 것도, 메일 주소를 물어보지 않은 것도, 다 우리 사이가 그 정도라는 증거가 아니겠느냐…… 그저 이런 데서 잠깐 마주 보고 있다가 기약 없이 헤어지는 정도가 딱 맞는 사이라는 생각은 그날 아침에 들었다고 했다. 그래서 날 볼 수 있다는 확신도 없이 죽치고 앉아 있을 생각이었다고. 마지막으로 얼굴이나 한번 보게…… 그 말을 되씹고 있는 나에게 희수가 건넨 마지막 말은…… 검정색도 잘 어울리네. 그 말을 마지막으로 희수가 입을 다문 것은, 내 집 거실 벽에 걸린 액자 속의 남자가 우리를 향해 다가오고 있었기 때문이었다.

남편이 그렇게 일찍 오지 않았다면, 혹은 그럴 줄 알고 내가 서둘렀다면 희수에게 무슨 말을 했을까. 난 너한테 다른 여자가 생긴 줄 알았어. 그랬을까? 그런 뒤에 언젠가 희수가 그랬던 것처럼 그의 새 전화기에 내 번호를 새겨넣고 또 이렇게 말했을까. 우리 이제 문자 메시지도 주고받고 메일 주소도 서로 알고 지내. 아니면…… 네 말이 맞아. 우리처럼 소심하고 불성실한 불륜 커플이 어디 있겠니. 그러면서 깨끗하게 손 털고 일어났을까. 분명한 것은……

희수 얘기를 들으며 내 마음은 점점 혼란스러워졌다. 이전보다 더욱 그를 좋아하게 된 것 같았고, 이전과는 다르게 만날 수도 있을 것 같았고, 동시에 이전처럼 만나기도 어려워지고 만 것 같았다. 그랬을 때 그가 말한 마지막이라는 단어가, 그날 아침까지만 해도 무사히 적응해왔던 바로 그 상태를 세차게 흔들어대는 느낌이었다. 그 모든 혼란과 위태로움을 잠재우기 위해, 남편이 예정보다 서둘러 등장한 것인지도 모를 일이었다.

다행히 내가 웬 남자와 마주 앉은 게 수상해 보이지 않을 만큼은 자리가 차 있었다. 그 남자가 형이 아니라는 것은 남편에게 다행스러운 점이 아니었을지. 당신 벌써 와 있네? 어쩐지 일찍 빠져나오고 싶더라니. 남들에게는 부부애를 과시하는 것처럼 들릴 말과 함께 그는 내 옆에 앉았다. 두 남자가 마주칠 상황으로 떠올려본 여러 장면 중의 하나였으므로 그다지 당황스러울 것은 없었다. 침착하게 희수를 소개하고…… 남편을 소개할 때 얼굴이 좀 화끈거렸던가.

예기치 못한 만남을 희수는 술기운에 힘입어 자연스럽게 받아들이는 듯 보였다. 맞잡은 두 남자의 손이 선명하게 대비되는 느낌이었지만, 상대의 손가락이 희고 예쁘게 생겼다는 이유로 열등감을 느낄 남편은 아니었다. 빈소는 들렀어요? 왠지 희수 앞에서 남편에게 반말을 하기는 싫었나보다. 응. 부조는 당신이 했지? 남편은 지갑을 꺼내면서 시원스레 말했다. 희수에게 말할 수 있는 시간이 다시는 오지 않을지도 모른다는 생각에, 나는 아무 대꾸도 하지 못했다.

받기만 하고 드릴 게 없네요. 남편이 건넨 명함을 집어넣으며 희수가 말했다. 역시 그답게 새 일자리를 구하는 중일 거라고 나는 짐작했다. 무슨 일을 하시는데요? 세상에 일하지 않는 사람은 있을 수 없다는 듯한 남편의 질문이었다. 뭐 이것저것 하다가 지금은…… 희수는 나와 눈을 맞추더니 얼른 시선을 거두고서 말을 이어갔다. 곧 여기를 뜨게 될 겁니다. 그것이 나에게 하는 말임을 내가 모를 수는 없었다. 외국에 사는 친지가 일을 좀 도와달라고 해서…… 그 나라가 어딘지 남편이 대신 물어봐주기를 나는 바랐을까. 남편 몫의 음식이 날라져오는 바람에 희수는 입을 다물었다.

육개장에 밥을 말면서 남편은 입구 쪽을 몇 번 돌아봤다. 나 이거 먹고 일어나도 되지? 먼저 가겠다는 말로 오해할 틈도 없이 그의 말은 이어졌다. 당신 친구들도 안 보이는데 오래 있을 거 없잖아. 나는 남편에게 그럴 거 없다고, 형은 이미 다녀갔다고 말해주고 싶었다.

　희수에게 자기 일을 설명하느라 숟가락을 천천히 놀리는 남편이 그나마 기특해 보였던가. 그 얘기를 흘려들으며 나는 무슨 생각을 했는지. 언젠가 희수가 말했던, 이름은 기억나지 않는 남태평양의 작은 섬 해변에 나란히 누워 있는 우리 모습을 그려보기도 했던 것 같고. 나는 기억에 대한 그의 얘기를 되새기며 말없이 희수에게 이런 말을 건네고 있었다. 그래, 네 말대로 우리 사이는 여기까지, 이 정도가 맞나봐. 우리에겐 서로 치가 떨릴 기억 같은 건 없지. 그렇잖아? 서로 못 잡아먹어서 으르렁댄 기억도, 서로의 가슴을 후벼파는 칼날 같은 말이 오간 기억도…… 슬픔도 노여움도 억울함도, 그 어떤 아물지 못할 상처도 없는 사이지. 다행이지 않니? 아프지 않고 실컷 서로를 기억할 수 있다는 게……

　점점 비어가는 남편의 그릇을 지켜보다가, 나는 한쪽 다리가 저려서 상 아래로 발을 뻗었다. 희수도 같이 움직이는가 했는데 둘의 발끝이 마주 닿았다. 내 발은 그의 발이 거두어지게 놔두지 않았다. 나는 발끝에 힘을 준 채 조금 물러앉아 뒤꿈치로 그의 발바닥을 살며시 눌렀다. 희수도 더는 피하지 않았다. 창백한 그의 얼굴에 술기운이 아닌 홍조가 살짝 비치는 것을 나는 보았다. 남편은 그릇째 국물을 마시는 중이었다. 이대로 방 안의 모든 움직임이 멈출 수는 없을까. 그런 생각이 가시기도 전에 남편은 그릇을 내려놨다. 좀 있으면 자리에서 일어나야겠지. 내 발이 고분고분 말을 들으려나. 그때 남편이 내 쪽을 향해 말했다. 죄송하지만 국물 좀 더…… 쟁반을 든 젊은 여자가 내 옆으로 바삐 지나갔다. 희수는 몽롱한 눈빛으로 딴 곳을 쳐다보고 있었다. 나는 그의 하얀 손도 미끈한 등도 아닌 양말에 싸인 발바닥을 가만히 느끼면서, 그 느낌을 오래오래 잊지 못할 기억으로 내 발바닥에 새기면서, 한 남자가 육개장 국물을 시키고 또 시켜서 하염없이 마시는 모습을 그려보고 있었다.

연극이 끝나고 난 뒤

신형철(문학평론가)

이 소설을 90년대의 불륜서사와 2000년대의 연애서사 '이후'의 소설이라 불러도 좋을 것이다. 이곳은 탈주자의 격정도 냉소자의 품위도 없는 세계다. 사막과 권태의 시대를 사는 우리의 초상이 여기에 있다. 이곳에서 우리는 누구인가? 가면을 쓴 배우일 뿐이다. 유토피아와 사랑이 없음을 알지만 모른 척하면서, 인생에는 생을 걸어 추구할 만한 그 어떤 의미가 있다고 믿는 척하면서, 우리는 삶을 연기한다. 가면이 흘러내릴 때 우리는 황폐한 맨얼굴 앞에서 전율하지만, 이내 또다른 가면을 뒤집어쓰고 다시 무대에 오른다. 이 소설에서 '불륜'이라는 소재는 방편일 뿐 작가가 붙들고 있는 궁극의 한 단어는 '가면'인 듯해서 하는 말이다. 작가가 쓴 것은 불륜서사도 연애서사도 아니다. 흘러내리는 가면 앞에서 어찌할 바를 모르는 삶에 바치는 비가(悲歌)다.

"진실, 쓰라린 진실"
—당통

1. 결혼식과 장례식

이 소설은 결혼식에서 시작하여 장례식에서 끝난다. 누군가의 결혼식에서 처음 만난 두 남녀가 바로 그 누군가의 장례식에서 결별하는 이야기라고, 일난은 그렇게 정리할 수 있다. 연우가 "희수를 처음 본 것은 친구의 결혼식에서였다".(11쪽) 그리고 "희수를 마지막으로 만난 곳은 친구 남편의 장례식장이었다".(199쪽) 이 두 의식(儀式) 사이에, 세상에서 흔히 '불륜(不倫)'이라 부르는, 한 여자 연우와 한 남자 희수의 사랑이 있다. 이야기는 이렇다. 연우의 첫번째 남자는 '형'이었다. 지금 연우는 '형'의 변심 덕분에 그와의 답답한 관계를 본의 아니게 청산하게 되었고, 다른 남자를 만나 결혼에 안착한 터다. 그런 그녀에게 또다른 남자 '희수'가 나타나면서 이야기는 시작된다. 연우와 희수의 위태로운 만남이 이 소설의 본류를 이루며 흘러가는 가운데, 이 '불륜'을 둘러싸고, 과거의 '형'과 지금의 '남편'이 맞물려 만드는 와류(渦流)가 이 소설의 지류를 이루며 흘러간다. 세 남자와 한 여자의 이야기라고, 다시 정리할 수 있다.

얼핏 이 소설은 90년대 중반 이후 쏟아져나온 불륜서사의 한 변종으로 보인다. 불륜서사란 무엇인가. '불륜'이라는 명칭에는 기묘한 데가 있다. 이 사회에서 우리가 저지를 수 있는 비윤리적인 행위는 365가지가 넘는다. 그러나 그 어떤 행위도 '불륜'이라는 말을 제 자신의 고유명으로 갖지 못한다. 예컨대 '강도'나 '살인' 등의 명칭은 그 명칭이 지칭하고 있는 행위를 '설명'하고 있지만 '불륜'이라는 명칭은 그 행위를 설명하지 않고 곧장 '평가'한다. 행위 일반의 도덕적 가치를 평가하는 보통명사가 특정 행위를 지칭하는 고유명사로 정착된 사례다. 그러니 불륜에 대해 말하는 일은 곧 '윤리 일반'에 관해 말하는 일이다. 그것은 윤리의 중핵을 건드리면서 그 조건과 한계를 단숨에 성찰하게 한다. 불륜이 매력적인 소재인 것은 그 때문이다. 뛰어난 불륜서사는 가장 윤리적인 사회가 가장 병리적인 사회이고 가장 윤리적인 인간이 가장 허위적인 인간이라는 결론으로 주저 없이 돌진해들어간다.

그래서 저 90년대 중반 이후의 불륜서사들을 감싸고 있는 것은 격정의 파토스다. 뛰어난 불륜서사들의 근원 충동 역시 "개인의 진실을 정직하게 추구하려는 노력, 그리고 그 진실에 적합한 언어를 찾아내려는 노력"(황종연, 「이졸데의 손녀들, 그들의 불륜과 소설」, 『비루한 것들의 카니발』, 문학동네, 2001)이다. 그래서 그것들은 "일상에 매몰된 존재의 고통을 폭로하고 삶에 내재하는 부정과 초월의 가능성을 위해 고민"(황종연, 같은 글)하는 데 몰두했던 90년대 소설의 격류에 합류할 수 있었다. 흔히 범례로 거론되는 전경린의 소설들이 잘 보여주듯 격전의 현장에서 여성 주체들은 격정적이었고 그 격정은 패배할수록 더 강렬한 파토스를 산출하였다. 지금 문제가 되고 있는 이 소설 또한 불륜을 다루고 있지만 이 소설에는 격정의 파토스가 없다. 십 년이라는 시간이 불륜의 불온성과 전복성을 탈진시켜버린 탓이다. 불온성과 전복성이 빠져나간 자리에 남은 것은 자욱한 권태다. 그래서 이 소설은 불륜서사의 변종이라기보다는 별종이며, 90년대식 불륜서사의 시효가 소멸되었음을 고시하기 위해 도착한 작품이다.

그렇다면 이 소설을 2000년대 이후 남성작가들이 써내고 있는 (90년대 불륜서사와는 다른) 연애서사의 계보에 속한다고 할 수 있을까? 그렇지도 않은 것 같다. 이만교의 『결혼은 미친 짓이다』(민음사, 2000)를 시작으로 김연수의 『사랑이라니, 선영아』(작가정신, 2003)와 박현욱의 『아내가 결혼했다』(문이당, 2006) 등의 소설이 연이어 발표되었고, 이 소설들은 90년대의 불륜서사와는 다

른 톤으로 이데올로기와 제도에 시비를 걸었다. '낭만적 사랑'이
라는 이데올로기의 허위와 '결혼이라는 제도'의 타성적 폐해를
직시한다는 점에서 90년대 불륜서사의 계보를 잇지만, 그 직시의
톤은 격정적이기보다는 냉소적이다. 왜 그런가? 비극적 불륜서사
의 격정을 냉각시키면서 연애서사의 새로운 지평을 열었던 은희
경의 훈수(訓手)가 한몫한 탓도 있고, 시스템 자체의 성별이 남자
인 탓에 남자들의 뒤늦은 분발이 별다른 기회비용을 지불할 필요
가 없었던 탓이기도 할 것이다. 여하튼 남자들이 철이 든다는 것
은 좋은 일이다. 이데올로기를 해체하는 상큼한 관념의 곡예, 제
도를 냉소하는 데 거리낌이 없는 화이트컬러의 유머가 이들의 무
기다. 한때 밀란 쿤데라를 읽었고 지금 알랭 드 보통을 읽고 있는
독자에게 그들의 소설은 즐거웠을 것이다. 해체하고 냉소하는 주
체의 자리에 설 때 당신은 최소한의 품위를 유지할 수 있으니 말
이다. 적어도 저 소설들을 읽고 있는 동안의 당신은 이전투구하는
진흙탕 속의 갑남을녀가 아니니까.

그러나 이해경의 소설에서는 상큼한 관념의 곡예도 유쾌한 냉
소적 유머도 찾기 어렵다. 왜일까? 격정을 긍정하는 탈주자가 될
용기도 없고 품위 있는 냉소자가 될 만큼 강하지도 않은 우리 갑
남을녀들의 진창으로 그가 기꺼이 하강하였기 때문이다. 우리 시
대의 심성구조에 더 밀착하였기 때문이라 말해도 좋다. 우리 시대
의 심성구조란 무엇인가, 혹은 우리는 어떻게 오늘의 우리가 된

것인가. 80년대에 우리는 유토피아를 꿈꾸느라 사랑 따위는 잊고 살았다. 그러나 유토피아의 꿈은 몰락했고 우리는 기댈 헛것을 잃어버렸다. 그러나 인간은 헛것 없이 살 수 없다. 90년대가 되었고, 이제 사랑이라는 헛것이 새삼 절실해졌을 것이다. 그러나 사랑이라는 이 수상쩍은 헛것에 대해서도 우리는 의심하기 시작했다. 낭만적 사랑이 '낭만적 거짓'일 뿐이라는 '소설적 진실'을 천명하는 소설들이 씌어지기 시작했다. 급기야 유토피아도 사랑도 모두 헛것임을 깨달은 우리 시대의 적막강산, 이제 우리는 무엇에 기대야 하나. 삶은 사막이 되었고 열정은 권태가 되었는데. (그래서 젊은 세대들은 연애소설을 쓰지 않거나 쓰지 못한다. 간혹 씌어지는 연애서사들은 지리멸렬하다.)

이런 맥락에서 이 소설을 90년대의 불륜서사와 2000년대의 연애서사 '이후'의 소설이라 불러도 좋을 것이다. 이곳은 탈주자의 격정도 냉소자의 품위도 없는 세계다. 사막과 권태의 시대를 사는 우리의 초상이 여기에 있나. 이곳에서 우리는 누구인가? 가면을 쓴 배우일 뿐이다. 유토피아와 사랑이 없음을 알지만 모른 척하면서, 인생에는 생을 걸어 추구할 만한 그 어떤 의미가 있다고 믿는 척하면서, 우리는 삶을 연기한다. 가면이 흘러내릴 때 우리는 황폐한 맨얼굴 앞에서 전율하지만, 이내 또다른 가면을 뒤집어쓰고 다시 무대에 오른다. 이 소설에서 '불륜'이라는 소재는 방편일 뿐 작가가 붙들고 있는 궁극의 한 단어는 '가면'인 듯해서 하는 말이다. 작가가 쓴 것은 불륜서사도 연애서사도 아니다. 흘러내리는 가면 앞에서 어찌할 바를 모르는 네 삶에 바치는 비가(悲歌)다. 그러니 이 소설이 왜 결혼식으로 열리고 장례식으로 닫히는지 우리는 이해할 수 있다. 결혼식과 장례식이 아니라면, 삶이 연극이라는 사실을 그처럼 음험하게 암시하는 제의가 달리 또 있는가. 결혼식과 장례식 사이에서 펼쳐지는 네 배우의 이야기를 읽는다.

2. 남자들이란 참 웃기는 동물이야

세 남자가 있다. 이를테면 야구에 대한 세 남자의 견해는 이렇게 다르다. '형'은 "할 일 없는 사람들이나 야구장에 가는 것으로 알고 있는 사람"(31쪽)이다. 그러니 연우가 형을 "견딜 만한 직장"(30쪽)에 비유하고 그런 형과의 연애가 "형보다 앞서지 않는 자세를 익히려고 노력"(29쪽)하는 지루한 과정에 불과했다고 말하는 까닭을 알겠다. 반면 '남편'은 이런 식으로 말하는 사람이다. "제가 왜 야구를 좋아하는지 아세요? 야구는 인생의 축소판이거든요. 야구를 보면 인생이 보이죠."(23쪽) 이 고리타분함이라니. 그러나 그는 착한 사람이다. 연우가 남편을 사랑하려 노력했던 까닭도 이해할 만하다. 그럼 희수는? "전 그 순간이 너무 좋아요. (……) 최대한 릴렉스…… 그러다가 한순간 집중력을 최고로 끌어올려……"(23쪽) 이를테면 희수는 자신이 좋아하는 것에 대해 명료하게 설명할 줄 아는 그런 남자다. 연우가 만약 누군가를 사랑할 수 있다면 그것은 희수일 수밖에 없다. 이것은 '야구 관람 성향으로 분류해본 남자들의 유형학―성공한 마초, 지루한 성실남, 무능력한 매력남' 정도가 되지 않겠는가. 그러나 세 남자는 모두 제각각의 결락을 품고 있어서 그들의 삶은 목하 아슬아슬하다. 이 세 사람 덕분에 연우는 "가면의 생"(159쪽)에 대해, 더 구체적으로는 남자들의 가면에 대해 성찰하기 시작한다.

형의 이야기. 연우의 첫번째 남자였던 형은 어느 날 다른 여자가 생겼다는 말을 남기고 연우를 떠난다. 물론 연우 대신 선택한 그 신부에게 쇼핑 중독이라 해도 좋을 만큼의 낭비벽이 있다는 것을 그는 몰랐다. 형의 '당근과 채찍'이 무색하게도, 그녀는 쇼핑 중독을 지나 도박 중독으로, 도박 중독을 지나 알코올 중독으로 치닫는다. 그리고 어느 날, 다음과 같은 순간. "형도 한잔 걸치고 늦은 밤에 귀가했을 때, 그녀는 침대에 웅크린 채 소주병에 빨대를 꽂아 빨아먹고 있었다. 그녀의 퀭한 눈이 형을 향해 뜻 모를 웃음을 머금은 순간, 그는 가슴속에서 왈칵 치밀어 온몸으로 퍼져가는 낯선 기운을 느꼈다. 그는 부엌에서 빨대를 하나 가지고 돌아와서 아내의 술병에 꽂고 같이 빨기 시작했다."(188~189쪽) 이날을 계기로 형은 "처음으로 사랑을 알았다"(189쪽)고 말한다. 그는 아마도 사랑이란 알코올 중독 증세를 보이는 아내를 요양원에 보내기보다는 그녀와 함께 술을 마시는 것이라는 깨달음을 얻었던 것인지도 모를 일이다. 그 깨달음의 순간에 형은 이미 예전의 형이 아니다. 그리고 그가 결혼한 연우를 만나서는 딱하게도 "아직도 널 사랑해"라 말한 그 순간, 형의 '성공한 마초'라는 가면은 완전히 벗겨져 그 초라한 맨얼굴을 드러냈을 것이었다. 다음은 연우의 말이다.

빨대로 소주를 마시며 처음으로 사랑을 알았다는 사람 앞에서, 그것이 사랑이라 한들 역시 한순간일 뿐이라는 말을 구태여 하고 싶지는 않았다. 설령 그 사랑이 지속된다 해도 상대는 그녀가 아닐 거라는 말을. 그가 계속 사랑할 수 있다면 그 대상은, 사랑을 알았다고 믿는 자기 자신이 아닐는지. 어쩌면 형은 그저 '사랑'을 사랑하게 된 것인지도 모를 일이었다.(189쪽)

남편의 이야기. 그가 연우와 결혼한 지 일 년째 되던 날, 연우는 희수의 전화를 받고 희수와 재회한다. 바로 그 무렵, 남편은 연우의 옛 남자인 형을 사업상의 일로 처음 만나게 된다. 애초부터 이 우연이 문제였다. 연우가 희수를 만나기 시작하면서, 남편은 아이러니하게도 연우와 형의 관계를 의심하기 시작하게 되니 말이다. "내가 희수를 만나지 않으면, 남편은 형을 의심하지 않는"(197쪽)

희비극적 상황이 시작되고, 상황은 파국을 향해 착실하게 전진한다. 애초 문제는 남편에게 "프로페셔널 콤플렉스"(56쪽)가 있었다는 것, 남편이 "야구장에서도 변화구 위주의 투수가 나오면 시큰둥해지곤"(25쪽) 했던 '스피드광'이라는 것에도 있었음은 물론이다. 말하자면 남편에게는 얼마간 강박적인 데가 있었다는 뜻이다. 그런 그가 형을 만났고, 그 형이 연우의 옛 남자라는 것을 알았다. 그러니 어찌 문제가 발생하지 않을 수 있겠는가. 남편에게 형은 선망의 대상이 될 만한 유능한 역할 모델이면서—"그는 선망의 힘으로 사는 사람이었다"(71쪽)—동시에 증오의 대상이 될 만한 아내의 첫 남자였던 것이다—"남편은 나와 처음 잤을 때부터 나를 완전히 가지지 못했다는 허전함으로 얼굴에 그늘이 졌다."(182쪽)—그로부터 남편의 강박신경증적 의처증이 시작되거니와, 끝내 그는 형과 연우를 인위적으로 대면시키는 도착적 행위마저 감행하기에 이른다. 그리고 예정된 파국이 오고, 남편의 기만은 산산조각난다. 다음은 연우의 말이다.

가장 빠른 공을 던지는 투수를 부러워하는 쪽은 누구인가. 변화구 위주의 투수인가, 역시 강속구가 주무기인 투수인가. 흔히들 자신이 갖지 못한 것을 가진 사람에게 부럽다고 말하지만, 진짜 부러운 상대는 자신이 가진 것을 더 많이 갖고 있는 사람이 아닌지. 다름을 인정하지 못하는 게 문제라지만 비슷하면 더 용납하기 힘든

것이다.(92쪽)

희수의 이야기. 그는 세 남자 중에서 연우와 가장 비슷한 부류다. 이를테면 연우가 "파혼할 이유가 없다는 이유로 결혼하는 여자"라면 희수는 "파혼이 성가셔서 이혼할 작정으로 결혼하는 남자"다.(37쪽) "사람은 누구나 자신과 비슷한 사람을 알아보는 법"(61쪽)이어서인가. 연우와 희수는 아바(ABBA)의 〈아스타 마냐나(내일 또 봐요)〉가 BGM으로 흐르는 가운데 두 번의 우연을 거쳐 만나게 되고, 둘의 "소심하고 불성실한 불륜"(206쪽)이 시작된다. 연우가 희수의 좌충우돌 뒤에 치명적인 결락이 있다는 것을 알게 되는 것은 그로부터 한참 뒤다. 어렸을 적 희수에게는 고아였던 한 친구가 있었다. 맞을수록 오히려 생글생글 웃던 녀석이었다. 희수는 그것을 친구의 '자유로움'이라 오인하여 그를 부러워한다. 친구의 웃음이 그가 "고아로 살아가는 유일한 힘"(148쪽)이자 필사적인 가면이었음을 어린 희수는 몰랐던 것이다. 희수는 그 친구를 고의적으로 곤경에 빠뜨려서 그 친구의 웃음을 앗아가버린다. 희수는 부주의하게도 친구의 가면을 찢어버렸던 것이다. 이후 희수는 기차에서 그 친구와 조우하고 그의 웃음기 없는 맨얼굴을 다시 확인하게 되는데, 하필 그날 그 친구가 사고로 죽게 되자 그 이후 "몸속에 바늘이 하나 돌아다니는 것 같은 느낌"(147쪽)에 시달린다. 그리고 희수가 다음과 같이 말할 때, 이것은 가면 뒤 희수의 맨얼굴이 하는 말이다. "그러니 연우야, 내가 누군가에게 다가간다는 게 얼마나 힘든 일이겠니?"(147~148쪽) 다음은 연우의 말이다.

두려움에 떠는 사람에게 사랑을 기대할 수는 없다. 사랑이란 대체로 진흙구덩이에 빠져 함께 허우적대는 꼴을 감당할 수 있어야 하니까. 사랑을 하면서 깨끗하기도 원해서는 곤란하니까. 게으른 사람은 두려움 말고 또 욕심이 많다. 희수와 나는 제대로 사랑한 적이 없다.(161쪽)

사랑하면 다치게 되어 있다는 걸 모르는 사람이 누가 있다고, 가까이 다가오기 너무 힘들다는 둥 엄살만 떨고 앉아 있다 가버린 겁 많은 사람.(178쪽)

작가는 연우의 입을 빌려 세 남자의 삶과 그 실패를 '가면의 인생론'으로 조망한다.

사람들은 모두 제 나름의 가면을 쓰고 살아간다. 아니라고 말할 사람 누가 있겠나. 있다 해도 몰라서 하는 소리일 뿐. 모르는 게 나쁘다는 말이 아니다. 오히려 그 반대가 아닐지. 모르면 얼마나 좋을까. 자신이 어떻게 사는지 모르고 사는 거야말로 가장 부러워할 만

한 인생이 아닐 텐가. 모르면 정말 아닐 수도 있는 것이다.(103쪽)

이 가면론의 원조를 찾자면 아마도 융(Jung) 정도가 아닐까. 융은 "인간이 세상에 대하여 꾸미는 얼굴"인 '외적 인격' 개념을 '페르소나(persona)'라고 명명한 적이 있거니와, 페르소나가 가면을 뜻하는 라틴어라는 사실도 비교적 잘 알려져 있다. 개인이 사회에서 쓰는 가면이 페르소나다. "사람들은 모두 제 나름의 가면을 쓰고 살아간다." 물론 가면은 진정한(authentic) '나'가 아니다. 융의 말로 바꾸면 가면은 '자기(self)'가 아니다. 그러나 가면은 불가피하기 때문에 가면을 쓴다는 것 자체가 문제는 아니다. 사회생활을 원만히 한다는 것은 결국 때에 따라 가면을 능란하게 바꿔가며 산다는 것이고, 융의 눈으로 보자면 그것은 건강성의 징표라고 할 만한 것이다. "여러 개의 가면을 장만해서 그때그때 골라 쓰는 지혜가 필요하다"(104쪽)고 말하는 연우는 확실히 세 남자보다 앞서 있다. 그때그때 가면을 골라쓸 줄 아는 이는 자신이 가면을 쓰고 있다는 사실조차 잊게 된다. 이를 연우의 말로 바꾸면 "자신이 어떻게 사는지 모르고 사는"(103쪽) 삶에 해당될 것이다. 그렇다. 그것이 원만한 삶이고 "가장 부러워할 만한 인생"(같은 곳)이다. 이렇게 명쾌한 연우의 눈에 세 남자는 얼마나 딱한 존재들일 것인가.

연우에게 성공한 완벽주의자 형은 이를테면 "자신을 철저히 감추기 위해 완벽에 가까운 가면을 빚어낸"(106쪽) 사람이고, 남편의 질투와 고통은 "날마다 지쳐 집으로 돌아오는 길에 그 무게를 못 이기고 (가면을) 벗어던"진 남자의 "맨얼굴"(같은 곳)인 것이며, 희수란 남자는 어렸을 적 무례하게도 친구의 가면을 벗기면서 목격하게 된 생의 '맨얼굴'에 붙들려 있는, 그래서 생의 맨얼굴을 가릴 수 있을 때에야 당당할 수 있는—예컨대 "취해야 자신의 매력을 가장 자연스럽게 발휘할 수 있는"(167쪽)—딱한 남자인 것이다. 그렇다면 형은 맨얼굴을 감추기 위해 필사적으로 가면을 뒤집어쓴 사람, 남편은 자신이 쓴 가면을 따라잡지 못하고 좌초하여 대책 없이 맨얼굴을 노출한 사람, 희수는 일찍이 친구를 통해 생의 맨얼굴과 대면한 터라 자신에게 어울리는 그 어떤 가면도 아직 찾아 쓰지 못한 사람이 아닌가. 앞에서 성공한 마초, 지루한 성실남, 무능력한 매력남 운운하며 우리 시대 남성의 유형학을 구성해본 바 있지만, 그 유형학은 이제 연우의 가면론을 참조하여 이렇게 수정되어야 하지 않을까. 우리 시대의 남자들이란 결국 필사적으로 가면을 쓰는 남자(형), 가면이 흘러내려 무기력하게 좌초하는 남자(남편), 가면을 찾아 끝없이 헤매는 남자(희수) 등으로 유형화될 수 있다고 말이다.

3. 그녀의 소심하고도 불성실한 불륜

그렇다면 연우는? "넌 무슨 가면을 쓰고 사니?"(106쪽)라고 희수가 연우에게 묻는다. 연우의 가면에 대해 말하고 싶다면 다음 사건들에 주목해야 한다. 목숨을 내놓고 베란다 새시 공사를 하던 한 청년과의 만남, 남편의 외도로 촉발된 윗집 여자의 죽음. 이 두 사건은 연우로 하여금 삶과 죽음의 무게를 저울 위에 올려놓게 한다. 받아들이는 사람에 따라서 이런 사건은 타성적인 가면의 생을 심문하는 계기가 될 수도 있을 것이다. 이 계기들은 뒤이어 발생한 강도사건과 결부되어 연우에게 심각한 실존적 질문으로 다가오기에 이른다. 연우가 잠든 사이 집에 도둑이 들고, 도둑은 연우를 결박한 채 귀중품을 훔쳐 유유히 사라진다. 상황은 점차 우스꽝스럽게 흘러가고, "그러다가 나는 문득, 나를 이대로 두면 안 된다는 생각이 들었다. (……) 어둠 속에서 내 볼기짝을 내려치듯 아프게 떠오른 생각은 이런 거였다. 나를 이대로 살다 죽게 내버려둘 수는 없어".(101쪽) 연우는 깨닫는다. "도둑이 들어와 훔쳐간 것은 반짝이는 보석만이 아닐지도 모른다"(149쪽)는 것을 말이다. 그가 훔쳐간 것은 물론 연우의 가면이고, 이 사건은 '가면이 흘러내려 맨얼굴이 드러난' 사건이다. 이 위기를 그녀는 어떻게 극복하는가?

연우는 여자다. 남자와 여자가 다른 만큼, 남자의 가면과 여자의 가면도 다를 수밖에 없다. 조안 리비에르(Joan Riviere)는 일찍이 「가면으로서의 여성성Womanliness as a Masquerade」(1929)이라는 고명한 논문에서 여성성이란 그 자체가 '가면(가장)'에 불과하다는 급진적인 견해를 제출한 바 있다. 그녀에 따르면 "베일 뒤에 존재하는 절대적인 여성성 따위는 없다. 모방과 반복에 의해 여성이 '되는' 사회적 실천이 있고, 여성 주체를 그 실천의 길로 규범적으로 인도하는 일련의 코드들, 존재론적으로 빈약한 일련의 코드들이 존재할 뿐이다". 이 명제는 왜 급진적인가? 남자가 '가면을 쓰다'의 주어라면 여자는 '가면이다'의 주어라는 결론을 내장하고 있기 때문이다. 따라서 남자의 가면('이상적 차아'의 형상을 닮은 가면)을 벗기면 그 뒤에는 초라하고 평범한 한 남자가 있고, 여자의 가면(가면임을 굳이 숨기지 않는 가면)을 벗기면 그 뒤에는 '아무것도' 없다. 남자들의 가면은 그 가면이 진실이라 강변하는 데 봉사하고, 여자들의 가면은 그 가면 뒤에 비밀스러운 '그녀 그 자체'가 있다는 착각을 유발하는 데 기여한다. 주체가 하나의 공백이라는 사실을 여자들은 이미 알고 있는 것이다. "여자는 남자보다 '더' 주체다"라는 명제는 아마도 이런 맥락에서 이해될 수 있을 것이다.(Slavoj Zizek, *The Indivisible Remainder*, pp.158~161)

실로 이 작품을 읽은 독자라면 연우가 세 남자들보다 '더' 주체다, 라는 말에 어렵지 않게 동의할 수 있을 것이다. 물론 이 소설이 남성성과 여성성이라는 주제를 본격적으로 탐구하고 있다고 하기는 어렵지만, 화자인 연우의 발화는 그 배후에 있는 남성 작가의 존재를 거의 느낄 수 없을 만큼 섬세하게 조율되어 있고, 우리는 연우의 그 발화들에서 '주체라는 공백'에 대한 그녀의 직관적 이해를 엿볼 수 있다. 적어도 그녀가 세 남자들보다 상황을 더 명료하게 보고 있다는 사실은 부정하기 어렵다. 그리고 우리는 이것이 작가 자신의 취지와도 크게 다르지 않을 것이라고 믿는다. 연우가 스스로를 "가면 뒤에 감춘 표정은 닳고 닳아서 알아볼 수 없게 지워진"(178쪽) 여자라고 말하는 대목을 음미해야 한다. 그녀의 삶은 가면이 곧 얼굴이 되어버린 삶이다. 그래서 그녀에게 '가면의 위기'가 초래하는 파문은 크지 않다. 이렇게 말할 수 있다면, 연우라는 소설적 '장치'는 세 남자의 가면과 그 가면 뒤의 맨얼굴을 응시하는 하나의 '기능'이다. 오로지 그녀만이 이 소설에서 고백의 재판정에 출석하지 않고 있는 까닭이 여기에 있다.

그녀는 고백의 주체가 아니라 객체다. 형으로부터는 "아직도 널 사랑해"(177쪽)라는 때늦은 고백을, 남편으로부터는 "프로는 목숨 걸고 일해요. (……) 자기 일에 인생의 승부를 걸 줄 아는 사람. 그럴 만한 일이 뭔지 아는 사람 말이에요. 난…… 아니야. 그러지 못해요"(55쪽)라는 고백을, 희수로부터는 "그러니 연우야, 내가 누군가에게 다가간다는 게 얼마나 힘든 일이겠니?"라는 고백을 듣는다. "넌 무슨 가면을 쓰고 사니?"라는 희수의 질문에 그녀는 끝내 대답하지 않는다. 그녀는 고백하지 않고 판단한다. "남자들이란, 아니 인간이란 참 웃기는 동물이야".(114쪽) 이런 맥락에서 연우는 세 '남자'와 대비되는 한 '여자'로서 존재하고 있으면서 동시에 남자들의 '미혹'에 대비되는 여자의 '통찰'이라는 심급으로 그 자리에 있다. 요컨대 연우는 '진실'의 심급을 차지한다. 연우가 이 소설의 내레이터인 것은 불가피하다. 그래서일 것이다. 여느 소설이었다면 필시 필사적인 한 줄의 전언으로 기능했을 말—"가능한 것의 한계를 찾아내는 유일한 길은 그 한계를 조금 넘어서 불가능한 것 속으로 디뎌보는 것이다"(177쪽)—이 연우에게는 그저 밑줄을 한 번 긋고 넘어갈 정도의 심상한 말이었던 것은 말이다. 저런 말로 독자를 자극하는 그런 소설에서였다면 연우는 회수와 함께 어디로든 떠났을지도 모른다. 그것이 자신의 욕망에 충실한 행위라고 믿으면서 말이다.

그러나 연우는 그런 미혹과 거리를 둔다. 사랑이란 "허황되고 어수룩한 오해"라는 것을, '이곳'이 아닌 '저곳'에서도 사랑이라는 '천상의 약속'은 끝내 지켜지지 않으리라는 것을 그녀는 알고 있고, 그녀는 그 진실의 손을 들어주는 여자다. "나를 이대로 살다 죽게 내버려둘 수는 없어"로 요약되는 그녀의 가면의 위기가 그 무슨 탈주 혹은 출분으로 이어지지 않는 것은 그 때문이다. 그녀의 위기는 이를테면 그녀가 세 남자를 모두 만나야 했던 그 우습고도 슬픈 날 자신의 가면이 찢어발겨진 채로 탈진해 있는 남편에게 문득 연민의 정을 느끼는 그 한순간 속으로도 해소될 수 있는 그런 위기다. 그녀는 그녀에게 닥친 가면의 위기를 보편화·일상화함으로써, 예컨대 남편이 겪고 있는 가면의 위기를 어루만지면서, 생의 맨얼굴이 짓고 있는 참혹과 불우의 표정을 인정하고 받아들이는 길로 나아간다. 이것이 연우의 길이고, 이 길은 결코 쉬운 길이 아니다.

진정한 사랑이 따로 있나. 어차피 다 잘못 알고 사랑하는데. 잘못 알아야 사랑할 수 있는데. 내가 사는 세상에는 사랑이 없다. 어떤 세상에는 너무 많아 시시한 농담이 되어버린, 그 허황되고 어수룩한 오해가 없다.(138~139쪽)

옛 남자와 현 남편과 숨겨둔 애인을 하루에 다 만나느라 바빴던 그날을 떠올릴 때마다, 산다는 것은 혹은 사랑한다는 것은 원래 부질없고 우스꽝스러운 짓이라는 깨달음으로 위로받는다. 혹은 그 덧없는 하루의 끝에 찾아왔던 한순간의 평온함으로.(171쪽)

그러니 이렇게 말할 수 있다. 혹여 어떤 독자는 연우가 세 남자와의 관계에서 얼마간 수동적인 자리를 차지하고 있는 듯 보인다는 이유로 그녀를 타박할 수 있다. 그러나 그녀는, "수동적인 엄격함"(69쪽)이라는 그녀 자신의 표현을 빌리자면, 수동적인 강인함을 보여준다. 진실과 대면할 수 있는 강인함 말이다. 그녀는 차라리 불가능한 것들을 인정함으로써 가능한 것들을 훼손하지 않는 길을 선택하는 여자다. 이 강인함으로부터 다음과 같은 체념적 여유가 나오는 것 아니겠는가. "세상살이는 밤낮없이 연중무휴로 벌어지는 가면무도회와 같은 것. 서로 마음에 드는 마스크와 짝을 이뤄 멋지게 한 바퀴 돌 수만 있다면 더 바랄 것이 무엇인가".(104쪽) 연우는 진실의 심급을 차지하고 있기 때문에 "희수와 나는 제대로 사랑한 적이 없다"는 진실에 미리 도착해서 희수를 기다릴 수 있었던 것이다. 그러니 희수가 그 진실에 합류하는 순간, 오랫동안의 적요 끝에 연우를 만나서는 두 사람의 관계가 갖는 공허를 뒤늦게 깨달았다고 고백하는 저 순간이야말로 이 소설에서 진실의 문이 조용히 열리는 순간일 것이다. 진실은 쓰라린 것이고, 그래서 연우의 다음 말도 쓰라리다.

네 말이 맞아. 우리처럼 소심하고 불성실한 불륜 키플이 어디 있겠니. (……) 그래, 네 말대로 우리 사이는 여기까지, 이 정도가 맞나봐. 우리에겐 서로 치가 떨릴 기억 같은 건 없지. 그렇잖아? 서로 못 잡아먹어서 으르렁댄 기억도, 서로의 가슴을 후벼파는 칼날 같은 말이 오간 기억도…… 슬픔도 노여움도 억울함도, 그 어떤 아물지 못할 상처도 없는 사이지. 다행이지 않니? 아프지 않고 실컷 서로를 기억할 수 있다는 게……(206~208쪽)

이것은 엇갈리는 남녀가 연출하는 고전적인 비극인가? 그렇지 않을 것이다. 비극조차 권태로워진 시대의 이별이고, 사랑조차 구원이 되지 못하는 시대의 맨얼굴과도 같은 작별이다. 그러나 일찍이 연우는 이렇게 말하지 않았던가. "두려움에 떠는 사람에게 사랑을 기대할 수는 없다. 사랑이란 대체로 진흙구덩이에 빠져 함께 허우적대는 꼴을 감당할 수 있어야 하니까. 사랑을 하면서 깨끗하기도 원해서는 곤란하니까. 게으른 사람은 두려움 말고 또 욕심이 많다. 희수와 나는 제대로 사랑한 적이 없다."(161쪽) 하지만 설사 두려움을 모르는 열정이 있었다 한들 그들은 구원될 수 있었을까? 우리가 설령 "가능한 것의 한계를 찾아내는 유일한 길은 그 한계를 조금 넘어서 불가능한 것 속으로 디뎌보는 것이다"라는 문장에 백 번 천 번 밑줄을 친다 한들 과연 우리는 불가능한 것 속으로 한 걸음 내디딜 수 있을까? 그러면 우리의 사막과 우리의 권태는 사랑 안에서 스러질 수 있을까? 오, 이런, 당신은 아직도 사랑을 믿는가? 우리는 모른 척하고 있다. 우리가 우리 자신을 믿지 않는다는 사실을 말이다.

4. 우리는 제대로 사랑한 적이 없다

불륜서사가 더러 빠지곤 하는 감상(感傷)의 범람을 제어하고 연애서사가 탐닉하곤 하는 비현실적인 탈주 욕구 또한 적절히 제어하면서, 이 소설은 이 시대를 사는 우리의 내면 풍경 하나를 담담히 수습해낸다. 이 담담함 뒤에, '가면의 생'을 살고 있는 우리들 실존의 울혈(鬱血)이 도사리고 있다. 그게 자꾸만 밟혀서, 우리는 이 소설의 (멜로)드라마를 되짚기보다는 '가면의 생'이라는 이름으로 이 작가가 성찰하고 있는 '삶이라는 연극'의 내핍(耐乏)을 살펴야 했다. 그러나 어찌 이렇게만 읽을 수 있겠는가. 사랑 이야기의 품은 넓어서 이 세상의 모든 이야기는 결국 사랑 이야기인 것이다. 따지고 보면 너무나 많은 사랑 이야기가 있고 너무나 많은 사랑 이야기가 없다. 진정한 연애소설은 늘 당대의 규범과 이데올로기를 그 극한까지 밀어붙여 그것들을 자멸과 붕괴의 길로 인도하고, 그 폐허에 '성과 사랑의 윤리'를 새로이 정초한다. 부정적(negative) 해체와 긍정적(positive) 구축이 동시에 필요하다는 말이다. 이 소설의 결말은 해체와 구축의 경계에 정직하게 서 있다. 그래서 지금 연우와 회수는 장례식장에서 테이블 아래로 안티까이 빌을 맞대고 있다. 이것은 아마도 그들의 마지막 연극이 될 것이다. 남편이 육개장의 국물을 다 비우면 그들은 작별하리라. 이제 그들은 어디로 가야 하나. 헛것 없이 살 수 없는 우리는 또 어디로 가야 하나. 삶은 사막이고 열정은 권태인데. 가면은 흘러내리고 연극은 끝나가는데. 그러나 우리는 진실을 알고 있나니, 말하지 못한 사랑은 말하지 않은 사랑이라는 것을. 아, "진실, 쓰라린 진실."

미련

　작가의 말은 부질없다는 말이 이 소설을 쓴 작가로서 할 수 있는 유일한 말인지도 모른다. 그래도 쓰라면 쓴다. 한다면 하는 사람들과는 아주 다른 태도로 나는 살아왔다. 하라면 한다는 것. 어쩌다 이 지경이 됐을까. 내가 모르지 않을 그 이유를 알아내기 위해 소실을 쓰는지도 모른다.

　소설을 책으로 낼 때마다 작가로서 말할 지면이 주어진다. 첫 소설은 소설에 대한 소설이기도 하다. 그래서 소설에 대해 말했다. 둘째는 들국화의 음악에 빚진 게 많은 소설이다. 그래서 들국화에 대해 말하지 않을 수 없었다. 이번 것은 내가 아무리 아니라고 우겨도 사랑에 대한 소설이 아닐 수 없다. 그러니 이제 사랑에 대해 말할 차례인가. 소설에서도 말하지 못한 그 사랑을?

긴 소설을 하나 앞두고 손을 풀어보겠다는 심보로 이 소설을 쓰기 시작했다. 가볍게, 그리고 빨리 쓴다는 것 말고는 별 생각이 없었다. 거짓말이다. 나는 아주 고리타분한 연애소설을 보란 듯이 써내겠다는 야심에 차 있었다. 압도적으로 구태의연한데다가 더할 수 없이 말랑말랑해서 닭살인지 소름인지 모를 열렬한 피부반응을 불러일으킬 소설을. 쓰되, 편하게, 술술…… 그렇게 쓸 수 있는 소설은 없다는 것을 정말 몰랐을까. 그렇게 대단한 이야기를 쓸 힘이 내게 있다고 정말 믿었을까.

내가 좋아하는 어느 소설가는 "한없이 되씹으며 더디 쓰고 또 더뎌야만 오히려 안심이 되는, 첫 구상은 완전히 해체되고 전혀 다른 모습으로 마무리지어지지 않으면 뭔가 자신을 속인 것 같아 불안한, 그런 글쓰기 습관"이 있다고 말했다. 그 말은 도도하면서도 치열하다. 줄여 말하면 철저하다. 습관이라니. 내가 좋아하는 어느 시인은 "사랑의 의무는 사랑의 소실에 다름아니며, 사랑의 습관은 사랑의 모독일 테지요"라고 말했다. 그 말은 도도하지 않지만 역시 철저하다. 모독이라니. "내가 당신을 떠남으로써만…… 당신을 사랑"한다니. 그들을 좋아하는 나는 "나의 철저하지 못했음이 나를 철저하지 못하게 한다"라고 낙서한 적이 있다. 또 이런 낙서도 했다. "내가 당신과 섞일 때, 우리 生은 망가질 것이다."

처음에 원했던 소설을 쓸 수 없으리라는 확신이 내게는 불안이었다. 가볍게, 빨리, 편하게, 술술…… 써지지 않아서 안달이 났다. 그래도 나는 그새 소설 쓰는 새로운 습관을 얻기라도 한 것처럼 스스로를 속이고 날마다 기계 앞에 앉았다. 한 줄도 못 쓰는 날은 있었을지언정 그 한 줄을 얻기 위한 스퀴즈 번트를 멈출 수가 없었다. 한다면 하는 오기 따위가 발동했을 리 없고, 안 쓰면 죽여버리겠다는 식의 협박도 받은 바 없다. 세상에! 아무도 시키지 않은 일을 끝까지 붙들고 늘어지다니. 뭐든 중간에 그만두기 선수인 내가. 앞으로 이런 소설은 절대로 안 쓰리라는 각오가 큰 힘이 되어주었다. 소설을 모독하고 있다는 생각은 할 틈이 없었다.

사랑도 그런 것인지. 그런 게 사랑이 아니라면 사랑은 어떤 것인지. 내가 좋아하는 어느 평론가는 "오, 이런, 당신은 아직도 사랑을 믿는가?"라고 물었다. 그리고 덧붙여 말하기를, "우리는 모른 척하고 있다. 우리가 우리 자신을 믿지 않는다는 사실을 말이다." 나는 십 년 전에 이런 제목의 글을 쓴 적이 있다. '사랑, 그 지독한 개그'. 내가 좋아하는 어느 감독의 영화들에 대해 쓴 그 글에서 나는 이런 말을 했다. "사랑이 재갈 물린 세상에서 사랑할 수 있는 길은 사랑을 꿈꾸는 것이다. 사랑의 속임수를 알면서도 사랑에 속음으로써 사랑을 속이는 것이다." 내가 그 글을 쓰면서 배운 것은 '자신을 속이는 사랑의 자세'였다.

그러니 계속 모르는 척하기를. 뭔가 아는 상태를 유지할 수 있는 유일한 길은 그것뿐임을 잊지 말기를. 사랑을 믿지 말고 다만 속아주기를. 그래서 마침내 사랑을, 그 어렵고 힘든 사랑이 어디에나 있음을, 믿게 되기를. 그것이 비록 사랑이 지나간 자리에 남게 되는 미련이라 할지라도. 내가 좋아하는 어느 가수는 "이젠 버릴 수도 없어. 널 그리는 습관들"이라고 노래했다. 부디 그 미련한 습관을 사랑하게 되기를.

이제 나는 누군가에게 감사해야 한다. 감사의 의무는 감사의 소실인가. 그렇기도 하고 그렇지 않기도 하다. 내가 좋아하는 어느 배우는 상을 받는 자리에서 이렇게 말했다. "항상 마음 속에서 생각하고 겉으로 표현하지 못했는데 하나님께 제일 감사드립니다." 나는 그게 무슨 말인지 안다. 이토록 소심하고 불성실하게 드리는 감사를 그분은 너그럽게 받아주리라 믿는다. 그리고 또 말하지 못했던 내 마음. 아내를 향한 고마움을 담아낼 근사한 말은 무엇일까. 이 소설을 그녀에게 바친다.

2006년 가을

이해경

문학동네 장편소설

말하지 못한 내 사랑은

ⓒ 이해경 2006

초판인쇄	2006년 10월 10일
초판발행	2006년 10월 17일

지 은 이	이해경
펴 낸 이	강병선
책임편집	염현숙 조연주 김송은
펴 낸 곳	(주)문학동네
출판등록	1993년 10월 22일 제406-2003-000045호

주 소	413-756 경기도 파주시 교하읍 문발리 파주출판도시 513-8
전자우편	editor@munhak.com
전화번호	031) 955-8888
팩 스	031) 955-8855

ISBN 89-546-0229-0 03810

* 이 책의 판권은 지은이와 문학동네에 있습니다.
  이 책 내용의 전부 또는 일부를 재사용하려면 반드시 양측의 서면 동의를 받아야 합니다.
* 이 도서의 국립중앙도서관 출판시도서목록(CIP)은 e-CIP 홈페이지(http://www.nl.go.kr/cip.php)에서
  이용하실 수 있습니다.(CIP제어번호: CIP2006002136)

www.munhak.com